古典文獻研究輯刊

六 編

潘美月・杜潔祥 主編

第 20 冊

《昭明文選》與《玉臺新詠》之比較研究

顏 智 英 著

國家圖書館出版品預行編目資料

《昭明文選》與《玉臺新詠》之比較研究／顏智英著 — 初版 —
台北縣永和市：花木蘭文化出版社，2008〔民97〕
序 2+ 目 4+166 面：19×26 公分
（古典文獻研究輯刊 六編；第 20 冊）

ISBN：978-986-6657-18-4（精裝）
1.（南北朝）蕭統　2.（南北朝）徐陵　3. 昭明文選　4. 中國詩
5. 學術思想　6. 比較研究

830.1　　　　　　　　　　　　　　　　97000981

ISBN 978-986-6657-18-4

古典文獻研究輯刊
六　編　第二十冊　　　　　　　ISBN：978-986-6657-18-4

《昭明文選》與《玉臺新詠》之比較研究

作　　者　顏智英
主　　編　潘美月　杜潔祥
企劃出版　北京大學文化資源研究中心
出　　版　花木蘭文化出版社
發 行 所　花木蘭文化出版社
發 行 人　高小娟
聯絡地址　台北縣永和市中正路五九五號七樓之三
　　　　　電話：02-2923-1455／傳真：02-2923-1452
電子信箱　sut81518@ms59.hinet.net
初　　版　2008 年 3 月
定　　價　六編 30 冊（精裝）新台幣 46,500 元

《昭明文選》與《玉臺新詠》之比較研究

顏智英　著

作者簡介

顏智英，國立臺灣師範大學國文研究所博士，現為國立臺灣海洋大學通識教育中心助理教授。撰有《辭章章法變化律研究——以古典詩詞為考察對象》（博士論文）、〈論《孔雀東南飛》的章法結構及其美感〉（《中國學術年刊》）、〈論辭章章法的對稱性及其美感——以古典詩詞為例〉（《興大人文學報》）、〈論稼軒「博山道中詞」篇章意象之形成及組合〉（《師大學報》）、〈東坡詞篇章結構探析——以黃州作《浣溪沙》五首為考察對象〉（《師大學報》）、〈韋莊《菩薩蠻》聯章五首篇章結構探析〉（《中國學術年刊》）等十多篇關於詩詞、章法、意象、美學等方面的學術論文。

提　　要

　　蕭統所編的《昭明文選》為中國現存最古的文學總集，所收作品皆為歷代有定評的美文，深具文學價值；徐陵所編的《玉臺新詠》為香奩文學的濫觴，造成陳、隋淫艷詩風的興盛，於中國文學史中亦佔有一席之地。二書雖同出於梁代，然所選錄的作品風格卻迥然有異，前者多雅正之作，後者多華艷之詞，值得加以比較研究。本論文從二書的編者、編撰動機、時代背景及編者的文學觀，來探索二書在選錄作品時有異有同之因；並針對二書選錄作品的特色，作深入的比較分析；最後再從影響與價值二端，嘗試對二書作一較客觀的評價。

目

次

前　言

　　《昭明文選》爲中國現存最古之文學總集，所收作品皆爲歷代有定評之美文，深具文學價值；《玉臺新詠》爲《香奩》文學之濫觴，造成陳、隋淫艷詩風之興盛，於《中國文學史》亦佔一席之地。二書雖同出梁代，然所錄作品風格迴然有異，前者多雅正之作，後者多華艷之詞，斯足怪也已，頗值深究。比見日人岡村繁《文選與玉臺新詠》一文，有云《文選》爲理想主義硬派文學之淵叢，《玉臺》爲頹廢享樂軟派文學之苑囿（余崇生譯），即就此二書風格之差異而論；且釋二書風格所以致異之因爲：《文選》乃官撰之書，《玉臺》爲徐陵私撰，故有格調高下之別。其說雖有可探，然所論未爲詳盡。又有繆鉞《文選與玉臺新詠》一文，亦屬概論性質，於二書之比較，未有深究。故不揣淺陋，研較搜索，期能自二書之編者、編撰之動機、時代之背景、及編者之文學觀，比較觀出二書選錄特色異同之因。並對二書作一客觀之評價。全文共分七章完成：

　　第一章《昭明文選》之外緣研究。此章分三節寫成，一爲《文選》編撰之時期，二爲《文選》之編者，三爲《文選》編撰之動機。此章先研究《文選》編撰之時期，以作爲與《玉臺新詠》比較之基點；而後研究《文選》之編者問題，定出《文選》之主編者及助其編撰之成員，並析論主編者之性格、生平，以觀出其文學思想之淵源所自。其次略論《文選》編撰之動機，有助於第五章對其選錄特色形成之分析。

　　第二章《玉臺新詠》之外緣研究。此章分三節寫成，一爲《玉臺》之編者，二爲《玉臺》編撰之時期，三爲《玉臺》編撰之動機。此章撰寫方式及主旨同於第一章。惟第一、二節次序，與前章相異。蓋《文選》之編者群廣大，欲明其詳，必先由《文選》選錄之作品作家時代，定出其編定時期，方可依線循序探求參與者，故時期研究先於編者研究。而《玉臺》之編者，爭議較少，至於編撰時期，則史無明言。故先列編者，而後自編者年譜、《玉臺》本身及外緣資料推求，是以編撰時期之研究置於編者之後。

　　第三章蕭徐二書產生之背景。此章分三節寫成：一爲時代背景，二爲文學背

景，三爲文學派別。旨在分析二書編者文學思想異同之因。因二人皆同處南朝，同感南朝唯美之文學潮流，故二人皆重《麗辭》；然以二人才性、思想及生活環境有異，故分屬不同文學集團，發之爲文學理論，則有雅正與華艷二種迥異之創作主張。

第四章蕭徐二書編者之文學觀。此章分三節寫成：一爲《文選》編者蕭統之文學觀，二爲《玉臺》編者徐陵之文學觀，三爲二書編者文學觀之比較。此章由文學本原論、文學體裁論、文學創作論、文學批評論等方向，比較二人文學觀之異同，以爲第五章比較二書之理論基礎，蓋因文學總集每爲編者文學觀之反映。而二人文學觀最大歧異所在，爲創作論中之論風格一端，蕭統主文質彬彬之雅正風格，徐陵則側重華艷輕靡之詞，是亦爲二人所編之書大異之處。

第五章蕭徐二書選錄之特色。此章分三節寫成：一爲《文選》選錄特色，二爲《玉臺》選錄特色，三爲二書選錄特色之比較。此章爲全文之重點。據二書所錄作品之體裁、內容、形式、風格及時代，比較研究其異同之處，並探求其致異之因。二書雖同出梁代，然選錄特色有異有同：相同之處，爲南朝人普遍思潮之反映；相異之處，則爲編者個人才性、環境、思想不同所致。

第六章二書之影響及評價。此章分二節寫成：一爲二書之影響，就文學觀點、文學創作、學術研究三端言《文選》對後世之深遠影響；就文學創作、詩詞集編撰、版本注解三端言《玉臺》對後世之鉅大影響。二爲二書之評價，二書之得皆在於具文學及史料價值；至於二書之失，後人頗譏《文選》之分體不當、去取失宜、編次失序，然瑕不掩瑜，《文選》之得仍多於失，應予肯定之評價，而《玉臺》之最爲人詬病者，乃在多錄淫艷之詞，然亦未可一概斥之，視之爲南朝浪漫唯美文學風潮之產物可也。

第七章結論。此章總結全文，並就文學發展觀點論《文選》之文學地位凌駕《玉臺》之上；就總集編撰觀點論《玉臺》較《文選》具開創性；就文學批評觀點言《玉臺》爲平民文學之代表，而《文選》爲貴族文學之總匯。故知《文選》與《玉臺》二書各有其擅場，評價時當持多元角度以觀，未可持一以論，易失之偏矣。

是文承本師李爽秋先生不辭蒙曲，諄諄指點，幸底於成，然學識所限，錯漏之處，實所不免，尚祈諸方不吝指正。又蒙「財團法人吉星福、張振芳伉儷文教基金會」獎學金資助，在此一併致謝。

第一章 《昭明文選》之外緣研究

第一節 《文選》編撰之時期

　　《文選》確實之編撰時期，於《文選・序》及《梁書》、《南史》，均無記載。是以至今仍聚訟紛紜，未有定論。

　　今自《文選》一書所錄梁代作品考索，其中確切可考知年代者為：

任　昉	〈為范尙書讓吏部封侯第一表〉	作於天監元年。（502）
任　昉	〈奏答勅示《七夕詩》啓〉	作於天監元年或三年。（502或504）
任　昉	〈出郡傳舍哭范僕射〉	作於天監二年。（503）
任　昉	〈天監三年策秀才文〉	作於天監三年。（504）
任　昉	〈奏彈曹景宗〉	作於天監三年。（504）
任　昉	〈奏彈劉整〉	作於天監三年至五年間。（504～506）
丘　遲	〈與陳伯之書〉	作於天監四年。（505）
沈　約	〈應詔樂遊苑餞呂僧珍詩〉	作於天監五年。（506）
任　昉	〈贈郭桐廬出谿口見候詩〉	作於天監六年。（507）
陸　倕	〈新刻漏銘〉	作於天監六年。（507）
陸　倕	〈石闕銘〉	作於天監七年。（508）
劉　峻	〈廣絕交論〉	作於天監七年（508）後。
劉　峻	〈重答劉秣陵沼書〉	作於天監初。

徐　悱　〈古意酬到長史溉登琅邪城詩〉　作於天監十三年（514）後。

劉　峻　〈辨命論〉　　　　　　　　　　作於天監十五年（516）後。〔註1〕

是知《文選》一書中時代最晚之作爲劉峻之〈辨命論〉。據《南史‧劉峻傳》：

及峻《類苑》成，凡一百二十卷，帝即命諸學士撰《華林徧略》以高

之，竟不見用。乃著〈辨命論〉，以寄其懷。（卷四十九）

則劉峻作〈辨命論〉係在其著《類苑》及徐勉奉命編撰《華林徧略》之後。又據《梁書‧劉峻傳》：

安成王秀好峻學，及遷荆州，引爲戶曹參軍，給其書籍，使抄《事類》，

名曰《類苑》。（卷五十）

且據《梁書‧安成王秀傳》，安成王於天監七年遷平西將軍、荆州刺史，十一年徵爲侍中、中衞將軍〔註2〕，故《類苑》當作於天監七年至十一年間；至於《華林徧略》則於天監十五年方始編撰，歷時八年完成〔註3〕。由此可知〈辨命論〉不早於天監十五年，亦可證知《文選》之編成年代必不早於天監十五年（516）。

復自《文選》一書所錄梁代作家考索，其卒年分別爲：

范　雲　卒於天監二年（503）。〔註4〕

江　淹　卒於天監四年（505）。〔註5〕

丘　遲　卒於天監七年（508）。〔註6〕

任　昉　卒於天監七年（508）。〔註7〕

沈　約　卒於天監十二年（513）。〔註8〕

虞　羲　卒於天監五年後（506）。〔註9〕

〔註1〕以上十五篇作品之寫作年代資料，據何融〈文選編撰時期及編者考略〉（收於《昭明太子和他的文選》一書，臺灣學生書局，民國六十年十月初版）一文及林聰明《昭明文選研究初稿》一書（文史哲出版社，民國七十五年十一月初版，頁3至5）。

〔註2〕《梁書‧安成王秀傳》：「（天監）七年，遭慈母陳太妃憂，詔起視事。尋遷都督荆、湘、雍、益、寧、南、北梁、南北秦州九州諸事，平西將軍，荆州刺史。……十一年，徵爲侍中，中衞將軍，領宗正卿，石頭戍事。」（卷廿二）

〔註3〕《梁書‧何思澄傳》：「天監十五年，敕太子詹事徐勉舉學士入華林撰《徧略》，勉舉思澄等五人以應選。」（卷五十）《南史‧何思澄傳》：「八年乃書成，合七百卷。」（卷七十二）

〔註4〕《梁書‧范雲傳》：「（天監）二年卒，時年五十三。」（卷十三）

〔註5〕《梁書‧江淹傳》：「（天監）四年卒，時年六十二。」（卷十四）

〔註6〕《梁書‧丘遲傳》：「（天監）七年卒官，年四十五，所著詩賦行於世。」（卷四十九）

〔註7〕《梁書‧任昉傳》：「（天監）六年春，出爲寧朔將軍、新安太守，視事期歲，卒於官舍。」（卷十四）

〔註8〕《梁書‧沈約傳》：「（天監）十二年，卒官，時年七十三。」（卷十三）

劉　峻　卒於普通三年（522）。〔註10〕

徐　悱　卒於普通五年（524）。〔註11〕

陸　倕　卒於普通七年（526）。〔註12〕

是知《文選》所錄之作家，至普通七年方盡卒。而當時評選詩文之通例爲「不錄存者」，鍾嶸《詩品・序》即云：「其人既往，其文克定，今所寓言，不錄存者」；劉勰《文心雕龍・時序》對南齊一代之文學，亦有「短筆敢陳」、「請寄明哲」等礙難評論之語；且劉孝綽、王筠於新進文士中最爲蕭統看重，而二人作品均未選入《文選》，即因劉孝綽卒於大同五年（539），王筠卒於太清三年（549）皆在蕭統（卒於531）之後也。而其他新進文士如丘遲、劉峻、虞羲、徐悱、陸倕等人，皆先蕭統而卒，故彼等作品爲《文選》所採錄，可知「不錄存者」爲《文選》之選錄原則。據此「不錄存者」之例，則《文選》定稿之時間恐不早於普通七年（526）。

又蕭統〈答湘東王求文集及詩苑英華書〉有云：「得疏知須《詩苑英華》及諸文製。」其語不及於《文選》，是知此時《文選》並未問世。而《昭明太子集》編成於普通三年〔註13〕，則普通三年（522），《文選》尚未出現，亦極明矣。

再自蕭統交游文士之情況考查，其一生與游之東宮學士爲：

天監元年　二歲（502）

范雲——吏部尚書領太子中庶子；

王暕——太子中庶子；

到洽——太子舍人；

到沆——太子洗馬；東宮書記；

夏侯亶——太子洗馬；

褚球——太子洗馬。

天監三年　四歲（504）

〔註9〕《文選》李善注引《虞羲集序》曰：「羲宗子陽，……天監中卒。」又《南史・王僧孺傳》謂羲卒於晉安王侍郎。按《梁書・簡文帝紀》：「天監五年，封晉安王。」據此，可知虞羲卒必在天監五年以後。

〔註10〕《南史・劉峻傳》：「普通三年卒，年六十。門人諡曰玄靖先生。」（卷四十九）

〔註11〕《梁書・徐勉傳》：「勉第二子悱卒，痛悼甚至，不欲久廢王務，乃爲〈答客喻〉。其辭曰：普通五年春二月丁丑，余第二息晉安內史悱喪之問至焉，舉家傷悼心情若隕。」（卷廿五）

〔註12〕《梁書・陸倕傳》：「普通七年卒，年五十七，文集二十卷行於世。」（卷廿七）

〔註13〕劉孝綽《昭明太子集・序》有「粵我大梁二十一載」之語，則是集乃編成於普通三年。

蕭琛——太子中庶子；

劉孺——太子舍人；太子洗馬。

天監四年　五歲（505）

到沆——太子中舍人。

天監五年　六歲（506）

呂僧珍——左衞將軍領太子庶子；

范岫——皇太子給扶。

天監六年　七歲（507）

劉孝綽——安成王記室；太子洗馬；

陸倕——太子中舍人；

陸杲——太子中庶子；

蕭子範——太子洗馬；

蕭介——太子舍人；

蕭宏——太子太傅尚書令；

沈約——太子少傅；

劉苞——太子太傅丞；

庾仲容——太子舍人；

謝覽——東宮管記；

張緬——太子舍人。

天監七年　八歲（508）

到洽——太子中舍人；

陸倕——太子庶子；東宮管記；

殷鈞——太子中庶子；

明山賓——國子博士；

庾黔婁、殷鈞、到洽、明山賓——遞日爲太子講《五經》義。

天監八年　九歲（509）

庾於陵、周捨——太子洗馬。

天監九年　十歲（510）

蕭藻——太子中庶子。

天監十年　十一歲（511）

陸襄——太子洗馬；

　　許懋——太子家令。

天監十一年　十二歲（512）

　　謝舉——太子中庶子掌管記。

天監十二年　十三歲（513）

　　王規——太子洗馬；

　　沈旋——太子僕。

天監十四年　十五歲（515）

　　到洽——太子家令；

　　王錫——太子洗馬；

　　蕭子雲——太子舍人。

天監十六年　十七歲（517）

　　到洽——太子中庶子；

　　劉勰——東宮通事舍人。

天監十七年　十八歲（518）

　　張率——太子僕；

　　蕭子範——太子舍人。

普通元年　二十歲（520）

　　到洽——太子中庶子領博士；

　　蕭機——太子洗馬。

普通二年　廿一歲（521）

　　明山賓——太子右衛率。

　　張纘——太子中舍人並掌管記。

普通三年　廿二歲（522）

　　劉孝綽——僕射；

　　陸襄——家令；

　　張率——太子家令；

　　陸倕——中庶子；

　　王錫——吏部郎中。

普通四年　廿三歲（523）

　　明山賓、殷鈞——東宮學士；

王錫、張緬、王規——侍東宮。

普通五年　廿四歲（524）

到洽——太子中庶子；

謝舉——太子中庶子。

普通六年　廿五歲（525）

到洽——御史中丞；

殷芸——直東宮學士省；

王筠——吏部郎；太子中庶子；

王規——侍中。

普通七年　廿六歲（526）

陸倕卒。

到洽——劾免劉孝綽廷尉正職；雲麾長史、尋陽太守。

孔休源——太子中庶子。

大通元年　廿七歲（527）

到洽卒。

明山賓卒。

張率卒。

張緬——太子中庶子；

劉杳——東宮通事舍人；

劉孝綽——西中郎湘東王諮議；

張纘——華容公長史。

中大通元年　廿九歲（529）

殷芸卒。

蕭偉——太子太傅；

何敬容——太子中庶子。

中大通二年　三十歲（530）

王規——晉安王長史。

中大通三年　卅一歲（531）

殷鈞——中庶子。

張緬先昭明卒。

昭明卒。〔註14〕

由其交游情形可知蕭統東宮學士較繁盛之時期有三：

（1）天監六、七年間（蕭統時年七、八歲）

（2）天監十四年間（蕭統時年十五歲）

（3）普通三、四年間（蕭統時年廿二、廿三歲）

第一、二期，蕭統年紀尚輕，著手編撰《文選》之可能性不大，普通三、四年間為積極編撰《文選》最可能之時期，至於定稿問世，則在普通七年以後。

總之，《文選》確切之編成年代不可知。然就《文選》本身及其同時之其他資料可推知：著手編撰《文選》之時代不早於天監十五年（516），成書應在普通三、四年，甚或七年（526）之後。

第二節　《文選》之編者

一、主編者

《文選》一書題為梁昭明太子蕭統撰，《梁書・昭明太子傳》亦言蕭統撰《文選》三十卷。以其時東宮文學之盛、藏書之富〔註15〕，蕭統以皇太子之尊而嗜好文學，進而主編《文選》，乃無庸置疑之事矣。

（一）年　譜

蕭統（501～531），字德施，小字維摩，南蘭陵（今江蘇省武進）人。梁武帝長子，卒後諡昭明，故後世稱昭明太子。茲將其生平事蹟略列於后：

齊和帝中興元年（501）　一歲

九月生於襄陽。

梁武帝天監元年（502）　二歲

蕭衍即帝位。昭明十一月立為皇太子。

天監二年（503）　三歲

受《孝經》、《論語》。十月丁未，皇子綱生。

〔註14〕以上蕭統交游情形參考何融〈文選編撰時期及編者考略〉一文。

〔註15〕《梁書・昭明太子傳》卷八：「引納才學之士，賞愛無倦。恆自討論篇籍，或與學士商榷古今，閒則繼以文章著述，率以為常。于時東宮有書幾三萬卷。名才並集，文學之盛，晉、宋以來未有也。」

天監三年（504）　四歲

七月甲子，立皇子綜爲豫章郡王。

天監四年（505）　五歲

遍讀《五經》，悉能諷誦。

天監五年（506）　六歲

五月庚戌，太子出居東宮，太子性仁孝，自出宮恆思親不樂，高祖知之，每五日一朝，多便留永福省，或五日三日乃還宮。秋八月，作太子宮。

天監七年（508）　八歲

皇太子納妃蔡氏，吏部《尚書》撙之女也，赦大辟以下，頒賜朝臣及近侍各有差。

天監八年（509）　九歲

九月，太子於壽安殿講《孝經》，盡通大義，講畢，親釋奠於國學。

天監九年（510）　十歲

蕭琛以《漢書》、《序傳》眞本獻鄱陽王世子蕭範，範轉獻於東宮。

天監十年（511）　十一歲

昭明命劉之遴與張纘、到溉、陸襄等參校鄱陽王世子所獻《漢書》眞本異同。

天監十一年（512）　十二歲

太子於內省見獄官讞事，問左右日：「是皂衣何爲者？」曰：「廷尉官屬。」召視其書曰：「是皆可念，我得判否？」有司以太子幼，紿之曰：「得。」其獄皆刑罪上，太子皆署杖五十。有司抱具獄，不知所爲，具言於高祖。高祖笑而從之。自是數使聽訟，每有欲寬縱者，即使太子決之。建康縣讞誣人誘口，獄翻，縣以太子仁愛，故輕當杖四十。令曰：「彼若得罪，便合家拏戮，今縱不以其罪罪之，豈可輕罰而已，可付治十年。」

天監十二年（513）　十三歲

太子敬耆老，襄母年將八十，與蕭琛、傅昭、陸杲，每月常遣存問，加賜珍羞衣服。母卒，襄年已五十，毀頓過禮，太子憂之，日遣使誡喻。

天監十四年（515）　十五歲

春正月乙巳朔，高祖臨軒，冠太子於太極殿。太子美姿容，善舉止，讀書數行并下，過目皆憶，每游宴祖道，賦詩至十數韻，或作劇韻，皆屬思便成，無所點易。太子自加元服，高祖便使省萬幾，內外百司，奏事者填塞於前，太子明於庶事，每

所奏謬誤巧妄，皆即辨析，示其可否，徐令改正，未嘗糾彈一人。平斷法獄，多所全宥，天下皆稱仁。性寬和容眾。喜慍不形於色。引納才學之士，賞愛無倦。恆自討論墳籍。或與學士商榷古今，繼以文章著述，率以爲常。於時東宮之書，幾三萬卷，名才并集，文學之盛，晉宋以來，未之有也。

時太子好士愛文，太府卿太子僕劉孝綽，與陳郡殷芸，吳郡陸倕，琅玡王筠、彭城到洽等，同見賓禮，太子起樂賢堂，乃使畫工先圖孝綽焉。太子文章繁富，群才咸欲撰錄，太子獨使孝綽集而序之。孝綽與到洽不平，嘗爲書敘十事，其詞皆鄙到氏，又寫別本，封呈東宮，太子命焚之，不開視也。

太子性愛山水，於玄圃穿築，更立亭館，與朝士名素者游其中。嘗泛舟後池，番禺侯軌，盛稱此中宜奏女樂，太子不答，詠左思〈招隱詩〉云：「何必絲與竹，山水有清音。」軌慚而止。自是至其後出宮二十餘年，不畜聲音，未薨少時，敕賜太樂女伎一部，略非所好云。

太子常與王筠及劉孝綽、陸倕、到洽、殷芸等游宴玄圃，太子獨執筠袖，撫孝綽肩而言曰：「所謂左把浮邱袖，右拍洪崖肩。」其見重如此。

普通元年（520）　廿歲

高祖大弘佛教，親自講說；太子亦素信三寶，徧覽眾經，乃於宮內別立慧義殿，專爲法集之所，招引名僧，自立三諦法義。是歲四月，甘露降於慧義殿，咸以爲至德所感。時俗稍奢，太子欲以己率物，服御樸素，身衣浣衣，膳不兼肉。

普通四年（523）　廿三歲

徙南徐州刺史平西將軍晉安王綱爲雍州刺史。王好文學，在襄陽時，令常侍庾肩吾，與東海徐摛，吳郡陸杲，彭城劉遵、劉孝儀、儀弟孝威等，鈔撰眾籍，豐其廩餼，號爲高齋十學士。後人誤以王此事，移之昭明之製選，蓋其事亦差相類也。

普通五年（524）　廿四歲

連歲大軍北侵，都下米貴，太子因命菲衣減膳。每霖雨積雪，輒遣腹心左右，周行閭巷，視貧困家，及有流離道路者，以米密加賑賜，人十石。又出主衣絹帛，年常多作襦袴，各三千領，冬月以施寒者，不令人知。若死亡無可斂，則爲備棺槥；其關心民瘼，好行其德如此。

普通七年（526）　廿六歲

十一月庚辰，丁貴嬪薨。方貴嬪有疾，太子即還永福省，朝夕侍疾，衣不解帶，及薨，步從喪還宮至殯，水漿不入口，每哭輒慟絕。高祖敕中書舍人顧協宣旨曰：「毀

不滅性，聖人之制，不勝喪，比於不孝，有我在，那得自毀如此，可即強進飲粥。」太子奉敕，乃進數合，自是至葬，日進麥粥一升。高祖又敕曰：「聞汝所進過少，轉就羸瘦，我比更無餘病，政爲汝如此，胸中亦填塞成疾，故應強加饘粥，不俟我恆爾懸心。」雖屢奉敕勸逼，終喪日止一溢，不嘗荼果之味，體素壯，腰帶十圍，至是減削過半，每入朝，士庶見者，莫不下泣。

大通元年（527）　廿七歲

三月辛未，輿駕幸同泰寺捨身。甲戌還宮，赦天下，改元。

達摩來中國。

中大通元年（529）　廿九歲

秋九月癸巳，輿駕幸同泰寺，設四部無遮大會，因捨身；公卿以下，以錢一億萬奉贖。

冬十月己酉，輿駕還宮，大赦改元。

大中通二年（530）　三十歲

太子雅性愛民，每聞遠近百姓，賦役勤苦，輒歛容變色，常以戶口未實，重於勞民。吳郡屢以水災不熟，有上言當漕大瀆以瀉浙江者，是年春，詔遣前交州刺史王奕，假節發吳、吳興、信義三郡人丁就役。太子上疏請停吳興徭役。

中大通三年（531）　三十一歲

三月，偶游後池，乘彫文舸，摘芙蓉，姬人蕩舟，沒溺而得出，因動股，恐貽高祖憂，深誡不言，以寢疾聞。高祖敕看問，輒自力手書啓。及稍篤，左右欲啓聞，猶不許，曰：「云何令至尊知我如此惡」，因便嗚咽。四月乙巳暴惡，馳啓高祖，比至已薨，時年三十一。高祖幸東宮，臨哭盡哀，詔歛以袞冕，謚曰昭明。朝野惋愕，都下男女，奔走宮門，號泣滿路，四方氓庶，及疆徼之民，聞喪者莫不哀痛。五月庚寅，葬安寧陵。王筠爲哀策文。

所著文集二十卷，劉孝綽爲序，又撰《古今典誥文言》，爲《正序》十卷。五言詩之善者，爲《文章英華》二十卷。《文選》三十卷，自爲序。〔註16〕

由以上所列年譜，可知昭明雖生長宮廷，然幼受《孝經》、《論語》，深受儒家影響，加以其生性仁孝，故其行事處世，毫無驕縱淫奢之氣。宮廷貴族生活雖富豪，然昭明始終持身謹重，不好女樂，身爲表率。且喜與文士商酌古今，或遨遊自然美景，故其胸壑高闊，有自然之文學思想及文質彬彬之創作觀矣。

〔註16〕以上年譜參考《梁書·昭明太子傳》卷八及《南史·梁武帝諸子傳》卷五十三。

（二）性　格

1. 仁恕愛人

昭明待人寬厚，生性仁恕愛人，《南史》中不乏其證：

> 太子性仁恕，見在宮禁防捉荊子者，問之，云：以清道驅人。太子恐
> 復致痛，使捉手板代之。
>
> 頻食中得蠅蟲之屬，密置柈邊，恐廚人獲罪，不令人知。
>
> 年十二，於內省見獄官將讞事，問左右曰：是皁衣何為者？曰：廷尉
> 官屬。召視其書，曰：是皆可念，我得判否？有司以統幼，紿之曰：得。
> 其獄皆刑罪上，統皆署杖五十。有司抱具獄，不知所為，具言於帝，帝笑
> 而從之。自是數使聽訟，每有欲寬縱者，即使太子決之。
>
> 普通中，大軍北侵，都下米貴，太子因命菲衣減膳。每霖雨積雪，遣
> 腹心左右，周行閭巷，視貧困家及有流離道路，以米密加賑賜，人十石。
> 又出主衣絹帛，年常多作襦袴，各三千領，冬月以施寒者，不令人知。若
> 死亡無可斂，則為備棺槥。
>
> 太子自加元服，帝便使省萬機，內外百司奏事者，填塞於前。太子明
> 於庶事，每所奏謬誤巧妄，皆即辯析，示其可否，徐令改正，未嘗彈糾一
> 人。平斷法獄，多所全宥，天下皆稱仁。（以上具見《南史・梁武帝諸子
> 傳》卷五十三）

昭明雖貴為皇太子，然對於地位卑微之廚人、僕役，仍一以仁愛之心待之，不忍揭
發廚人所為飲食中有蠅蟲，恐其致罪；於決獄判事之際，對刑罪者亦多加寬貸；若
國有征戰或天災，更廣為周濟百姓，不忍見其飢寒，昭明之仁恕愛人若此。

於昭明文集中亦可見其仁慈之天性，如〈請停吳興丁役疏〉：

> 所聞吳興累年失收，人頗流移，吳郡十城，亦不全熟，……穀稼猶貴，
> 劫盜屢起，在所有司，皆不聞奏；今征戌未歸，強丁疎少；此雖小舉，竊
> 恐難合。吏一呼門，動為人蠹；又出丁之處，遠近不一，比得齊集，已妨
> 蠶農……不審可得權停此功，待優實以不？（同前）

昭明如此體恤民情，仁厚愛民，無怪乎其薨時，「朝野愴愕，都下男女，奔走宮門，
號泣滿路，四方氓庶及疆徼之人，聞喪皆哀慟」（同前）。因其生性仁恕若此，輒以
民命為念，故生活素簡，不事奢華，視錦衣玉食如敝屣，故其文學思想崇尚雅正，
不好華靡，實天性使然。

2. 孝謹天至

昭明生性至孝，對於武帝，可謂孝謹備至，《南史》載昭明：

> 孝謹天至，每入朝，未五鼓便守城門開。

> 游後池……沒溺而得出，因動股，恐貽帝憂，深誠不言，以寢疾聞。

武帝敕看問，輒自力手書啓。及稍篤，左右欲啓聞，猶不許，曰：「云何令至尊知我如此惡？」因便嗚咽。

> 雖燕居內殿，一坐一起，恆向西南面臺。

> 宿被召，當入，危坐達旦。（同前）

其平日侍武帝周至如此，凡入朝未五鼓即至；即使病重，亦不忍貽武帝憂。對於不同居之生母丁貴嬪，亦時時思戀，《南史》有云：

> 性仁孝，自出宮，恆思戀不樂。帝知之，每五日一朝，多便留永福省，或五日三日乃還宮。（同前）

昭明二十六歲時，生母有疾，便親奉湯藥，日夜不休：

> 普通七年十一月，貴嬪有疾，太子即還永福省，朝夕侍疾，衣不解帶。及薨，步從喪還宮，至殯，水漿不入口，每哭輒慟絕。武帝敕中書舍人顧協宣旨曰：「……可即強進飲粥。」太子奉敕，乃進數合，自是至葬，日進麥粥一升。武帝又敕曰：「聞汝所進過少，轉就羸瘦。我比更無餘病，政爲汝如此，胸中亦塡塞成疾。故應強加饘粥，不俟我恆爾懸心。」雖屢奉敕勸逼，終喪日止一溢，不嘗菜果之味。體素壯，腰帶十圍，至是減削過半，每入朝，士庶見者，莫不下泣。（同前）

生母薨後，以悲傷過度，不嘗果菜之味，一任身體削瘦羸弱，其至孝天性由此可知。所謂「百善孝爲先」，百行以孝爲首，昭明事父母既孝，故能老吾老以及人之老，待人一本仁恕寬厚，上下皆稱之。

3. 愛好文學

昭明愛好文學，宮中藏書甚豐。《南史‧梁武帝諸子傳》稱蕭統：

> 引納才學之士，賞愛無倦，恆自討論墳籍，或與學士商榷古今，繼以文章著述，率以爲常，於時東宮有書幾三萬卷，名才並集。文學之盛，晉、宋以來未之有也。（卷五十三）

昭明〈答湘東王求文集及詩苑英華書〉，亦有下列文句：

> 與其飽食終日，寧遊思於文林。

又〈與何徹書〉：

> 耽精義，味玄理，息囂塵，玩泉石，激揚碩學。誘接後進，志與秋天競高，理與春泉爭溢，樂可言乎？豈與口厭芻豢，耳聆絲竹之娛者，同年

而語哉？……鑽閱六經，泛濫百氏，研尋物理，領略清言，既以自慰，且以自儆。

可見其志趣實在「鑽閱六經，泛濫百氏」，時時以文學自慰、自儆，是以喜好賞接文士，形成文學集團，彼等時時討論墳籍，商榷古今，造成梁代文學之盛況，《文選》遂應運而生。

4. 崇尚自然

昭明崇尚自然，愛好山水，以為與其從事物質享樂，未若欣賞自然之雅尚。《南史・梁武帝諸子傳》有載：

性愛山水，於玄圃穿築，更立亭館，與朝士名素者遊其中。嘗泛舟後池，番禺侯軌盛稱此中宜奏女樂，太子不答，詠左思〈招隱詩〉云：「何必絲與竹，山水有清音。」軌慚而止。（卷五十三）

蕭統不獨愛好山水，甚至自然界之香草幽花，亦十分鍾愛，以致因採芙蓉而喪命，《南史》載蕭統：

游後池，乘彫文舸摘芙蓉，姬人蕩舟，沒溺而得出，因動股。（《梁武帝諸子傳》卷五十三）

而後病情即未見好轉，期月後便即病逝。蕭統集中之〈見雪〉〈晚春〉二詩，更可見彼對自然之喜好：

〈見雪〉：

既同摽梅英散，復似大谷花飛，密如公超所起，皎如淵客所揮，無羨崑巖列素，豈匹振鷺群歸。

〈晚春〉：

紫蘭葉初滿，黃鸝弄始稀，石蹲還似獸，蘿長更勝衣。水曲文魚聚，林暝雅鳥飛，渚蒲變新節，巖桐長舊圍，風花落未已，山齋開夜扉。

此外尚有記事詩及信札，亦多處流露其對自然景致之欣賞。如〈鐘山解講〉：

清宵出望園，詰晨屆鐘嶺；輪動文學乘，笳鳴賓從靜；曒出巖隱光，月落林餘影；糺紛八桂密，坡陁再城永。伊予愛丘壑，登高至節景；……方知蕙帶人，囂塵成易屏……非曰樂逸游，意欲識箕潁。

又如〈答湘東王求文集及詩苑英華書〉一首：

或日因春陽，其物韶麗；樹花發，鶯鳴和；春泉生，暄風至；陶嘉月而熙游，藉芳草而眺矚。或朱炎受謝，白藏紀時，玉露夕流，金風時扇，悟秋山之心，登高而遠託。或夏條可結，倦於邑而屬詞；冬雲千里，觀紛霏而興詠。

昭明既鍾情於自然美景，其論文學，遂有自然之文學觀，以爲文原於自然，而自然爲激發創作之動力，故彼好遊山賞水，感物賦詩，所作亦多寫自然景物者矣。

昭明性格孝謹仁恕，秉儒家之風；又篤好文學、自然，故有文藝之盛。梁簡文帝蕭綱更於序昭明集中，條列蕭統之德多達十四項：

……翠幰晨興，班輪曉驚，胡香翼蓋，葆吹從風，問安寢門之外，視膳東庖之側，三朝有則，一日弗虧，恭承宸扆，陪贊顏色，化闕梓於商庭，既欣拜夢；望直城而結軌，有悅皇心，此一德也；

地德褰維，天難掩色，搆傾椒殿，滲結堯門，水漿不入，圭溢罕進，喪過乎哀，毀幾乎滅，地緯既啓，探摽摽之慟；陵園斯踐，震中路之號，率由至要之道，以爲生民之則，固已事彰朱草，理感圖雲，此二德也；

垂慈豈弟，篤此棠棣，善誘無倦，誨人弗窮，躬履禮教，俯示楷模。群藩戾止，流連於終讌，下國遠征，殷勤於翰墨。降明兩之尊，匹姜肱之同被，紆作貳之重，弘臨蕃而共館，此三德也；

好賢愛善，甄德與能，曲閣命賓，雙闕延士，剖美玉於荊山，求明珠於枯岸，賞無繆實，舉不失才，巖穴知歸，屠釣棄業，左右正人，巨僚端士，丹轂交景，長在鶴關之內；花綬成行，恆陪畫堂之裏。雍容河曲，並當今之領袖，侍從北場，信一時之俊傑。豈假問謝鯤於溫嶠，謀黃騎於張良，此四德也；

皇上垂拱巖廊，積成庶務，式總萬幾，副是監撫，山依搖彩，地立少陽，物無隱情，人服睿聖，此五德也；

罰慎其濫，書有作則，勝殘去殺，孔著明文，任刑逞威，伐疵淳化，終食不違，理符道德。故假約法於關中，秦民胥悅，感嚴刑於關下，漢后流名，是以遠鑒前史，垂恩獄犴，仁同泣罪，幽比推溝，玉科歸理遣之恩，金條垂好生之德，黔首齊民，亭育含養，咸欣然不知所以然，此六德也；

梧丘之首，魂沈而靡託，射聲之鬼，曝骨而無歸，起掩骼之慈，被錫椎之澤，若使驄馬知歸，感埋金於地下；書生雖殞，尚飛被於天上。恩均西伯，仁同姬祖，此七德也；

玄冥戒節，沍陰在歲，雪號千里，冰重三尺，炎鑪吐色，豐貂在御，留上人之重，愍終寠之氓，發於篇藻，刑乎造次，輟宴心歡，矜容動色，嘆陋巷之無襦，嗟負薪之屢亡，發私藏之銅鳧，散垣下之玉粒，施周澤洽，無幽不普，銜命之人，不告而足，受惠之家，飡恩之士，咸謂櫟陽之金，自空而墜，南陽之粟，自野而生，此八德也；陽阿渌水，奇音妙曲，過雲

繁手，仰秣來風，靡悅於胸襟，非關於懷抱，事等弃琴，理均放鄭。豈同
魏兩作歌於長笛，終噪漢貳託賦於洞簫。此九德也；

　　怪寶奇琛，不留於器服，儷珠玉玦，無取於浮玩，土木無綈劇，宮殿
靡磨礱，此十德也；

　　承華廣闊，肅成且啓，秋光洞入，春花洒樹，名僧結侶，長裾總集，
吐納名理，從容持論，五稱既辯，九言斯洽，如觀巨海，如見游龍，令羅
折談，名儒稱疾，無勞擁經入巷，豈假羊車詣門，此十一德也；

　　研精博學，手不釋卷，含芳腴於襟抱，揚華綺於心極，韋編三絕，豈
直爻象，起先五鼓，非直甲夜，而欹案無休，書幌密倦，此十二德也；

　　群玉名記，洛陽素簡，西周東觀之遺文，刑名墨儒之旨要，莫不殫茲
聞見，竭彼綈緗，總括奇異，徵求遺逸，命謁者之使，置籯金之賞，惠子
五車，方茲無以比；文終所收，形此不能匹，此十三德也；

　　借書治本，遠記齊攸，一見自書，聞之闕澤，事唯列國，義止通人，
未有降貴紆尊，躬刊手撥，高明斯辯，已亥無違，有識口風，長正魚魯，
此十四德也。

《漢魏六朝百三家集題辭注》則將此十四德歸納爲：悅皇心、極孝敬、篤友于、延
賢俊、副監撫、愼刑獄、埋露骳、振窮困、遠聲樂、尙樸素、臨講壇、精學問、搜
遺逸、刊疑誤等十四題目。其中前二德講昭明孝謹天至，第九、十德言其崇尙自然
純樸，第十一至十四德明其篤好學問，其餘則講其仁恕愛人。昭明之德，實值得後
人取法。

（三）家　世

　　蕭統出身帝王之家：父蕭衍，爲梁開國之君，「博學多通，好籌略，有文武才幹，
時流名輩咸推許焉。」（《梁書》本紀卷三）是以統亦博學好文，有君子之致。而衍
之生知淳孝，影響昭明亦深，《梁書》載高祖衍云：

　　年六歲，獻皇后太后崩，水漿不入口三日，哭泣哀苦，有過成人，內
外親黨，咸加敬異。及丁文皇帝憂，時爲齊隨王諮議，隨府在荆鎮，髣髴
奉聞，便投劾星馳，不復寢食，倍道就路，憤風驚浪，不暫停止。高祖形
容本壯，及還至京都，銷毀骨立，親表士友，不復識焉。望宅奉諱，氣絕
久之，每哭輒歐血數升。服內不復嘗米，惟資大麥，日止二溢。拜掃山陵，
涕淚所灑，松草變色。（同前）

無怪乎昭明母丁貴嬪薨時，昭明「不嘗荼果」，「腰帶十圍，至是減削過半。」（《南

史‧梁武帝諸子傳》卷五十三）其孝謹天性，實承自父衍。

統之母丁貴嬪，生性仁恕，「接馭自下，皆得其歡心」。且「不好華飾」（以上見《梁書》本傳卷八），所用器服皆無珍麗，故昭明仁恕愛人，不好華麗之性格，實承自其母。而昭明諸弟，亦皆聰悟英發之儔，如其同母弟簡文帝蕭綱，為高祖第三子，「幼年聰睿，令問夙標，天才縱逸，冠於今古。」（《梁書‧簡文帝紀論》卷四）又其七弟元帝蕭繹，「聰悟俊朗，天才英發」，「既長好學，博總群書，下筆成章，出言為論，才辯敏速，冠絕一時。」（《梁書‧元帝紀》卷五）蕭氏一門，皆為文學能手，可與建安曹氏父子媲美。然以蕭綱縱情聲樂，好為宮體，「文則時以輕華為累」（《梁書‧簡文帝紀論》卷四），與蕭統不好聲色，主雅正之文學觀有異，此為其兄弟大別之所在。

（四）作品風格

昭明既篤好文學，平日遊覽文林，創作頗繁。又以其彬彬然有儒者之風，故為文多典麗而不淫，深情而不詭，且文筆遒健自然，有君子之致。茲分別言之：

1. 典麗不淫

劉孝綽序《昭明太子集》美蕭統文風曰：「竊以屬文之體，鮮能周備，長卿徒善，既累為遲，少孺雖疾，俳優而已。子淵淫靡，若女工之蠹，子雲侈靡，異詩人之則。孔璋詞賦，曹祖勸其修今，伯喈答贈，摯虞知其頗古。孟堅之頌，尚有似贊之譏，士衡之碑，猶聞類賦之貶。深乎文者，兼而善之，能使典而不野，遠而不放，麗而不淫，約而不儉，獨擅眾美，斯文在斯。」故知蕭統文風為「典而不野，麗而不淫」，今觀其文，則知劉孝綽之語可信矣。

〈錦帶書蒞賓五月啟〉：

> 麥隴移秋，桑津漸暮，蓮花泛水，艷如越女之顋，蘋葉漂風，影亂泰臺之鏡，炎風以之扇戶，暑氣於是盈樓，凍雨洗梅樹之中，火雲燒桂林之上。敬想足下追涼竹徑，托蔭松間，彈伯牙之素琴，酌稽康之綠酒，縱橫流水，酩酊頹山，實君子之佳游，乃王孫之雅事。某沈疴漳浦，臥病泉山，頓懷劉幹之勞，鎮抱相如之酷。是知枯榮莫測，生死難量，驗風燭之不停，如水泡之易滅，聊伸弊札，以代勞人，佇觀芳詞，希垂愈疾。

〈謝勑賚水犀如意啟〉：

> 臣某啟：應勑左右伯佛掌奉宣勑旨，垂賚水犀如意一柄，式是道義所須，白玉照采，方斯非貴，珊瑚挺質，匹此未珍。彫剖既成，先被庸薄，如蒙漢帝之簪，似獲趙堯之印。謹仰承威神，陳諸講席。方使歡喜羅漢，

懷棄鉢之嗟，王式碩儒，忻驪駒之辨。熊飾寶刀，子桓惡其大賚，聱牛輕
拂，張敞慚其舊儀，殊恩特降，伏深荷躍，不任下情，謹啓事以聞。謹啓。
以上諸作，文字典麗，思想莊重，情感含蓄而不淫放。蕭統〈答湘東王求文集及詩
苑英華書〉曰：「文典則累野，麗則傷浮。」徵諸其作品，可見蕭統典麗而不淫之文
學觀念能於作品中實踐矣。

2. 深清不詭

王筠於〈昭明太子哀策文〉中稱蕭統之為文：「吟詠性靈，豈惟薄伎，屬詞婉約，
緣情綺靡，字無點竄，筆不停紙，壯思泉流，清章雲委。」（《梁書·昭明太子傳》
卷八）蕭統為文，具有深情，落落有致，觀其〈飲馬長城窟行〉：

> 亭亭山上柏，悠悠遠行客。行客行路遙，故鄉日迢迢。迢迢不可見，
> 長望涕如霰。如霰獨留連，長路邈綿綿。胡馬愛北風，越燕見日喜。緬此
> 望鄉情，沈憂不能止。有朋西南來，投我用木李。并有一札書，行止風雲
> 起。扣封披書札，書札竟何有。前言節所愛，後言別離久。

言遊子思鄉望鄉之情，雖思之甚，然僅言「沈憂不能止」，其深情隱於字裏行間，不
於字面誇言其情。又〈有所思〉：

> 公子遠于隔，乃在天一方。望望江山阻，悠悠道路長。別前秋草落，
> 別後春花芳。雷嘆一聲響，雨淚忽成行。愴望情無極，傾心還自傷。

又〈錦帶書南呂八月〉：

> 一歎分飛，三秋限隔，遐思盛德，將何以伸。白雲斷而音信稀，青山
> 暝而江湖遠。敬想足下，羽儀勝睠，領袖嘉賓，傾玉醑於風前，弄瓊駒於
> 月下。但某登山失路，涉海迷津，聞猿嘯而寸寸斷腸，聽鳥聲而雙雙下淚。
> 當以黃花笑冷，白羽悲秋，既傳蘇子之書，更泛陶公之酌。聊因三鳥，略
> 敍二難，面會取書，不能盡述，或叩鳳念，不黜魚緘。

又〈與何徹書〉：

> 某叩頭叩頭，昔園公道勝，漢盈屈節，春卿經明，漢莊北面。況乃義
> 兼乎此，而顧揆不肖哉？但經途千里，眇焉莫因，何嘗不夢姑骨而鬱陶，
> 想具區而杼軸，心往形留，於茲有年載矣！方今朱明受謝，清風戒寒，想
> 攝養得宜，與時休適，耽精義，味玄理，息囂塵，玩泉石，激揚碩學，誘
> 接後進，志與秋天競高，理與春泉爭溢，樂可言乎。豈與口厭芻豢，耳聆
> 絲竹之娛者，同年而語哉？方今泰階端平，天下無事，修日養夕，差得從
> 容，鑽閱六經，泛濫百氏，研尋物理，領略清言，既以自慰，且以自儆，
> 而才力有限，思力非長，熱疹惛憒，多慚過目，釋卷便忘。是以蒙求之懷，

於茲彌紛，聊遺典書陳顯宗，申其蘊結，想敬□宜，此豈盡意。某叩頭。言思君、思友之極，出以溫婉含蓄手法，其情深不詭，風清不雜，於字裏行間表露無遺矣。

3. 遒健自然

蕭統於《陶淵明集‧序》中謂淵明：「文章不群，詞采精拔，跌蕩昭彰，獨起眾類。」其實蕭統自身之創作亦復如此。觀其序《陶淵明集》可知：

> 夫自衒自媒者，士女之醜行，不忮不求者，明達之用心。是以聖人韜光，賢人遁世，其故何也？含德之至，莫踰於道，親己之切，無重於身。故道存而身安，道亡而身害。處百齡之內，居一世之中，倏忽比之白駒，寄寓謂之逆旅，宜乎與大塊而榮枯，隨中和而放任，豈能戚戚勞於憂畏，汲汲役于人間。齊謳趙舞之娛，八珍九鼎之食，結駟連鑣之遊，侈袂執圭之貴，樂則樂矣，憂則隨之。何倚伏之難量，亦慶吊之相及。智者賢人，居之甚履薄冰，愚夫貪士，競此若泄尾閭。玉之在山，以見珍而招破，蘭之生谷，雖無人而猶芳。莊周垂釣於濠，伯成躬耕於野，或貨海東之藥草，或紡江南之落毛。譬彼鴛雛，豈兢鳶鴟之肉，猶斯雜縣，寧勞文仲之牲。至如子常甯喜之倫，蘇秦衛鞅之匹，死之而不疑，甘之而不悔。主父偃言，生不五鼎食，死則五鼎烹，卒如其言，亦可痛矣。又有楚子觀周，受折於孫滿，霍侯驂乘，禍起于負芒，饕餮之徒，其流甚眾。唐堯四海之主，而有汾陽之心，子晉天下之儲，而有洛濱之志，輕之若脫屣，視之若鴻毛，而況於他乎？是以聖人達士，因以晦跡。或懷玉而謁帝，或被裘而負薪，鼓楫清潭，棄機漢曲，情不在於眾事，寄眾事以忘情者也。……其文章不群，詞采精拔，跌蕩昭彰，獨起眾類，抑揚爽朗，莫之與京。橫素波而傍流，干青雲而直上，語時事，則指而可想，論懷抱，則曠而且眞。加以貞志不休，安道苦節，不以躬耕爲恥，不以無財爲病，自非大賢篤志，與道污隆，孰能如此者乎？余愛嗜其文，不能釋手，尚想其德，恨不同時。故更加搜求，粗爲區目，白璧微瑕者，惟在《閒情》一賦，揚雄所謂勸百而諷一者，幸無諷動，何必搖其筆端，惜哉！忘是可也。并粗點定其傳，編之于錄，常謂有能讀淵明之文者，馳競之情遣，鄙吝之意袪，貪夫可以廉，懦夫可以立。豈止仁義可蹈，爵祿可辭，不勞復傍游太華，遠求柱史，此亦有助於風教爾。

此序起始即以數十句之篇幅，滔滔列敘「聖人韜光，賢人遁世」之因，辭采精拔，風格遒健，筆致極其自然條暢，其才思明敏，筆力健逸，於斯可見。

二、助編者

　　《文選》三十卷，所收之作品，始於西元前五世紀之東周〔註17〕，止於西元六世紀之梁朝〔註18〕，係諸多不同時代作家之作品集合物，選錄之作者達一百二十九人，另有不知作者之古樂府三首及〈古詩十九首〉。清朱彝尊〈書玉臺新詠後〉曰：「《昭明文選》初成，聞有千卷，既而略其蕪穢，集其清英，存三十卷。」〔註19〕《文選‧序》亦云：「遠自周室，迄於聖代，都爲三十卷。」其卷帙繁重，年代綿遠，實非一人之力所能完成。

　　唐人元兢《古今詩人秀句‧序》云：「梁昭明太子蕭統與劉孝綽撰集《文選》。」〔註20〕而《中興書目》則注：「與何遜、劉孝綽等選集。」〔註21〕考諸《梁書》，劉孝綽確曾爲太子官屬，且蕭統文章繁富，群才咸欲撰錄，蕭統獨使孝綽集而序之，《梁書‧劉孝綽傳》又載：「時昭明太子好士愛文，孝綽與陳郡殷芸、吳郡陸倕、琅邪王筠、彭城到洽等，同見賓禮。太子起樂賢堂，乃使畫工先圖孝綽焉。」（卷三十三）《梁書‧王筠傳》亦載：「昭明太子愛文學士，常與筠及劉孝綽、陸倕、到洽、殷芸等游宴玄圃，太子獨執筠袖撫孝綽肩而曰：『左把浮丘袖，右拍洪崖肩。』其見重如此。」（卷三十三）孝綽爲蕭統所重如此，故蕭統與孝綽共集《文選》之可能性極高。至於何遜雖卒於天監十七年〔註22〕，然《文選》之著手編撰時期既不早於天監十五年，則何遜亦有可能參與《文選》之編撰，然恐參與一、二年便即逝世，《文選》之編者群爲避免自我標榜之嫌，遂不錄何遜之作品，非如宋晁公武《郡齋讀書志》所云：「竇常謂統著《文選》，以何遜在世，不錄其文。」〔註23〕之故。

　　又清孫志祖《文選理學權輿補》引《升庵外集》云：「梁昭明太子聚文士劉孝威、庾肩吾、徐防、江伯操、孔敬通、惠子悅、徐陵、王囿、孔爍、鮑至十人，謂之高齋十學士，集文選。今襄陽有文選樓、池州有文選臺，未知何地爲的。但十人姓名，

〔註17〕如子夏《毛詩‧序》、屈原《離騷》。

〔註18〕如江淹〈恨賦〉、〈別賦〉，沈約《宋書‧謝靈運傳論》，劉峻〈重答劉秣陵詔書〉、〈辨命論〉、〈廣絕交論〉。

〔註19〕引自吳兆宜《玉臺新詠箋注》附錄，明文書局，民國七十七年七月。

〔註20〕見日人遍照金剛《文鏡秘府論》，南卷，集論，學海出版社，民國六十三年一月初版，頁151。

〔註21〕引自王應麟《玉海》卷五十四，大化書局，民國六十六年，頁1066。

〔註22〕何遜之卒年，未有定論。今據曹道衡〈何遜生卒年問題試探〉一文，則何遜之卒年約在天監十七至十八年（518～519）。

〔註23〕見晁公武《邵齋讀書志》，卷四下，總集類，臺灣商務印書館，民國五十七年三月臺一版，頁497。

人多不知，故特著之。」〔註24〕亦可知撰集《文選》者不止蕭統一人。然確實之編者是否眞爲此十人，則甚可懷疑。考《梁書‧庾肩吾傳》：

> 初，太宗（簡文帝蕭綱）在藩，雅好文章士，時肩吾與東海徐摛、吳郡陸杲、彭城劉遵、劉孝儀、儀弟孝威同被賞接。及居東宮，又開文德省，置學士。肩吾子信、摛子陵、吳郡張長公、北海傅弘、東海鮑至等充其選。
> （卷四十九）

此等學士乃屬簡文帝蕭綱周遭之文學集團，恐孫氏誤以之爲蕭統之文學集團也，高步瀛於此駁之甚明〔註25〕。

究竟助編《文選》者爲誰？前節已論及《文選》之編成在普通年間，則自此時期任職東宮之學士考之，即可大致推出。據朱秉義〈梁詩作者考〉一文及何融〈文選編撰時期及編者考略〉一文考之，可知普通年間曾爲太子僚屬者有：劉孝綽、王筠、殷芸、到洽、陸倕、明山賓、張率、王規、殷鈞、王錫、張緬、張纘、陸襄、何思澄、謝舉、王承、王僉、劉孺、劉杳等十九人。前七人皆爲蕭統素重之長輩，其中除明山賓爲經學博士，不以文名，及陸倕爲《文選》所錄作家，一二人疑不參與外，餘五人皆可能參與編撰工作。而王規、殷鈞、王錫、張緬、張纘等五人皆因才學兼戚屬選爲蕭統侍從，其中王錫、張纘且與蕭統年輩相若，自少時即同奉敕入宮與蕭統游狎，情感甚篤，更可能爲《文選》之助編者。陸襄與何思澄二人在普通以前已爲蕭統官屬，至蕭統卒方始罷官離宮：陸襄於蕭統生時既久掌東宮書記，統卒後，復爲其妃蔡氏所居金華宮家令，與統關係極深；而何思澄爲《華林徧略》編者之一，善編輯，是此二人爲《文選》編者可能性極高。至於末五子，只劉杳可能參與編撰，其餘如謝舉雖於普通五年復任太子中庶子，然已在貴爲左民、吏部兩尙

〔註25〕高步瀛《文選李注義疏》云：「步瀛案：王象之《輿地紀勝》，京西南路襄陽府古迹有文選樓，引《舊圖經》云：『梁昭明太子所稱，以撰《文選》，聚才人賢士劉孝威、庾肩吾、徐防、江伯操、孔敬通、惠子悅、徐陵、王筠、孔爍、鮑至等十餘人，號曰高齋學士。』升菴之說殆本此，而改王筠爲王圉是也。然此說乃傳聞之誤，昭明太子當居建業，不應遠出襄陽，考襄陽於梁爲雍州襄陽郡，《梁書》簡文帝天監五年，封晉安王，普通四年，由徐州刺史都督雍梁南北秦四州郢州之竟陵司州之隋郡諸軍事、雍州刺史。《南史‧庾肩吾傳》曰：『初爲晉安王國常侍，至每徙鎭，肩吾常隨府，在雍州被命與劉孝威、江伯操、孔敬通、惠子悅、徐防、徐摛、王圉、孔爍、鮑至等十人抄撰眾籍，豐其果饌，號高齋學士。』是高齋學士乃簡文置而非昭明置，則襄陽文選樓，即果爲高齋學士集所，亦屬簡文遺蹟，而無關昭明選文也。大抵地志所稱之文選樓多不足信，揚州文選樓今在江蘇江都縣東南，或云曹憲以教授生徒所居。池州文選閣在今安徽貴池縣西，則後人因昭明太子祠而建者也。升菴狃於俗說，不能據《南史》是正，而反誚十學士姓名，人多不知，陋矣。」

書之後，且次年即復任左民尙書；王承爲王訓之弟，其父暕普通四年卒時，訓年尙只十三；又王儉爲王錫之第五弟，錫在共通元年僅二十二歲，斂時應尙在幼年；劉孺雖累任職東宮，然僅再任太子中庶子時在普通年間，且未久即復他遷，疑皆不預《文選》之編撰。

　　是以蕭統之文學集團中，可能爲《文選》之助編者爲：劉孝綽、何遜、王筠、殷芸、到洽、張率、王規、殷鈞、王錫、張緬、張纘、陸襄、何思澄、劉杳。

　　又劉勰亦極可能參與《文選》之編撰工作。劉勰嘗爲蕭統之東宮通事舍人，時爲天監十六年（517），適當蕭統十七歲之時，據《梁書・劉勰傳》，蕭統對勰極「深愛接之」，又著手編撰《文選》時間不早於天監十五年，是以劉勰於天監十六年參與之可能性極高。且無論自文體分類，或作品、作家之選錄﹝註26﹞觀之，皆可見《文

〔註26〕自文體分類觀之：

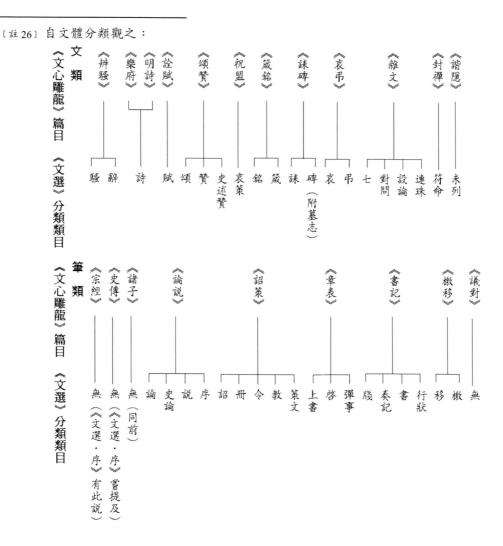

選》與《文心雕龍》二書關係之密切，則蕭統受劉勰之巨大影響，乃無庸置疑也。

第三節　《文選》編撰之動機

　　自晉宋以來，纂集之風興盛，如：晉杜預之《善文》、李充之《翰林論》、摯虞之《文章流別》、謝混之《文章流別本》、孔寧之《續文章流別》、宋劉義慶之《集林》、沈約之《集鈔》、孔逭之《文苑》、梁丘遲之《集鈔》〔註27〕等。蕭統生於如此時代，自然沿習其風，踵武前賢，而成《文選》一書。

　　蕭統選文之動機，於《文選‧序》中即有說明：

> 　　余監撫餘閒，居多暇日，歷觀文囿，汎覽詞林，未嘗不心游目想，移
> 晷忘倦。自姬漢以來，眇焉悠邈，時更七代，數逾千祀。詞人才子，則名
> 溢於縹囊，飛文染翰，則卷盈乎緗帙。自非略其蕪穢，集其清英，蓋欲兼
> 功，大半難矣。

蕭統貴為皇太子，而東宮藏書又豐，統自幼即喜好閱覽群籍，鑽研著作，然自周、秦、漢，以迄魏、晉、宋、齊、梁，年代久遠，其間作家作品眾多，必須「略其蕪穢，集其清英」，自浩如煙海之著作中，精選其較具代表性之作，方便於閱覽揣摩。故朱彝尊云：

> 昭明《文選》初成，聞有千卷，既而略其蕪穢，集其清英，存三十卷。

（〈書玉臺新詠後〉）

　　蕭統正是有感於卷帙浩繁，恐一般文士無所取擇，遂於「餘閒」、「暇日」，從事文章之去取工作，而成《文選》一書，以為學者為文、學習之範文焉。

　　又其時文學創作，可大別為復古、趨新、折衷三派（詳見第三章第三節），蕭統深惡當時側重華靡之文風，又鄙復古派之過於質樸，故有折衷之文學思想，謂為文當以雅正為宗。是以編撰《文選》，專錄文質和諧之作，凡非雅正者，概不錄取。《文選》一書，實為蕭統折衷一派理論之實踐。

可知二書所分之文體極為相似。復自作品、作家觀之，《文選》所錄作家不見於《文心》者僅五分之一，且《文心》一再提及之著名作家，如屈原、宋玉、賈誼、枚乘、司馬相如、揚雄、班固、張衡、曹丕、曹植、劉楨、王粲、阮籍、嵇康、陸機、潘岳、左思等，《文選》所錄之作亦較多。又《文選》選錄之作品，《文心》提及者在百篇以上，數量極多，可詳見齊益壽〈文心雕龍與文選在選文定篇及評文標準上的比較〉一文，是此皆可知二書關係之密切。

〔註27〕以上諸書具見《隋書‧經籍志》卷三十五所著錄。

第二章　《玉臺新詠》之外緣研究

第一節　《玉臺》之編者

　　《玉臺新詠》十卷題爲「陳尙書左僕射太子少傅東海徐陵孝穆編」，且據《隋書・經籍志》及《藝文類聚》卷五十，皆云爲徐陵所編，故編者爲徐陵無庸置疑。徐陵（507～583），東海郯（今山東省郯城縣）人。陵八歲能屬文，十二歲通莊老義，及長，博涉史籍，縱橫有口辯。在梁時，初爲東宮學士，後爲通直散騎侍郎。梁武帝太清二年（548），以兼通直散騎侍郎之身份出使北魏，被扣無法回朝。後入陳，歷任五兵尙書、尙書左僕射、中書監、左光祿大夫、太子少傅等職。陳後主至德元年卒，年七十七。徐陵早年與父摛和庾肩吾、庾信父子出入梁太子蕭綱之東宮，寫作宮體詩，極受寵愛。因詩文綺豔，時稱「徐庾體」。入陳後，其時文檄、軍書及受禪詔策，皆出其手，見視爲「一代文宗」。茲列其年譜以見其生平梗概：

一、年　譜

梁武帝天監六年（507）　一歲

　　母臧氏，夢五色雲化而爲鳳，集左肩上，已而誕陵焉。

天監十二年（513）　七歲

　　時寶誌上人，世稱有道，家人攜以候之。寶誌摩其頂曰：「天上石麒麟也。」
　　光宅惠雲法師，每嗟陵早成，謂之顏回。

天監十七（518）　十二歲

　　通老莊義。

普通四年（523）　十七歲

既長，博涉經史，縱橫有口辯。

晉安王綱徙平西將軍，寧蠻校尉，雍州刺史，出鎮襄陽；孝穆父摛固求隨府西上。因遷晉安王諮議參軍，王又引孝穆參寧蠻府軍事。

普通五年（524）　十八歲

晉安王綱進號安北將軍，孝穆居王幕府。

大通元年（527）　廿一歲

異母弟三弟孝克生。

大通二年（528）　廿二歲

長子儉生。

中大通三年（531）　廿五歲

四月，昭明太子薨。

七月，晉安王綱立為皇太子。東宮置學士，陵充其選。

中大通四年（532）　廿六歲

孝穆稍遷尚書度支郎。出為上虞令，御史中丞劉孝儀與陵先有隙，風聞劾陵在縣贓汙，因坐免。

中大通五年（533）　廿七歲

復起為南平王府行參軍，遷通直散騎侍郎。

中大通六年（534）　廿八歲

綱在東宮撰《長春殿義記》，使陵為序，又令於少傅府述所製《莊子義》。

孝穆撰《玉臺新詠》十卷，書約成於是歲。

大同三年（537）　卅一歲

遷鎮西湘東王中記室參軍。

太清元年（547）　四十一歲

二月，魏司徒侯景以豫章、廣潁、洛陽等十三州歸梁，武帝以景為大將軍，封河南王大行臺。八月，梁伐東魏，梁大敗。

太清二年（548）　四十二歲

五月，孝穆與建康令謝挺，聘於東魏，復修前好。

時侯景鎮壽春，累啓絕和，及請追使。及聞孝穆等行，景反謀益甚。

孝穆等人至魏，魏人授館宴賓。是日甚熱，其主客魏收嘲陵曰：「今日之熱，當

由徐常待來。」陵即答曰：「昔王肅至此，爲魏始制禮儀；今我來聘，使卿復知寒暑。」收大慚。齊文襄爲相，以收失言，囚之累日。

八月，侯景舉兵反。

十月，景師至京，孝穆使魏未歸，以父在圍城內，不奉家信，便蔬食布衣，若居憂恤。

孝穆長子儉，時年二十一，攜老幼避亂江陵。元帝召儉爲尚書金部郎中。

太清三年（549） 四十三歲

五月，武帝崩，年八十六，簡文即位。授摛左衞將軍，固辭不拜。

孝穆次子份生。

梁簡文帝大寶元年（550） 四十四歲

齊受魏禪。梁元帝承制於江陵，復通使於齊，陵累求復命。終拘留不遣；陵乃致書於僕射楊遵彥，遵彥竟不報書。

大寶二年（551） 四十五歲

八月，景廢帝，幽于永福宮。陵父摛不獲朝謁，因感氣疾而卒，年七十八。陵在北得訊後，曾致書與宗室。

十月，景弑帝（帝年四十九）。

梁元帝承聖元年（552） 四十六歲

三月，梁太尉王僧辯等平侯景，傳其首於江陵。六月，孝穆在北齊致書僧辯，求歸。

八月，陵於鄴奉表湘東王繹，勸嗣帝位。十一月，元帝即位於江陵，改太清六年爲承聖元年。

承聖二年（554） 四十八歲

十一月，南魏軍陷江陵。十二月，元帝被害，年四十七。魏立梁王詧爲梁主；翌年正月，詧即帝位於江陵，改元大定，是爲後梁。詧，梁昭明太子第三子。王僧辯、陳高祖奉晉安王方智於建鄴，是爲敬帝。

敬帝紹泰元年（555） 四十九歲

三月，齊送貞陽侯蕭淵明爲梁嗣，乃遣陵隨還。太尉僧辯，初拒境不納，淵明往復致書，皆陵辭也。

七月，淵明入梁，僧辯得陵大喜，接待餽遺，其禮甚優。以陵爲尚書吏部郎，掌詔誥。

九月，高祖率兵誅僧辯，廢淵明，復奉敬帝。十月，進討韋載。時任約、徐嗣

徵，乘虛襲石頭，陵感僧辯舊恩，乃往赴約。十二月，約等平，高祖釋陵不問，尋以爲貞威將軍，尚書左丞。

紹泰二年（太平元年）（556） 五十歲

陵復使于齊，還除給事黃門侍郎，秘書監。

七月，陵製〈進陳武帝爲長城公詔〉。

九月，改元太平。進陳霸先位丞相。陵爲之致書北齊廣陵城主。

及許亨以故吏，抗表請葬僧辯及其子頠，陵與亨並張種、孔奐等，相率以家財營葬。

太平二年（陳武帝永定元年）（557） 五十一歲

爲丞相陳霸先與嶺南酋豪書。

九月，梁崇丞相陳霸先爲相國，備九錫之禮。孝穆製〈陳公九錫詔〉、〈陳公九錫文〉。

十月，陳武帝踐祚。

陵加散騎常侍如故。長子儉爲太子洗馬。次子份年九歲，作夢賦，陵見之，謂所親曰：

「吾幼屬文，亦不加此。」

永定二年（558） 五十二歲

十二月，陵作〈太極殿銘〉。

永定三年（559） 五十三歲

梁中書侍郎杜之偉上啓求解著作，薦陵與沈炯等代之。

六月，武帝崩，沈文阿、劉師知與朝臣共議靈座俠御人所服衣服吉凶之制，時以二議不同，乃啓取左丞相徐陵決斷。陵議用吉服，二度答書。

六月，陳文帝登祚。七月，陵作〈陳文帝登祚尊皇太后詔〉。

八月，封皇子伯茂爲始興王。陵作〈封始興王詔〉及〈爲始興王讓琅玡二郡太守表〉。

陳文帝元嘉元年（560） 五十四歲

除太府卿。

僧釋慧羨等，來朝絳闕，備啓丹誠，乞於大路康莊，式刊豐琰，頌廣州刺史歐陽頠德政，詔陵爲之銘，即〈廣州刺史歐陽頠德政碑〉。

天嘉三年（562） 五十六歲

正月，作〈孝義寺碑〉。

三月，司空侯安都破留異，陵作〈司空除州刺史侯安都德政碑〉。

長子儉遷中書侍郎。

天嘉四年（563）　五十七歲

遷五兵尙書領大著作，陵上表讓官。

天嘉六年（565）　五十九歲

除散騎常侍、御史中丞。

四月，安成王頊爲司空，以帝弟之尊，勢傾朝野。直兵鮑僧叡假王威權，抑塞辭訟，大臣莫敢言者。陵聞之，乃爲奏彈，導從南臺官屬，引奏案而入。世祖見陵服章嚴肅，若不可犯，爲斂容正坐。陵進讀奏版時，安成王殿上侍立，仰視世祖，流汗失色。陵遣殿中御史引王下殿，遂劾免侍中、中書監。自此朝廷肅然。

天康元年（566）　六十歲

遷吏部尙書，領大著作。陵以梁末以來，選授多失其所，於是提舉綱維，綜覈名實。時有冒進求官，誼競不已者，陵乃爲書宣示，自是眾咸服焉，時論比之毛玠。

四月，陳文帝崩，陵作哀策文。

六月，陳暄作書謗陵，陵甚病之。

陳廢帝光大元年（567）　六十一歲

五月，詔中撫大將軍淳于量討華皎，陵作爲〈護軍長史王質移文〉。又致書顧越，敍陳暄謗辱事。

光大二年（568）　六十二歲

正月，安成王頊進位太傅，加殊禮，劍履上殿，頊之進簒，陵有與焉。

陳宣帝太建元年（569）　六十三歲

正月，安成王頊入簒，是爲宣帝。孝穆封建昌縣侯，邑五百戶。邑戶送米至于水次，陵親戚有貧匱者，皆命取之，數日便盡。陵家尋致乏絕。府僚怪而問其故。陵云：「我有車牛衣裳可賣，餘家有可賣不？」其周給如此。又除尙書右僕射，陵上表讓官。

仁武將軍，晉陵太守王勱，在郡甚有感惠，郡人表請立碑，頌勱政績，詔許之，陵爲之文，作〈晉陵太守王勱德政碑〉。

太建二年（570）　六十四歲

遷尙書左僕射，陵抗表推周弘正、王勱等，高宗詔陵入內殿，曰：「卿何爲固辭此職而舉人乎？」陵曰：「周弘正從陛下西還，舊藩長史，王勱太平相府長史，張种帝鄉賢戚，若選賢與舊，臣宜居後。」固辭累日，高宗苦屬之，陵乃奉詔。

孝穆與蕭濟、周弘正、王瑒、袁憲，俱侍東宮。

陵次子份卒，年二十二。

太建三年（571）　六十五歲

正月，改官尚書僕射。

十二月，司空章昭達薨，陵作〈司空章昭達墓志〉。

太建四年（572）　六十六歲

正月，改尚書左僕射。

太建五年（573）　六十七歲

三月，朝議北伐，高宗曰：「朕意已決，卿可舉元帥。」眾議咸以中權將軍淳于量位重，共署推之。陵獨曰：「不然。吳明徹家在淮左，悉彼風俗，將略人材，當今亦無過者。」於是爭論累日不能決。都官尚書裴忌曰：「臣同徐僕射。」陵應聲曰：「非但明徹良將，裴忌即良副也。」是日，詔明徹為大都督，令忌監軍事，遂克淮南數十州之地。高宗因置酒，舉杯屬陵曰：「賞卿知人。」陵避席對曰：「定策出自聖衷，非臣之力也。」其年加侍中，餘並如故。

陵與太子中庶子孔奐參掌尚書五條事。

太建七年（575）　六十九歲

領國子祭酒、南徐州大中正，以公事免侍中、僕射。尋加侍中、給扶，又除領軍將軍。

太建八年（576）　七十歲

加翊右將軍，太子詹事，置佐史。

十二月，遷右光祿大夫。致書答族人梁東海太守長孺。詹事江總製登宮城五百字詩，陵和詩五十韻。

太建九年（577）　七十一歲

十月，帝聞周人滅齊，欲爭徐、兗。詔南兗州刺史司空吳明徹督諸軍代之。陵作〈檄周文〉。

太建十年（578）　七十二歲

正月，重為領軍將軍，尋遷安右將軍，丹陽尹。

太建十一年（579）　七十三歲

三月，皇太子受詔宣發《論語》題，陵作〈皇太子臨辟雍頌〉。

太建十二年（580）　七十四歲

十二月，河東王叔獻薨，陵作〈河東康簡王墓志〉。

太建十三年（581）　七十五歲

正月，陵爲中書監，領太子詹事，給鼓吹一部，侍中、將軍、右光祿、中正如故。陵以年老累表求致仕，高宗亦優之，乃詔將作爲造大齋，令陵就第攝事。

後主在東宮，令陵講《大品經》，義學名僧，自遠雲集，每講筵商較，四座莫能與抗。

太建十四年（582）　七十六歲

正月，宣帝崩，年五十三。太子叔寶即位。陵遷左光祿大夫，領太子少傅，餘如故。

陳後主至德元年（583）　七十七歲

陵作雜曲，美張貴妃之容色，其辭曰：「碧玉宮伎自翩妍，絳樹新聲最可憐，張星舊在天河上，從來張姓本連天，二八年時不憂度，旁邊得寵誰相妒。」毛喜授永嘉內史。陵贈別詩云：「願子厲風規，歸來振羽儀，嗟余今老病，此別空長離。白馬君來哭，黃泉我詎知，徒勞脫寶劍，空掛隴頭枝。」十月，陵卒，竟如詩言。贈鎮右將軍、特進、侍中左光祿大夫鼓吹侯如故，諡曰章。

禮部尚書江總爲陵作墓誌銘。

著有《徐孝穆集》三十卷，今存六卷。〔註 1〕自此年譜，可見徐陵博涉史籍，才學豐贍，器識閎深，篤實耿直，故出入宮廷，甚受重用，一生仕途不斷。然以家學淵源，父摛好爲豔詩，加以陵所事之皇太子蕭綱亦樂於此，故陵所爲詩，亦多綺艷，文學觀亦側重華麗之風，實與其本性有違矣。

二、家　世

徐陵出身名門，世代皆有令德：曾祖憑道爲宋海陵太守，祖父超之嘗爲齊鬱林太守，梁天監初，位員外散騎常侍，皆著清績。其父摛，爲人正直不屈，先後爲晉安王綱侍讀、雲麾府記室參軍、平西府中記室，大通初，則兼寧蠻府長史，後蕭綱爲皇太子，摛轉家令，兼掌管記，而後爲新安太守，嘗官至太子左衛率，梁簡文帝大寶二年（551）卒，年七十八。徐陵之家世顯赫，是以陵自少及長，隨其父出入梁宮、陳朝，宦塗不斷矣。

陵雖家世顯貴，然性情清簡，才學豐贍，受其父摛影響極大，史載摛爲新安太

〔註 1〕此年譜乃參考尤光敏〈徐陵年譜〉（香港中文大學中國文化研究所學報十九期）及馮承基〈徐孝穆行年紀略〉（《幼獅學報》二卷二期）二文製成。

守時，「爲治清靜，教民禮義，勸課農桑，期月之中，風俗便改。」（《梁書・徐摛傳》卷三十）極其勤政愛民；又摛平日好學不倦，腹笥甚豐，才學明敏，《梁書》云：

> 摛文體既別，春坊盡學之，「宮體」之號，自斯而起。高祖聞之怒，召摛加讓，及見，應對明敏，辭義可觀，高祖意釋。因問《五經》大義，次問歷代史及百家雜說，末論釋教。摛商較縱橫，應答如響，高祖甚加歎異。（同前）

是以徐陵幼承庭訓，自亦博涉經史，應對敏捷；至如徐陵好爲艷詩，實亦承襲乃父之風，家庭環境使然也。

茲列其世系表如左：

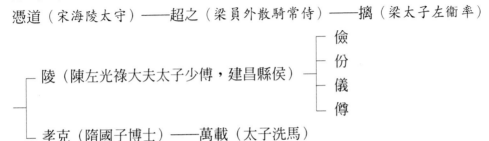

憑道（宋海陵太守）——超之（梁員外散騎常侍）——摛（梁太子左衞率）

陵（陳左光祿大夫太子少傅，建昌縣侯）——儉／份／儀／傅

孝克（隋國子博士）——萬載（太子洗馬）

三、才學器識

（一）才學豐贍

徐陵數歲時即聰穎非常，才華洋溢，《南史・徐陵傳》載：「家人攜以候沙門釋寶誌，寶誌摩其頂曰：『天上石麒麟也。』光宅寺慧雲法師每嗟陵早就，謂之顏回。」（卷六十二）八歲即能屬文，十二便通莊老之義。而後博涉史籍，縱橫有口辯，晉安王綱立爲皇太子後，陵便充爲東宮學士。無論書疏、經義，甚或釋教，都非他人能及。《南史・徐陵傳》有載：

> 梁簡文在東宮，撰《長春殿義記》，使陵爲序；又令於少傅府述己所製《莊子義》。

又云：

> 後主在東宮，令陵講《大品經》，義學名僧，自遠雲集，每講筵商較，四坐莫能與抗。

又云：

> 自陳創業，文檄軍書及受禪詔策，皆陵所製，爲一代文宗。

又云：

> 文、宣之時，國家有大手筆，必命陵草之，其文頗變舊體，緝裁巧密，

多有新意。

無論在梁宮，抑或陳朝，凡言才學最豐者，皆非陵莫屬，故國家大手筆，皆出其手，其受重視如此。陵之才情亦可由下列一事觀出，《南史・徐陵傳》云：

> 太清二年，兼通直散騎常侍，使魏。魏人授館宴賓。是日甚熱，其主客魏收嘲陵曰：「今日之熱，當由徐常侍來。」陵即答曰：「昔王肅至此，爲魏始製禮儀；今我來聘，使卿復知寒暑。」收大慚。

陵之應對明敏，由此可見一斑。夫才由天生，學爲後達，陵非惟天生才性迅捷，且後天努力有加，故能成其豐贍之才學，而爲梁、陳宮廷之重臣，文學之泰斗。更時與蕭綱商榷文學，爲蕭綱文學集團之成員，而爲趨新派之健將。〔註2〕

（二）器識閎深

徐陵器局深遠，胸襟恢廓，磊落耿直，仗義直言，《南史・徐陵傳》有云：

> 六年，除散騎常侍，御史中丞。時安成王頊爲司空，以帝弟之尊，權傾朝野。直兵鮑僧叡假王威風，抑塞辭訟，大臣莫敢言。陵乃奏彈之。文帝見陵服章嚴肅，若不可犯，爲斂容正坐。陵進讀奏狀。時安成王殿上侍立，仰視文帝，流汗失色，陵遣殿中郎引王下殿。自是朝廷肅然。

安成王頊雖貴爲帝弟，陵仍無畏強權，奏彈假其威風之鮑僧叡，義正辭嚴，朝廷爲之肅然。史書又載：

> 遷吏部尚書領大著作。陵以梁末以來，選授多失其所，於是提舉綱維，綜覈名實。時有冒進求官，馳競不已者，乃爲書宣示之，曰：「永定之時，聖朝草創，干戈未息，尚無條序。府庫空虛，賞賜懸乏，白銀難得，黃札易營。權以官階，代於錢絹，義在撫接，無計多少。致令員外常侍，路上比肩，諮議參軍，市中無數，豈是朝章應其如此。今衣冠禮樂，日富年華，何可猶作舊意，非理望也。所見諸君多踰本分，猶言大屈，未諭高懷。若問梁朝朱領軍异亦爲卿相，此不踰其本分耶？此是天子所拔，非關《選序》。梁武帝云：『世間人言有目色，我特不目色范悌。』宋文帝亦云：『人豈無命運，每有好官缺，輒憶羊玄保。』此則清階顯職，不由選也。既忝衡流，諸賢深明鄙意。」自是眾咸服焉。時論比之毛玠。（同前）

陵深惡冒進求官者，以爲選授官員當綜覈名實，惟才能爲依歸，其耿直如此，正爲南朝紊亂政壇中之一股清流。

徐陵不惟人品高潔，且有知人之能，《南史・徐陵傳》有：

〔註2〕梁代文學思想可大別爲復古、趨新、折衷三派，詳見第三章第三節。

朝議北侵，宣帝命舉元帥，眾議在淳于量，陵獨曰：「不然。吳明徹
家在淮左，悉彼風俗，將略人才，當今無過者。」於是爭論數日不能決。
都官《尚書》裴忌曰：「臣同徐僕射。」陵應聲曰：「非但明徹良將，忌即
良副也。」是日詔明徹爲大都督，令忌監軍事，遂剋淮南數十州地。宣帝
因置酒，舉杯屬陵曰：「賞卿知人。」

陵獨具慧眼，以吳明徹爲元帥，而謂明徹較熟悉北地風俗，其考量思慮，極其周密。
明徹終不負陵相知之意。

又徐陵性情清簡，無所營樹，俸祿輒與親族共之。「太建中，食建昌戶，戶送米
至水次，親戚有貧匱者，皆召令取焉，數日便盡。陵家尋致乏絕，府僚怪問其故，
陵云：『我有車牛衣裳可賣，餘家有可賣不？』」（《南史·徐陵傳》卷六十二）其周
給如此，心地篤實，令人欽服。

陵既器識閎深，仗義敢言，故頗爲朝廷所重，朝臣亦多服之。陵終其生皆在宮
廷，而梁陳宮廷生活又極其富貴淫靡，是以陵雖性情清簡，卻不免於迎合帝王貴族
之習，亦梁奢靡之氣，其文學作品及思想，皆此等華艷生活之反映矣。

四、宦　塗

徐陵既博涉群書，才辯縱橫，是故少時即入梁宮，充選學士，稍遷尙書度支郎，
後出爲上虞令，久之而爲通直散騎侍郎。陳武帝平任約等後，以陵爲尙書左丞，並
除給事黃門侍郎、秘書監。陳受禪，加散騎常侍。天嘉四年，爲五兵尙書，領大著
作。六年，除散騎侍郎，御史中丞。宣帝即位，封建昌縣侯，太建中，爲尙書左僕
射。七年，領國子祭酒，以公事免侍中、僕射。尋君侍中、給扶。十三年，爲中書
監，領太子詹事。後主即位，遷左光祿大夫、太子少傅。

故其一生，於梁出入宮廷，甚受重用；後奉使魏，適齊受魏禪，被留良久；陳
受梁禪，更位高聲隆，遠近皆知，其宦塗可謂通顯暢達矣。

五、作品風格

（一）詩風綺艷

徐陵詩作數量不多，內容大致不出宮體範圍，詩風輕艷靡麗。今傳之《徐孝穆
集》，詩共四十首，其中多風花雪月、無病呻吟之屬，而抒情寫志者，並不多見。觀
其詩名可知：〈奉和詠舞〉、〈和簡文帝賽漢高帝廟〉、〈侍宴〉、〈奉和山池〉、〈山池應
令〉、〈新亭送別應令〉等屬應制之詩；又有〈詠柑〉、〈詠織婦〉、〈鬥雞〉、〈詠雪〉、
〈詠日華〉等詠物詩，亦乏眞實情感；更有樂府多首，多爲綺艷之作，如〈梅花落〉：

對戶一株梅，新花落故栽。燕拾還蓮井，風吹上鏡臺。娼家怨思妾，
樓上獨徘徊。啼看竹葉錦，簪罷未能裁。

又如〈烏棲曲〉二首：

卓女紅妝期此夜，胡姬沽酒誰論價。風流荀令好兒郎，偏能傅粉復薰香。
繡帳羅帷隱燈燭，一夜千年猶不足。惟憎無賴汝南雞，天河未落猶爭啼。

又如〈長相思〉其一：

長相思，望歸難，傳聞奉詔戍皐蘭。龍城遠，鴈門寒，愁來瘦轉劇，
衣帶自然寬。念君今不見，誰為抱腰看。

此作品文字香艷綺麗，乏真實情感，皆為艷情之作，頗為人詬病。

然徐陵亦寫邊塞征戍之詩，此類詩則擺脫輕靡之風，如〈關山月〉二首：

關山三五月，客子憶秦川。思婦高樓上，當窗應未眠。星旗映疎勒，
雲陣上祁連。戰氣今如此，從軍復幾年。

月出柳城東，微雲掩復通。蒼茫螢白暈，蕭瑟帶長風。羌兵燒上郡，
胡騎獵雲中。將軍擁節起，戰士夜鳴弓。

語言樸實簡潔，令人耳目一新，惜此類作品極少，綺艷仍為徐陵詩作之主要風格。
然大體言之，徐陵詩作不及駢文，其主要成就仍在於駢文。

（二）文風典麗

徐陵重要之成就，即為將宮體詩所運用之隸事聲律及緝裁麗辭等形式美，巧妙
移植於文章。而其文之風格，於出入梁宮廷時，辭多緣情而綺靡；使北齊之際，書
則窮理而條暢；迨歸陳之後，所作軍書文檄，則多典麗而雅緻，風骨遒勁。試觀其
於梁代所作之《玉臺新詠·序》：

凌雲概日，由余之所未窺，萬戶千門，張衡之所曾賦，周王璧臺之上，
漢帝金屋之中，玉樹以珊瑚作枝，珠簾以玳瑁為押，其中有麗人焉：其人
也，五陵豪族，充選掖庭，四姓良家，馳名永巷。亦有潁川、新市，河間、
觀津，本號嬌娥，曾名巧笑。楚王宮裏，無不推其細腰，魏國佳人，俱言
訝其纖手：閱詩敦禮，豈東鄰之自媒，婉約風流，異西施之被教。弟兄協
律，生小學歌，少長河陽，由來能舞。琵琶新曲，無待石崇，箜篌雜引，
非關曹植。傳鼓瑟於楊家，得吹簫於秦女。至若寵聞長樂，陳后知而不平，
畫出天仙，閼氏覽而遙妒。至如東鄰巧笑，來侍寢於更衣，西子微顰，得
橫陳於甲帳。陪游馺娑，騁纖腰於結風，長樂鴛鴦，奏新聲於度曲。妝鳴
蟬之薄鬢，照墮馬之垂鬟，反插金鈿，橫抽寶樹；南都石黛，最發雙蛾，

北地燕脂，偏開兩靨。亦有嶺上仙童，分丸魏帝，腰中寶鳳，授曆軒轅。金星將婺女爭華，麝月共嫦娥競爽。驚鸞冶袖，時飄韓掾之香，飛燕長裾，宜結陳王之佩，雖非圖畫，入甘泉而不分，言異神仙，戲陽臺而無別。眞可謂傾國傾城，無對無雙者也。（按：此章乃敘女子之佳麗也）

加以天時開朗，逸思雕華，妙解文章，尤工詩賦，琉璃硯匣，終日隨身，翡翠筆床，無時離手，清文滿篋，非惟芍藥之花，新製連篇，寧止蒲萄之樹，九日登高，時有緣情之作，萬年公主，非無累德之辭。其佳麗也如彼，其才情也如此。（按：此章乃敘女子之才情也）

既而椒宮宛轉，柘館陰岑，絳鶴晨嚴，銅蠡晝靜，三星未夕，不事懷衾，五日猶賖，誰能理曲，優游少託，寂寞多閑，厭長樂之疏鐘，勞中宮之緩箭；纖腰無力，怯南陽之擣衣，生長深宮，笑扶風之織綿。雖復投壺玉女，爲觀盡於百驍，爭博齊姬，心賞窮於六著，無怡神於暇景，惟屬意於新詩，可得代彼皋蘇，微蠲愁疾。（按：此章乃敘女子之心思也）

但往世名篇，當今巧製，分諸麟閣，散在鴻都，不藉篇章，無由披覽。於是燃脂暝寫，弄筆晨書，撰錄豔歌，凡爲十卷，曾無忝於雅頌，亦靡濫於風人，涇渭之間，若斯而已。於是麗以金箱，裝之寶軸，三臺妙迹，龍伸蠖屈之書，五色花箋，河北膠東之紙，高樓紅粉，仍定魯魚之文，辟惡生香，聊防羽陵之蠹，靈飛太甲，高擅玉函，鴻烈仙方，長推丹枕。至如青牛帳裏，餘曲既終，朱鳥窗前，新妝已竟，方當開茲縹帙，散此絕繩，永對翫於書帷，長循環於纖手，豈如鄧學《春秋》，儒者之功難習，竇專黃老，金丹之術不成。因勝西蜀豪家，託情窮於魯殿，東儲甲觀，流詠止于洞簫。變彼諸姬，聊同棄日，猗歟彤管，無或譏焉。（按：敘編書之宗旨也）

其辭藻綺麗華美，多對句、用典，敘佳人之才情、容止，極盡靡艷之能事，堪爲其在梁麗辭之代表作。至如使北齊時之風格，可以〈在北齊與楊僕射書〉爲代表，此書列舉齊人留而不遣之理八端，一一加以駁斥，說理明暢而委婉；以該文過長，不予詳列，僅略舉其言理八端中之一、二，以見其文風之明快焉：

齊人謂梁亂未已，歸之無益：

孝穆則答之曰：「若使郊禋楚翼，寧非祀夏之君，戡定艱難，便是匡周之霸。豈徒齒王徙雍，期月爲都，姚帝遷河，周年成邑。方今越裳藐藐，馴雉北飛，肅愼茫茫，風牛南僵。吾君之子，含識知歸。而答旨云何所投身，斯其未喻一也。」

齊人謂道路險阻，歸之維艱：

> 孝穆則答之曰：「晉熙等郡，皆入貴朝。去我潯陽，經塗何幾。至於
> 鐺鐺曉漏，的的宵烽。隔澂浦而相聞，臨高臺而可望。泉流寶盎，遙憶溢
> 城，峰號香鑪，依然廬嶽者，鄱陽嗣王治兵匯派，屯戍淪波，朝夕牋書，
> 春秋方物。吾無從以蹣屬，彼何路而齊鑣，豈其然乎？斯不然矣。……斯
> 所未喻二也。」

陵歸陳之後所作表啓，皆典雅華重，文質相宣，如〈勸進梁元帝表〉：

> 臣聞封唐有聖，還承帝嚳之家，居代維賢，終纂高皇之祚。無爲稱於
> 革鳥，至治表於垂衣，而撥亂反正，非間前古。至如金行重作，源出東莞，
> 炎運猶興，枝分南頓。豈得掩顯姓於軒轅，非才子於顓頊，莫不因時多難，
> 俱繼神宗者也。

> 伏惟陛下，出震等於勛華，鳴謙同於旦奭，握圖秉鉞，將在御天，玉
> 勝珠衡，先彰元后，神祇所命，非惟大室之祥，圖牒斯歸，何止堯門之瑞。

> 若夫大孝聖人之心，中庸君子之德，固以作訓生民，貽風多士，一日
> 二日，研覽萬幾，允文允武，包羅群藝，擬茲三大，賓是四門，歷試諸難，
> 咸熙庶績，斯無間而稱也。

徐陵詩風雖多流於輕艷綺靡，實爲應和皇太子蕭綱而作，不得不然；觀其使北齊以
後之文風率華重典雅，有文質彬彬之致，是方爲其閎深器識之反映矣。

第二節　《玉臺》編撰之時期

有關《玉臺》成書情形之資料，僅見於唐劉肅《大唐新語》：

> 梁簡文帝爲太子，好作艷詩，境內化之，浸以成俗，謂之宮體。晚年
> 改作，追之不及，乃令徐陵撰《玉臺集》，以大其體。（卷三）

《四庫全書總目提要》引此記載云：「據此，則是書作于梁時，故簡文稱皇太子，元
帝稱湘東王。今本題『陳《尙書》左僕射太子少傅東海徐陵撰』，殆后人之所追改。」
〔註3〕《玉臺》編於梁代，無可置疑。下列二端亦可參證：

1. 清紀容舒於卷四王元長〈古意〉下注云：「王融獨書其字（元長），疑齊和帝
名寶融，當時避諱而以字行，入梁猶相沿未改。鍾嶸《詩品》曰：『近任昉、
王元長等詞不貴奇，竟須新事。』又曰：『王元長創其首，謝朓、沈約揚其

〔註 3〕 清永瑢、紀昀等《四庫全書總目提要》卷一八六，集部三九，總集類一，臺灣商務
印書館，民國五十七年臺一版，頁 4123。

波。』是則齊梁之間，融以字行之明證，即此一節，知此書確出梁代也。」
（《玉臺新詠考異》卷四）

2. 宋刻本於卷七「皇太子聖制樂府三首」題下注明「簡文」二字，此乃欲白讀者，此皇太子爲蕭綱，而非昭明太子蕭統。紀容舒云：「昭明豔詩傳于今者，除與簡文及庾肩吾互見四首外，尚有〈相逢狹路間〉、〈三婦豔〉、〈飲馬長城窟行〉、〈長相思〉等樂府四首，〈詠同心蓮〉、〈詠彈箏人〉等詩二首。當時篇詠自必更多，而竟無一字登此集，蓋昭明薨而簡文立，新故之間，意有所避，不欲于武帝、簡文之間，更置一人，故屏而弗錄耳。」（同前卷七）

至於書中稱簡文、元帝者，乃明人妄增。而今本題爲「陳尙書左僕射太子少傅東海徐陵孝穆撰」，則爲後人追改，於古書流傳過程中，此乃常有之事。如劉勰《文心雕龍》成書於齊，亦爲後人追改爲「梁通事舍人劉勰撰」。

然《玉臺》成書之確切年代，《大唐新語》無進一步記載。若依〈徐陵年譜〉推論，徐陵於太清二年（548）出使魏，而後又因侯景之亂無法返國，則《玉臺》應成書於太清二年以前；又書中稱綱爲皇太子、繹爲湘東王，則成書時間又當在中大通三年（531）昭明薨後，是知，成書時間當在中大通三年至太清二年（531～548）之間，然仍無法得出確實年代。復考諸《玉臺》本身，得其所錄作家之次序如下：

〔卷一〕

枚　乘	李延年	蘇　武	辛延年	班婕妤
宋子侯	張　衡	秦　嘉	秦嘉妻徐淑	蔡　邕
陳　琳	徐　幹	繁　欽		

〔卷二〕

魏文帝	甄皇后	劉勳妻王宋	曹　植	魏明帝
阮　籍	傅　玄	張　華	潘　岳	石　崇
左　思				

〔卷三〕

陸　機	陸　雲	張　協	楊　方	王　鑒
李　充	曹　毗	陶　潛	荀　昶	王　微
謝惠連	劉　鑠			

〔卷四〕

| 王僧達 | 顏延之 | 鮑　照 | 王　素 | 吳邁遠 |
| 鮑令暉 | 丘巨源 | 王　融 | 謝　朓 | 陸　厥 |

施榮泰

〔卷五〕

江　淹（505）　　丘　遲（508）　　沈　約（513）　　柳　惲（517）　　江　洪
高　爽　　　　　鮑子卿　　　　　何子朗　　　　　范靖婦　　　　　何　遜
王　樞　　　　　庾　丹

〔卷六〕

吳　均（520）　　王僧孺（522）　　張　率（527）　　徐　悱（524）　　費　昶
姚　翻　　　　　孔翁歸　　　　　徐悱妻劉令嫻　　何思澄（532）

〔卷七〕

梁武帝　　　　皇太子（蕭綱）　　邵陵王綸　　　　湘東王繹　　　　武陵王紀

〔卷八〕

蕭子顯（537）　　王　筠（549）　　劉孝綽（539）　　劉　遵（535）
王　訓（536）　　庾肩吾（551）　　劉孝威（548）　　徐君蒨
鮑　泉（551）　　劉　緩（540）　　鄧　鏗　　　　　甄　固
庾　信（581）　　劉　邈（548後）　紀少瑜（541後）　聞人蒨
徐孝穆（陵）　　吳　孜　　　　　湯僧濟　　　　　徐悱妻劉氏
王叔英妻劉氏〔註4〕

〔卷九〕

司馬相如　　　　烏孫公主　　　　張　衡　　　　　秦　嘉　　　　　魏文帝
曹　植　　　　　傅　玄　　　　　蘇伯玉妻　　　　張　載　　　　　陸　機
鮑　照　　　　　釋寶月　　　　　陸　厥　　　　　沈　約　　　　　吳　均
張　率　　　　　費　昶　　　　　皇太子　　　　　湘東王　　　　　蕭子顯
王　筠　　　　　劉孝綽　　　　　劉孝威　　　　　徐君蒨　　　　　王叔英婦
沈　約

〔卷十〕

賈　充　　　　　孫　綽　　　　　王獻之　　　　　桃　葉　　　　　謝靈運
宋孝武帝　　　　許　瑤　　　　　鮑令暉　　　　　王　融　　　　　謝　朓
虞　炎　　　　　沈　約　　　　　施榮泰　　　　　高　爽　　　　　吳興妖神
江　洪　　　　　范靖婦　　　　　何　遜　　　　　吳　均　　　　　王僧孺

〔註4〕以上所附作家卒年，乃據朱秉義〈梁詩作者考〉（《幼獅學誌》七卷三期）及日人興膳宏〈玉臺新詠成立考〉（《古典文學》七）二文。

徐悱	姚翻	王環	梁武帝	皇太子
蕭子顯	劉孝綽	庾肩吾	王臺卿	劉孝儀
劉孝威	江伯瑤	劉泓	何曼才	蕭騎
紀少瑜	王叔英婦	戴暠	劉孝威	

自所附作家卒年可知，卷一至卷六乃按作家卒年次序排列。至卷七、卷八排列方式有所改變，不復依作家卒年排列，而至卷九又依作者卒年自漢至梁逐一排列，猶如將卷一至卷八壓縮為一卷。卷十排列同卷九，僅庾肩吾與劉孝儀次序交替（或其欲令劉氏兄弟並列），然未影響總次序。

　　卷七次序為：於武帝、皇太子之後，依次續以綸（武帝第六子）、繹（第七子）、紀（第八子）三兄弟，依諸王兄弟次序排列。

　　卷八次序，則略同於蕭繹寫之《法寶聯璧・序》末所載編纂者順序。《法寶聯璧》乃蕭綱與其周遭學者三十八人共同編纂而成之佛典百科，《南史・陸杲傳》云：「初簡文在雍州，撰《法寶聯璧》，杲與群賢并抄掇區分者數歲，中大通六年而書成，命湘東王為序，其作者有侍中國子祭酒南蘭陵蕭子顯等三十人，以比王象、劉劭之《皇覽》焉。」（卷四十八）知是書成於中大通六年，而蕭繹為之作序亦云：「以今歲次攝提，星在監德」〔註5〕，此書無疑是成於寅年，即中大通六年（534）一月。序中末云：「謹抄纂爵位，陳諸左方。」茲將參與編纂三十八人之官職、姓名、年齡與字列之於左：

　　（一）使持節平西將軍荊州刺史湘東王繹年二十七字世誠
　　（二）侍中國子祭酒南蘭陵蕭子顯年四十八字景陽
　　（三）散騎常侍御史中丞彭城劉溉年五十八字茂灌
　　（四）散騎常侍步兵校尉東宮侍南瑯琊王脩年四十二字彥遠
　　（五）吳郡太守前中庶子南瑯琊王規年四十三字威明
　　（六）都官尚書領右軍將軍彭城劉孺年五十字孝
　　（七）太府卿步兵校尉河南褚球年六十三字仲寶
　　（八）中軍長史前中庶子陳郡謝僑年四十五字國美
　　（九）中庶子彭城劉遵年四十七字孝陵
　　（一〇）中庶子南瑯琊王稺年四十五字孺通
　　（一一）宣城王友前僕東海徐喈年四十二字彥邕

〔註5〕《史記・天官書》：「以攝提格歲，歲陰左行在寅，歲星右轉居丑。正月，與斗、牽牛晨出東方，名曰監德。」

（一二）前御史中丞河南褚雲年六十字士洋

（一三）北中郎長史南蘭陵太守陳郡袁君正年金十六字世忠

（一四）中散大夫金華宮家令吳郡陸襄年五十四字師卿

（一五）中散大夫瑯琊王籍年五十五字文海

（一六）新安太守前家令東海徐摛年六十四字士績

（一七）前尚書左丞沛國劉顯年五十三字嗣芳

（一八）中書侍郎南蘭陵蕭幾年四十四字德玄

（一九）雲麾長史尋陽太守前僕京兆韋稜年五十五字威直

（二〇）蒯或子博士范陽張綰年四十三字孝卿

（二一）輕車長史南蘭陵蕭子範年四十九字景則

（二二）庶子吳郡陸罩年四十八字洞元

（二三）庶子南蘭陵蕭瑱年四十字文容

（二四）祕書丞前中舍人南瑯琊王許年四十五字幼仁

（二五）宣城王文學南瑯王訓年二十五字懷範

（二六）洗馬權兼大舟卿彭城劉孝儀年四十九字孝儀

（二七）洗馬陳郡謝禧年二十六字休度

（二八）中軍錄前洗馬彭城劉蘊年三十二字懷芬

（二九）前洗馬吳郡張孝總年四十二字孝總

（三〇）南徐州治中南蘭陵蕭子開年四十四字景發

（三一）平西中錄事參軍典書通事舍人南郡庾肩吾年四十八字子慎

（三二）安北中記室參軍潁川庾仲容年五十七字仲容

（三三）宣惠記室參軍南蘭陵蕭滂年三十二字希博

（三四）舍人南蘭陵蕭清年二十七字元專

（三五）宣惠主簿前舍人陳郡謝嘏年二十五字茂範

（三六）尚書都官郎陳郡殷勸年三十字弘善

（三七）安北外平參軍彭城劉孝威年三十九字孝威

（三八）前尚書殿中郎南蘭陵蕭愷年二十九字元才（《法寶聯璧・序》）〔註6〕

其中（一）、（二）、（九）、（二五）、（三一）、（三七）等六人之名字亦出現於《玉臺》卷七、八中，且兩處排列順序亦同。再以《隋書・百官志》、《通典・職官典記》之梁官品十八班與《法寶聯璧・序》之官名對照，可知序中三十八人之職位乃徐徐下

〔註6〕見唐釋道宣《廣弘明集》卷二十，新文豐出版公司，民國六十五年十月初版，頁292～293。

降，如：

（一）湘東王繹爲別格

（二）蕭子顯　　　國子祭酒　　　十三班

（三）劉　溉　　　散騎常侍　　　十二班

（五）王　規　　　太子中庶子　　　十一班

（一四）陸　襄　　　中散大夫　　　十　班

（一六）徐　摛　　　太子家令　　　十　班

（一七）劉　顯　　　尙書左丞　　　九　班

　　由此可知，《玉臺》卷八乃將中大通六年前後尙存者，依職位高下順序排列，而後於末尾列上徐陵本身之名。至於列徐陵後之吳孜，生平未詳，恐爲布衣身分，其後方續以僧、婦人。

　　又卷八作家中，卒年最早者爲劉遵（535），《梁書》本傳有：「大同元年，卒官。」（卷四十一）即在中大通六年之翌年。由此，《玉臺》極可能編成於中大通六年（534）。

第三節　《玉臺》編撰之動機

　　關於《玉臺新詠》編纂之動機，劉肅《大唐新語・公直篇》有載：

> 梁簡文帝爲太子，好作豔詩，境內化之，浸以成俗，謂之宮體。晚年改作，追之不及，乃令徐陵撰《玉臺集》，以大其體。（卷三）

以爲乃徐陵奉簡文帝蕭綱之命而作。然若考察《玉臺》本書，可知書中收錄簡文帝之詩多達七十六首，爲所有作者中作品最多者。若果如《大唐新語》所言，是簡文帝爲「以大其體」，掩飾自己好作豔詩之事實，則簡文帝當不允許徐陵於編撰時收錄自己如此多之豔詩，使其如此引人注目，而廣爲流傳，不然，即欲蓋彌彰矣。且若《玉臺》一書爲簡文授意徐陵主編，當不列徐陵之名，蕭統《文選》亦未必全出己手，蕭綱豈不欲繼乃兄之後，以一己之名義亦編輯一部同樣之作品？是以《大唐新語》之說法甚可懷疑。

　　雖《大唐新語・公直篇》之可靠性頗爲近來文學思想史研究者所肯定〔註7〕，然有關《玉臺》編撰動機是語，不過爲關於虞世南逸事下之一段注記而已，此段逸事正文爲：

> 太宗謂侍臣曰：「朕戲作豔詩。」虞世南便諫曰：「聖作雖工，體制非

〔註7〕如孫永如〈劉肅的大唐新語及其史料價值〉（《揚州師院學報》，1984年三期）一文，頗肯定該書之史料價值。

雅。上之所好，下必隨之。此文一行，恐致風靡，而今而後，請不奉詔。」

太宗曰：「卿懇誠若此，朕用嘉之，群臣皆若世南，天下何憂不理？」乃賜絹五十疋。（卷三）

既爲注語，其可靠性便值商榷。況前文已言及，《玉臺》編定於中大通六年前後，當時蕭綱方三十二歲左右，不可謂爲「晚年」，復觀其現存作品中，絲毫無「追悔」之意，是皆足證《大唐新語》之說不可盡信。

徐陵編纂《玉臺》之動機，較可信者，仍爲徐陵自身之說，其於序中云，因念後宮岑寂：

既而椒宮宛轉，柘館陰岑，絳鶴晨嚴，銅蠡晝靜。

是以居深宮之女子便「優游少託，寂寞多閑」：

三星未夕，不事懷衾；五日猶賒，誰能理曲。優游少託，寂寞多閑。厭長樂之疏鐘，勞中宮之緩箭。纖腰無力，怯南陽之擣衣；生長深宮，笑扶風之織錦。雖復投壺玉女，爲觀盡於百驍；爭博齊姬，心賞窮於六箸。

於是後宮佳麗爲消閑而屬意新詩，徐陵爲便其閱覽，遂編纂此新詠：

無怡神於暇景，惟屬意於新詩。庶得代彼皐蘇，微蠲愁疾。但往世名篇，當今巧製，分諸麟閣，散在鴻都。不藉篇章，無由披覽。於是燃脂暝寫，弄筆晨書。撰錄豔歌，凡爲十卷。曾無忝於雅頌，亦靡濫於風人。涇渭之間，若斯而已。

惟有新詩方可使佳麗得到安慰，是以陵方「燃脂暝寫，弄筆晨書，撰錄豔歌」，以供宮中婦女「對翫於書帷，循環於纖手」，作爲排遣苦悶、消磨時光之閨中良伴。是知，《玉臺》實爲一專爲後宮婦女編選之詩歌讀本，而非奉簡文之命。

然徐陵編此書之動機，卻非全然與簡文無涉。書中卷七收簡文作品多達四十三首，卷九有十二首，卷十有二十一首，乃古今所有詩人中收錄數字最多者。且於卷七、卷八中，有不少蕭綱與其屬下唱和應酬之作，如：〈和湘東王橫吹曲三首〉、〈同庾肩吾四詠〉二首、〈和湘東王三韻〉二首、〈和徐錄事見內人作臥具〉、〈和湘東王名士悅傾城〉。其他與蕭綱有關之唱和詩作，舉例如下：

皇太子〈和湘東王三韻・春宵・冬曉〉、庾肩吾〈和湘東王二首・應令春宵・應令冬曉〉、劉孝威〈奉和湘東王應令冬曉〉、劉緩〈雜詠和湘東王三首・寒閨・秋夜・冬曉〉→（和）湘東王繹〈寒宵三韻・詠秋夜〉

以上全爲三韻六句。又如：

劉遵〈從頓還城應令〉（五韻）→（和）皇太子〈從頓暫還城〉（五韻）

徐陵〈走筆戰書應令〉（六韻）→（和）皇太子〈摯筆戰書〉（六韻）

庾信、徐陵〈奉和詠舞〉（五韻）→（和）皇太子〈詠舞〉（五韻）

王訓〈奉和率爾有詠〉（七韻）→（和）皇太子〈率爾為詠〉（九韻）

庾肩吾〈詠美人自看畫應令〉（四韻）→（和）皇太子〈詠美人觀畫〉（四韻）

劉遵〈繁華應令〉（九韻）→（和）皇太子〈孌童〉（九韻）

甄固〈奉和世子春情〉（三韻）→（和）皇太子〈春閨情〉（三韻）

而其中〈詠舞〉詩，《藝文類聚》卷四十三《樂部舞》與上述三首詩同收入者尚有劉遵與王訓之〈應令詠舞詩〉，亦皆五韻十句，可知此五首詩恐同時作於皇太子宴席上。由所舉唱和之作，可見徐陵於卷七、卷八中所收錄之作家作品，幾全為以蕭綱為主、蕭繹為副之文學集團所作，記錄此集團於宮廷之宴游、活動。實卷八中除武帝手下之顯達人物蕭子顯、頗有文名之王筠及劉孝綽外，餘幾為皇太子綱或湘東王繹之部屬，屬於前者有：劉遵、王訓、庾肩吾、劉孝威、庾信、紀少瑜、徐陵等；屬後者有：徐君蒨、鮑泉、劉緩等。且於全書中，蕭統之詩無一首收錄，統詩雖較質樸，然符合《玉臺》言情選錄標準〔註 8〕之詩並非全無，今存者即有《長相思》等數首樂府〔註 9〕，而徐陵弗錄，恐非因次序難排之故。且《玉臺》收錄之情形又多與《文選》迥異之處：

1. 《文選》所收詩作最多者，計陸機詩六十一篇，謝靈運四十一、曹植二十四、謝朓二十三、顏延之二十二。而《玉臺》選詩總數超過《文選》詩作有二百餘首，然僅收陸機十四首、謝靈運二、曹植十、謝朓十二、顏延之二。又《文選》當收而未收之柳惲、何遜、吳均、王僧孺四家，《玉臺》卻大量入選其作品，分別為：九、十六、二十六、十九篇。此現象甚難以讀者對象與編選體例不同解釋。

2. 《文選》與《玉臺》重出之詩共六十九篇，然《玉臺》於若干作者、篇題之處理與之多有不同：

   （1）《文選》〈古詩十九首〉，《玉臺》錄八篇，題作枚乘詩。

   （2）《文選》〈古辭飲馬長城窟行〉，《玉臺》作者作蔡邕。

   （3）《文選》題作〈蘇武詩〉四首，《玉臺》僅選一首，題作〈留別妻〉。

   （4）《文選》陸機〈擬古〉十二首，《玉臺》選錄七首，次序亦有不同。

   （5）《文選》陸雲〈為顧彥先贈婦〉二首，《玉臺》作〈為顧彥先贈婦往返〉，

〔註 8〕《玉臺》選錄標準，題材以婦女為主，內容以言情為要，詳見第五章第二節。

〔註 9〕蕭統樂府皆以婦女言情為題材，符合《玉臺》選錄標準，如〈長相思〉、〈三婦艷〉、〈相逢狹路間〉等。

且有四首。

徐陵如此針對前太子之「微意」〔註10〕，恐因徐陵編《玉臺》之時，初入東宮，甫充東宮學士之列，刻意編纂此書，迴避前太子之作品，甚或針對前太子之《文選》反其道行之，而欲討好皇太子蕭綱，具體踐履該文學集團綺艷之文學主張乎？

〔註10〕朱彝尊云：「徐陵少仕于梁，不敢明言其非，乃別著一書，列枚乘姓名，還之作者，殆有微意焉。」（《玉臺新詠箋注》附錄）

第三章　蕭徐二書產生之背景

　　《文選》由蕭統主編，書約成於梁武帝普通七年（526）；《玉臺新詠》由徐陵編撰，書約成於梁武帝中大通六年（534），二書問世時間相去未及十載。且蕭統生於齊和帝中興元年（501），徐陵生於梁武帝天監六年（507），二人年紀相若，相差亦僅六歲，所處時代相同，所接觸之文學風氣亦無異，然二人文學觀卻未盡相同，二書所表現之文學特色，亦多相異之處，揆其原因，乃彼二人分屬不同文學集團，且二人觀念、才性亦極不同之故也。以蕭統爲中心之文學集團，其成員有：王規、殷鈞、王錫、張緬、張纘、劉孝綽、王筠、殷芸、陸倕、到洽、謝舉、張率、劉勰、明山賓、徐勉、陸襄、到漑、劉孺、庾於陵、徐悱、謝幾卿、到沆、劉苞、何思澄等人，以蕭綱爲中心之文學集團，其成員有：庾肩吾、庾信、徐摛、徐陵、劉孝威、鮑至、張長公、劉遵、江華、陸杲、蕭子顯、王褒、殷不害、庾於陵、徐防、孔鑠、周弘正、傅弘、吳郎、蕭子雲、劉孺、劉潛、到洽、王規、張纘、劉苞等人〔註1〕，二集團成員除庾於陵、劉孺、到洽、王規、張纘、劉苞等人重覆，餘皆不同，其文學主張亦於同中有異。今即就蕭統、徐陵所處之共同時代及文學背景以觀二人同重麗辭之因，且就二人所屬之不同文學派別以觀二人文學思想相異之處。

第一節　時代背景

一、政治紊亂

　　南朝四代國祚皆不長久，計宋六十載、齊二十三載、梁五十四載、陳三十二載。

〔註1〕以上文學集團成員乃參考盧清青《齊梁詩探微》一書，文史哲出版社，民國 73 年10 月，頁42～45。

其政治環境多詭譎不安，故是時文士，身感命如雞犬，或韜光隱世，或游藝文學，以致唯美之麗辭興盛，蔚為大國。

南朝篡弒之風盛，政爭不斷。宋初有劉裕諸子之爭，宋文帝為其子劉劭所殺；宋孝武帝之後三十餘年，皇族間骨肉相殘達八十餘起〔註2〕。齊明帝且幾乎殺盡高帝、武帝子孫，甚至連幼童、嬰兒亦不放過。政壇頃刻間即可改朝換代，朝臣人人自危，南朝政治之紊亂，此其一也。

南朝政風腐敗已極，內無死節之臣，外無效忠之士，執事者耽於逸樂，置生民於罔顧，故學者心寒，不理政事，轉而縱情於山水，悠遊於文藝矣。觀趙翼《陔餘叢考》卷十七有「六朝忠臣無殉節者」條，可知南朝政治之昏亂，臣子多不欲為國效命；又《梁書‧賀琛傳》載賀琛之奏云：

> 斗筲之人，藻梲之子，既得伏奏帷扆，便欲詭競求進，不說國之大體。
> 不知當一官，處一職，貴使理其紊亂，匡其不及，心在明恕，事乃平章。
> 但務吹毛求疵，擘肌分理，運籌筭之智，徼分外之求，以深刻為能，以蠅
> 逐為務，迹雖似於奉公，事更成其威福，犯罪者多，巧避滋甚，曠官廢職，
> 長弊增姦，實由於此。（卷三十八）

益見其時官吏之無能，政風之腐敗，無怪乎學者不與政事，發之於文，亦少載道用世之語矣。南朝政治之紊亂，此其二也。

南朝帝王多淫昏暴虐，致使政綱紊亂，國本不固，文士遂絕望於仕途，而寄情於文藝。如《南史‧齊鬱林王紀》：

> 矯情飾詐，陰懷鄙愿。與左右無賴群小二十許人共衣食，同臥起。妃
> 何氏擇其中美貌者，皆與交歡。密就富市人求錢，無敢不與。及竟陵王移
> 西邸，帝獨住西州，每夜輒開後堂閣，與諸不逞小人，至諸營署中淫宴。
> 凡諸小人，並逆加爵位，皆疏官名號於黃紙，使各囊盛以帶之，許南面之
> 日，即便行之。（卷五）

又《南齊書》載東昏侯：

> 出入無定，行人避不及者，應手格殺，有婦人當產，剖其腹審其男女。
> （卷七）

其君主淫暴若此，忠直之士，誰願為其左右？惟專事於文學創作，方可寄其心志。南朝政治紊亂，此其三也。

南朝屠戮文士，文士命如草芥，輒因語啟禍。如《南齊書‧丘巨源傳》：

〔註2〕曹道衡、沈玉成〈南朝文學三題〉一文，《文學評論》，1990年1月，引清汪中〈補宋書宗室世系表序〉。

> 永明二年，明帝爲吳興太守時，巨源作〈秋胡詩〉，有譏刺語，以事
> 見殺。（卷五十二）

又《南史・劉之遴傳》：

> 之遴尋避難還鄉，湘東王繹嘗嫉其才學，聞其西上至夏口，乃密送藥
> 殺之。不欲使人知，乃自製誌銘，厚其賻贈。（卷五十）

文士多才者命運多舛，故其時文士語多避禍，隱諱其辭，不務經國大業，而共趨文藝之途，唯美之風遂行。南朝政治紊亂，此其四也。

南朝戰亂頻仍，四海鼎沸，內亂外戰，無時或歇，致使文士歌功頌德無門，遂競馳文苑，形式主義遂興。其時內亂甚夥，如《南齊書・東昏侯紀》：

> 東昏侯永元元年八月，揚州刺史蕭遙光據東府謀反；同年十一月，江
> 州刺史陳顯達舉兵反於尋陽，均兵敗伏誅。（卷七）

又《梁書・武帝紀》：

> 武帝太清二年八月，侯景舉兵叛變，十月，攻入建鄴，臨賀王正德率
> 眾附賊。三年三月，賊攻陷京城，大肆掠奪，四月，武帝憂憤成疾，崩於
> 淨居殿，簡文帝立。（卷三）

對外戰事亦多，如齊明帝與北魏孝文帝間之壽陽戰役、梁武帝與北魏之鍾離戰役、淮堰戰役等。致使民生憔悴，士多圖自保，縱情聲色之娛，發爲靡麗之辭。南朝政治紊亂，此其五也。

然南朝政治中，亦有一股清流，即梁武帝在位之時。武帝性情寬和，篤信佛教，多致力於敦睦九族，「急於黎庶，緩於權貴」（《隋書・刑法志》卷廿五），造成四十餘年之政治安定，影響於文學者，則爲文學之益發繁榮，唯美麗辭之日盛，而文學理論之更重形式技巧矣。

政治紊亂既造成南朝形式主義之發達，蕭統、徐陵身值南朝，自亦不免側重文學形式之美。然蕭統能於紊亂之政治局勢中自我警惕，仍謹慎自持，勤政愛民，反映於文學，遂極重作品內容思想之雅正；而徐陵一派人物，於亂世中，唯求及時行樂，今朝有酒今朝醉，遂於文學作品中顯現其頹唐享樂之內容矣。

二、經濟繁榮

南朝偏安江南，江南山川明媚，先天環境優越，百姓多以從商維持生計。以經商致富者，屢見不鮮。《南齊書・高帝紀》：

> 自廬井毀制，農桑易業，鹽鐵妨民，貨鬻傷治，歷代成俗，流蠹歲滋。
>
> （卷一）

商業日漸取代農業。而商業發達之結果，遂使生活亦隨之流於荒淫奢侈。《南史‧循吏傳》：

> 凡百戶之鄉，有市之邑，歌謠舞蹈，觸處成群，蓋宋世之極盛也。……
> 永明繼運，垂心政術，……十許年中，百姓無犬吠之驚，都邑之盛，士女
> 昌逸，歌聲舞節，袨服華粧。桃花淥水之間，秋月春風之下，無往非適。
> （卷七十）

由於經濟極度繁榮，其追尋安樂之風，反映於文學作品中，遂為男女戀情、山水、詠物之內容及華美富艷之麗辭矣。是以徐陵雖生性素簡，亦不免為奢靡俗尚所誘，輒於蕭綱東宮飲酒享宴，狎妓賦詩，所作皆有輕靡之風；獨蕭統能不隨時俗，始終秉其素樸自然之性，毫無奢侈浮華之氣，故其文學思想亦不傾於華艷，而為文質彬彬者也。

三、地處江南

地理環境與文學發展息息相關，劉勰《文心雕龍‧物色》云：

> 山林皋壤，實文章之奧府，略語則闕，詳說則繁。然屈平所以能洞監
> 風騷之情者，抑亦江山之助乎？

南朝地處江南，多山澤之美，富靈秀之氣，氣候溫和，土地低濕，與北方之嚴寒高燥迥然不同。曹植〈贈白馬王彪詩〉：

> 太谷何寥廓，山樹鬱蒼蒼，霖雨泥我塗，流潦浩縱橫。中逵絕無軌，
> 改轍登高岡，修坂造雲日，我馬玄以黃。

即寫出北地跋涉之苦，而丘遲〈與陳伯之書〉則可見江南旖旎之景：

> 暮春三月，江南草長，雜花生樹，群鶯亂飛。

又康有為〈中國歌〉亦見江南之秀美：

> 以花為國，燦爛天府，橫覽大地，莫我能與。鳥獸昆蟲，果蓏草木，
> 億品萬彙，物產繁毓。羽毛齒革，錦繡珠玉，衣食器用，內求自足。五色
> 六章，袨絲為服，飲饌百品，美備水陸，冠絕萬國，猶受多福。〔註3〕

處此二地之文人，其文學作品亦呈現截然不同之內容與藝術風貌。《隋書‧文學傳序》云：

> 江左宮商發越，貴於清綺；河朔詞義貞剛，重乎氣質。氣質則理勝其
> 詞，清綺則文過其質。理深者便於時用，文華者宜於詠歌。此南北詞人得

〔註3〕轉引自盧清青《齊梁詩探微》一書，頁14。

失之大較也。（卷七十六）

又劉師培〈南北文學不同論〉：

> 大抵北方之地，土厚水深，民生其間，多尚實際。南方之地，水勢浩
> 洋，民生其際，多尚虛無。民崇實際，故所著之文，不外記事析理二端。
> 民尚虛無，故所作之文，或爲言志抒情之體。〔註4〕

故知南人文學風格綺麗，文過其質，其內容則多言志抒情，南朝地處江南，故形於
文學，遂善麗辭焉。以南朝山水景色之美，文人輒觸景生情，文學創作遂寓情於景，
昭明、孝穆皆多抒情寫景之麗辭，惟孝穆之作文過其質，缺眞實情感，而昭明之作
則文質並重，能見作者眞情實志。

四、俗奢愛美

南朝偏安江左，其貴族久失北伐之心，遂苟安行樂，奢侈淫靡，如《南齊書·
顧歡傳》：

> 貴勢之流，貨寶之族，車服伎樂，爭相奢麗，亭池宅第，競趨高華，
> 至於山澤之人，不敢採飲其水草。（卷五十四）

又如《南史·梁南平王偉傳》：

> 秦世青溪宮改爲芳林苑，天監初，賜偉爲第，又加穿築，果木珍奇，
> 窮極雕靡，有侔造化，立遊客省，寒暑得宜，冬有籠爐，夏設飲扇，每與
> 賓客遊其中，……梁藩邸之盛無過焉。（卷五十二）

在上位者靡華若此，蔓延及於社會，故社會民風亦多傾向虛榮華泰，如《南齊書·
武帝紀》：

> 永明七年四月，詔曰：「……晚俗浮麗，歷茲永久，每思懲革，而民
> 未知禁。乃聞同牢之費，華泰尤甚，膳羞方丈，有過王侯，富者扇其驕風，
> 貧者恥躬不逮。……」（卷一）

民間競事奢華，甚至有過王侯者，其社會風俗淫靡如此。故反映於文學，則亦爲華
靡之風，競事鋪飾藻麗。貴族且有好設女妓者，使狎邪之風日熾，《梁書·曹景宗傳》
云：「妓妾至數百，窮極錦繡。」（卷九）此風自宋齊以來日益普遍，然蕭統不喜女
樂，律己甚嚴，發之於文學思想則較重雅正，至於簡文則好詠女性之容姿、服飾，
宮廷生活淫甚。徐陵出入蕭綱東宮，遂亦多作艷詩，文學思想較重華艷。

又魏晉以降，民風愛美，論人但取其貌，如《世說新語·容止篇》云：

〔註4〕劉師培〈南北文學不同論〉，見《劉申叔先生遺書》第十五冊《南北學派不同論》，
南桂馨校印，民國25年，頁23。

潘岳妙有姿容，好神情，少時，挾彈出洛陽道，婦人遇者，莫不連手
共縈之。左太沖絕醜，亦復效岳遊遨，於是群嫗齊共亂唾之，委頓而返。

又《梁書·王茂傳》：

身長八尺，潔白美容觀。齊武帝布衣時，見之歎曰：「王茂年少，堂
堂如此，必爲公輔之器。」（卷九）

南朝人愛美之風如此之盛，故劉勰著書名爲《文心雕龍》，徐陵以美文序其《玉臺新
詠》，皆愛美時尚之反映。時俗既好奢愛美，作家爲文之際，遂重麗辭，講求對偶、
聲律等形式之美，統、陵二人制作亦然。但徐陵過於求美，遂忽略作品內容，所作
多爲周遭事物感官美感之描寫，甚少作者情性之抒寫，爲蕭統所不取。

五、帝王好文

南朝之君主多爲文學之愛好者，彼或創作，或批評，獎掖文士，甚且親自著筆
爲文，自宋迄陳，終南朝之世，其勢有增無已，遂造成南朝文風興盛。而文士一味
追求宮廷生活、附庸風雅之結果，遂使文學步入形式主義之途。

宋武帝劉裕，雖以征伐起家，卻極尊重文士，史稱其「好文章，天下咸以文采
相尚。」（《南齊書·王儉傳》卷廿三）皇族中亦不乏有文采之士，其中包括宋文帝
與《世說新語》之作者劉義慶，《文心雕龍·時序》形容當時爲：

自宋武愛文，文帝彬雅，秉文之德，孝武多才，英采雲構；自明帝以
下，文理替矣。

又裴子野《雕蟲論·序》云：

宋明帝博好文章，才思朗捷。嘗讀書奏，號稱七行俱下。每有禎祥及
行幸宴集，輒陳詩展義，且以命朝臣，其戎士武夫則請託不暇，困於課限，
或買以應詔焉。於是天下向風，人自藻飾，雕蟲之藝，盛於時矣。

由於領導者之愛好文學，方有詩壇之盛況。

齊承宋祚，高帝博學好文，其宗室諸子如竟陵王子良、鄱陽王鏘、江夏王鋒、
豫章王嶷、衡陽王鈞等皆以能文著稱，其中竟陵王門下之八友，更是一時逸彥，《南
齊書·竟陵文宣王子良傳》：

子良少有清尚，禮才好士，居不疑之地，傾意賓客，天下才學皆遊集
焉。善立勝事，夏月客至，爲設瓜飲及甘果，著之文教，士子文章及朝貴
辭翰，皆發教撰錄。（卷四十）

其禮遇文士，可見一斑。

梁繼齊後，文運益發興盛，舉凡武帝、太子蕭統、簡文帝、元帝等，皆博學多

藝之才，朝野爭豔炫奇、鋪文飾藻，唯美文風達於全盛。《梁書·劉峻傳》云：「高祖招文學之士，有高才者，多被引進，擢以不次。」（卷五十）又《袁峻傳》有：「高祖雅好辭賦，時獻文於南闕者相望焉。其藻麗可觀，或見賞擢。」（卷四十九）《南史·文學傳》亦云：

> 自中原沸騰，五馬南渡，綴文之士，無乏於時。降及梁朝，其流彌盛。
> 蓋由時主儒雅，篤好文章，故才秀之士，煥乎俱集。於時武帝每所臨幸，
> 輒命群臣賦詩。其文之善者，贈以金帛，是以縉紳之士，咸知自勵。（卷
> 七十二）

君主提倡於上，群臣遂和之於下。由於武帝本人對文士之優遇，影響所及，其諸弟諸子亦紛紛仿效，蕭統及蕭綱各有其文學集團，討論篇籍，無時或已，《梁書·王筠傳》云：

> 昭明太子愛文學士，常與筠及劉孝綽、陸倕、到洽、殷芸等游宴玄圃，
> 太子獨執筠袖撫孝綽肩而言曰：所謂「左把浮丘袖，右拍洪崖肩。」其見
> 重如此。筠又與殷芸以方雅見禮焉。（卷三十三）

又《簡文帝本紀》云：「太宗……引納才學之士，賞接無倦，恒討論篇籍，繼以文章。」（卷四）遂使文風達空前之盛況。且梁元帝蕭繹《金樓子·立言篇》云：

> 至如文者，惟須綺縠紛披，宮徵靡曼，脣吻遒會，情靈搖蕩。

可知當時極偏於形式主義，甚重形文、聲文之美矣。而蕭統、蕭綱二兄弟之文學集團皆重麗辭，實即帝王好文、文士爭馳之結果。

六、儒學式微

漢末以來，儒學漸衰，老、莊哲學盛行。一以道德墮落，仁義不昌，加以儒學訓詁繁瑣，遂使經學不明；至南北朝，又加以佛教盛行，遂使儒學更趨消沈，宋齊儒學消沈情形，可由《南史·儒林傳序》觀出：

> 宋齊國學，時或開置，而勸課未博，建之不能十年，蓋取文具而已。
> 是時鄉里莫或開館，公卿罕通經術。朝廷大儒，獨學而弗肯養眾；後生孤
> 陋，擁經而無所講習。（卷七十一）

又謂：「魏正始以後，更尚玄虛，公卿士庶，罕通經學。」梁武帝雖崇尚經學，然此非即儒家中興之象。趙翼《廿二史箚記》卷八〈六朝清談之習〉曰：

> 至梁武帝始崇尚經學，儒術由之稍振。然談義之習已成，所謂經學者，
> 亦皆以爲談辯之資。……是當時雖從事於經義，亦皆口耳之學，開堂升座，
> 以才辯相爭勝，與晉人清談無異，特所談者不同耳。況梁時所談，亦不專

講《五經》。武帝嘗於重雲殿自講《老子》。……則梁時於《五經》之外，仍不廢老、莊，且又增佛義。晉人虛偽之習依然未改，且又甚焉。風氣所趨，積重難返。直至隋平陳之後，始掃除之。

看似儒學復興，其實仍為清談之習，佛學亦極盛行。玄言佛理，影響於人心，遂使享樂主義大行，影響於文學，則玄言詩、聲律說興起。其時社會風氣，極度奢靡虛浮，儒學之衰微，更使社會風俗敗壞，道德淪亡，尤以君主貴族為烈。劉大杰謂，儒學衰落，文壇失去監督指導之力量，浮虛淫侈之惡習，造成文學艷麗纖巧之風〔註5〕。信哉其言。梁代雖無「荒主」，然宮廷生活亦極放蕩、淫靡，今觀梁代宮體詩，即為其荒淫糜爛生活之寫照，茲舉一首為例，蕭綱〈和湘東王名士悅傾城〉：

> 美人稱絕世，麗色譬花叢。雖居李城北，住在宋家東。教歌公主第，學舞漢成宮。多遊淇水上，好在鳳樓中。履高疑上砌，裾開持畏風。衫輕見跳脫，珠概雜青蟲。垂絲邀帷幔，落日度房櫳。妝窗隔柳色，井水照桃紅。非憐江浦珮，羞使春閨空。

南朝貴族表面精熟儒、佛，實際則多荒淫無度，心口不一，蕭綱及其周圍文士乃斯流也；而昭明獨能篤信儒學佛理，莊嚴持重，不染聲色奢華，故極斥靡艷之風。

七、「聲律說」興

我國詩歌自建安以來，漸重詞藻、對偶、用事，晉陸機更注意聲音之諧調。齊、梁之際，由於受佛經轉讀講究抑揚頓挫之啟發，遂有四聲之說，沈約據四聲及雙聲疊韻以研究詩歌音律之配合，指出為文時宜避免「平頭、上尾、蜂腰、鶴膝、大韻、小韻、旁紐、正紐」等八病，王融、謝朓、范雲於其倡導下，復結合排偶、對仗而成「永明體」。《南史・陸厥傳》云：

> 永明時，盛為文章。吳興沈約、陳郡謝朓、瑯琊王融以氣類相推轂，汝南周顒善識聲韻，約等文皆用宮商。將平上去入四聲以此制韻，有平頭、上尾、蜂腰、鶴膝。五字之中，音韻悉異，兩句之內，角徵不同，不可增減，世呼為永明體。（卷四十八）

又《宋書・謝靈運傳論》云：

> 夫五色相宣，八音協暢，由乎玄黃律呂，各適物宜。欲使宮羽相變，低昂舛節，若前有浮聲，則後須切響。一簡之內，音韻盡殊；兩句之中，

〔註5〕劉大杰《中國文學發展史》，華正書局，民國69年五月版，頁282。

　　輕重悉異。妙達此旨，始可言文。（卷六十七）

於是詩文之韻律逐漸形成，平仄之講求日益嚴密，當時之作品，遂出現新面貌，復由於元嘉以來盛極之雕琢風氣，文學更趨於技巧與形式之美。《梁書‧庾肩吾傳》云：

　　齊永明中，文士王融、謝朓、沈約，文章始用四聲以為新變，至是轉
　　拘聲韻，彌尚麗靡，復踰於往時。（卷四十九）

永明體作品之外形與聲律益趨華美完備，但內容貧乏，更加重形式主義之發展。蕭統受此說影響，甚重作品聲文之形式美，然亦兼重內容思想，徐陵則一味追求聲文、形文，而忽略內容矣。

八、文觀進步

　　先秦以文學為學術之總稱；兩漢有文學文章之分，以「文學」表學術，以「文章」表今日所謂之文學；魏晉以後，論之者眾，始重文學生命，魏文帝曹丕以文章為「經國之大業，不朽之盛事」（《典論‧論文》）；至南朝，文學觀念始得明晰，嚴文筆之辨：有韻者為文，而無韻者為筆；純文學為文，而雜文學為筆。《文心雕龍‧總術》：

　　今之常言，有文有筆，以為無韻者筆也，有韻者文也。

梁元帝蕭繹《金樓子‧立言篇》亦云：

　　至於不便為詩如閻纂，善為章奏如伯松，若此之流，汎謂之筆。吟詠
　　風謠，流連哀思者謂之文。

至此，文學文章合一，文學一語，不復泛指學術，而為純文學之含義，蕭統編《文選》，更明言不選經、子、史，而確定純文學之界域。此純文學價值於南朝更有日受重視之趨勢。當時又有所謂「辭筆」「詩筆」之稱，所謂「辭」「詩」即純文學之代表，「辭」「詩」以外無韻之文即雜文學。而范曄、顏延之之論文筆，則表現更重「文」之傾向：范曄於其〈獄中與諸甥姪〉中談及其所撰之《後漢書》，於傳記篇章中有韻之讚及無韻之序論，皆頗自負，然又云：「手筆差易，文（泛指文章）不拘韻故也。」以為筆不押韻，較押韻之文易寫。顏延之復將文章區分為言、筆二類，言為質樸乏文采之作，筆則具文采。此說反映時人之觀：筆雖不押韻，亦應具文采。蕭繹更明顯表現重文輕筆之傾向，其《金樓子‧立言篇》有云：「筆，退則非謂成篇，進則不云取義，神其巧惠，筆端而已。至如文者，惟須綺縠紛披，宮徵靡曼，唇吻遒會，情靈搖蕩。」以為文須如民間歌謠般表現情靈搖蕩之哀思，形式上須有綺縠紛披之色采美及唇吻遒會之音韻美，如此則文之特徵遂不止於押韻矣。而筆則較易，僅「神其巧惠，筆端而已。」而至簡文蕭綱更有文學高於一切之說，其〈答張纘謝示集書〉云：

  竊常論之，日月參辰，火龍黼黻，尚且著於玄象，章乎人事，而況文辭可止，詠歌可輟乎？不爲壯夫，揚實小言破道；非謂君子，曹亦小辯破言；論之科刑，罪在不赦。

又作《昭明太子集·序》云：

  竊以文之爲義，大哉遠矣。……故易曰：「觀乎天文，以察時變；觀乎人文，以化成天下。」是以含精吐景，六衛九光之度，方珠喻龍，南樞北陵之采，此之謂天文。文籍生，書契作，詠歌起，賦頌興，成孝敬於人倫，移風俗於王政，道綿乎八極，理浹乎九垓，贊動神明，雍熙鍾石，此之謂人文。若夫體天經而總文緯，揭日月而諧律呂者，其在茲乎。

於是，諸作家逐日求其藝術之精美，側重文學之形式矣。

  於此時代背景孕育而出之《昭明文選》及《玉臺新詠》二書，自亦不免顯現重視文采雕飾之時代特色。然以蕭統生性仁恕持重，生活嚴謹，與遊者又多雅正之士，故是書尚表現文質彬彬之風；而徐陵出入蕭綱東宮，生活奢靡放蕩，故是書多靡麗之辭矣。

第二節　文學背景

  蕭統爲梁朝太子，而徐陵亦身處梁、陳二朝遞嬗之間。此時期之文壇現象，就文學風氣而言，則形式主義之風興盛，書抄、編書等風亦極盛行。就文學創作而言，其特點爲形式多樣，如：古詩之變體、長短體、四句小詩、律體等，另一特點爲內容豐富，如：山水、詠物、色情文學等皆有。二書於此潮流推動下，遂應運而生。茲詳論如下：

一、文學風氣

（一）形式主義之風興盛

  南朝之文風華艷淫靡，著重文章形式，而忽略文章內容。是以特重藝術技巧之表現，作品內容則多空虛貧乏。文士傾其全力追求作品之美學價值，南朝詩、辭、駢文中均未出現足以撼動人心之作，率皆輕柔華麗、格局狹隘。文士憑藉富裕之生活，沈醉於山川或聲色感官刺激中，其內容遂流於空洞無味，乏深刻之內涵，如吳均〈詠少年〉：

  董生惟巧笑，子都信美目。百萬市一言，千金買相逐。不道參差菜，誰論窈窕淑？願君奉繡被，來就越人宿。

非惟形式重對偶，內容且淫靡無恥已極。又如謝靈運之山水詩作，開風氣之先，亦極盡其雕縟之能事，文勝其質，其〈過始寧墅〉：

> 剖竹守滄海，枉帆過舊山。山行窮登頓，水涉盡洄沿。巖峭嶺稠疊，洲縈渚連綿，白雲抱幽石，綠篠媚清漣。

由於過分注重形式，遂易使人忽略其內容。梁代徐陵、蕭綱等所作之宮體詩，即為形式主義發展極盛之產物。而蕭統於此文學背景下，能獨超眾論，兼重形式與內容，為其過人之處。

（二）編書之風興盛

南朝宋齊之後，社會習於安樂，貴族游藝詩文，文士亦競事撰述，藩主多簉養文士，使其編纂類書，宴會時以數典為樂，《南齊書・竟陵文宣王子良傳》：

> 少有清尚，禮才好士，居不疑之地，傾意賓客，天下才學皆遊集焉。……移居雞籠山西邸，集學士抄《五經》百家，依《皇覽》例，為《四部要略》千卷。（卷四十四）

又《梁書・張率傳》：

> 直文德待詔，省敕使抄乙部書，又使抄婦人事二十餘條，勒成百卷。……所著《文衡》十卷。（卷三十三）

其時文人多以讀書自誇，如任昉、王筠等，讀書多，抄撮編纂之書便多，故《隋書・經籍志》所載南朝之總集，即有劉義慶編之《集林》一百八十卷、不署編者之《文海》五十卷、謝靈運編之《賦集》九十二卷及《詩集》五十卷、蕭統編之《古今詩苑英華》三十卷、徐陵編之《玉臺新詠》十卷等，以上總集，雖大多亡佚，僅存《文選》及《玉臺》，然可見當時編書風氣之盛矣。

（三）書抄之風興盛

鍾嶸《詩品・序》云：「大明泰始中，文章殆同書抄。」大明泰始分別為宋孝武帝及明帝之年號，此書抄風氣乃出自宋文帝劉義隆在位之元嘉時代。劉勰《文心雕龍・時序》云：

> 自宋武愛文，文帝彬雅，秉文之德，孝武多才，英采雲搆。自明帝以下，文理替矣，爾其縉紳之林，霞蔚而飆起：王袁聯宗以龍章，顏謝重葉以鳳采。何范張沈之徒，亦不可勝數也。

可知宋世文學之盛況，而其中唯宋文帝劉義隆在位較久，故元嘉（424～453）文學，見稱於後世，其時書抄之風極盛，如鮑照之作品，「繡薈結飛霞，琁題納行月」（〈代君子有所思〉），即用〈西京賦〉「雕楹玉舄，繡栭雲楣」及〈甘泉賦〉「珍臺閒館，

琁題玉英」等語句壓縮而成，使字面濃艷而語調緊促。

又宋明帝時之駙馬、齊時之佐命功臣王儉，於書抄文風之提挈，亦有極大作用，儉年輕時為文必先檢書，《南齊書》本傳言：

> 遷校書丞，上表求校墳籍，依《七略》撰《七志》四十卷，上表獻之；
> 又撰定《元徽四部書目》。（卷二十三）

王儉此作雖屬圖書分類，然自此尚博成習。儉於齊永明初開學士館，倡「隸事」遊戲，則為書抄之具體表現。

此書抄之風延及梁世，如《文選》載任昉之《王文憲集‧序》（王文憲即王儉），或一句四字中即疊用二典故，使博洽如李善者，註釋此篇文章即須動用百種書籍；尤有甚者，李善於「挂服寄駒，前良取則」下但注「挂服未詳」，任昉隸事之稠密，可見一斑。而劉孝標見稱「書淫」，梁元帝窮年累月廣搜異書、遍抄闕帙，皆此一風尚所以致之。〔註6〕

書抄之風既盛，文士為文必先檢書，作家多養成尚博之習。蕭統、徐陵於此空氣中，自亦好學尚博，從而重隸事用典等形式美之講求，而徐陵之《玉臺新詠‧序》尤為此中名作。

二、文學創作

（一）形式多樣

南朝因聲律之說興，對偶之風盛，復以樂府小詩之影響，遂使詩之形式多樣化：

1. 五言詩始換韻

五言古詩多一韻到底，至沈約、柳惲諸人方始換韻。或兩句一換韻，如沈約〈擬青青河畔草〉：

> 漠漠床上塵，中心憶故人。故人不可憶，中夜長歎息。歎息想容儀，
> 不言長別離。別離稍已久，空床寄杯酒。

或四句一換韻，如柳惲〈江南曲〉：

> 汀洲采白蘋，日落江南春，洞庭有歸客，瀟湘逢故人。故人何不返，
> 春華復時晚。不道新知樂，且言行路遠。

換韻使音調益發活潑和諧，節奏益發優美舒暢，五言古詩至此完全成熟。

2. 七言古詩漸多

〔註6〕參見王夢鷗〈魏晉南北朝文學之發展〉一文，收於其所著《古典文學論探索》，正中書局，民國73年2月版。

魏晉之七言詩極少，至南北朝時逐日益增多，且多有換韻，如鮑照〈代白紵曲〉：

　　　　春風澹蕩俠思多，天色淨綠氣妍和。含桃紅萼蘭紫芽，朝日灼爍發園

　　華。卷幌結帷羅玉筵，齊謳秦吹盧女絃，千金顧笑買芳年。

沈約之七言制作亦然，如〈春白紵〉：

　　　　蘭葉參差桃半紅，飛芳舞縠戲春風。如嬌如怨狀不同，含笑流盼滿堂

　　中。翡翠群飛飛不息，願在雲間長比翼。佩服瑤草駐顏色，舜日堯年歡無

　　極。

此外，蕭衍、蕭綱等亦有七言創作。

3. 長短句詩體始生

《詩經》、《楚辭》、漢魏晉《樂府》，雖亦有長短句，然爲自然安排，未有定格。
至南朝，長短體之定格始現，而爲詞之濫觴。如〈江南弄〉，乃三句七言與四句三言
所合成者，沈約有四首、蕭衍有七首、蕭綱有三首，梁啓超謂此〈江南弄〉云：

　　　　凡屬於〈江南弄〉之詞，皆以七字三句，三字四句組織成篇。七字三

　　句，句句押韻；三字四句，隔句押韻。第四句「舞春心」即覆疊第三句之

　　末三字，如〈憶秦娥〉調第二句末三字「秦樓月」也。似此嚴格的一字一

　　句，按譜填詞，實與唐末之倚聲新詞無異。〔註7〕

如沈約之〈江南弄〉：

　　　　楊柳垂地燕差池，緘情忍思落容儀，絃傷曲怨心自知。心自知，人不

　　見。動羅裙，拂珠殿。

又如蕭衍之〈江南弄〉：

　　　　遊戲五湖採蓮歸，發花田葉芳襲衣，爲君艷歌世所希。世所希，有如

　　玉。〈江南弄〉，採蓮曲。

又如蕭綱之〈江南弄〉：

　　　　金門玉堂臨水居，一嚬一笑千萬餘，遊子去還願莫疏。願莫疏，意何

　　極。雙鴛鴦，兩相憶。

此外，沈約〈六憶詩〉四首，劉孝綽〈雜憶詩〉，隋煬帝〈效劉孝綽雜憶詩〉兩首，
皆三字一句、五字五句合成；梁僧法雲〈三洲歌〉二首，用「五、七、三、五」四
句；梁徐勉之〈迎客曲〉、〈送客曲〉，用「三、三、七、三、三、七」六句，是皆爲
詞之先驅。

〔註7〕梁啓超《中國之美文及其歷史詞之起源》，臺灣中華書局，民國45年10月臺一版，
　　　頁178。

4. 四句小詩之興盛

小詩乃指類似唐人絕句形式之詩，五言或七言之四句詩。五言四句形式之詩，漢〈樂府〉即有，如〈枯魚過河泣〉；魏晉如曹植、陸機、傅玄諸人亦有此類作品；至南朝，受吳歌影響，試作者漸盛，如謝靈運、鮑照、謝惠連等；永明時則達於成熟之境，如王融之〈自君之出矣〉：

> 自君之出矣，金鑪香不然。思君如明燭，中宵空自煎。

另有王儉、謝朓、沈約諸人作品，亦皆頗有可觀；而梁、陳之際，小詩更形興盛，梁武帝蕭衍、簡文帝蕭綱、陳後主陳霸先等皆以五言小詩為擅場。

七言小詩之發生則稍遲。最早者為湯惠休之〈秋思引〉：

> 秋寒依依風過河，白露蕭蕭洞庭波。思君末光光已減，眇眇悲望如思何？

至梁武帝蕭衍父子之時，七言小詩試作者日多，逐漸繁盛發達。

5. 律體之形成

律體講求對偶韻律，皆八句成章，其中間二聯，必須對偶工整。南朝謝莊之〈侍宴蒜山〉、〈侍東耕〉二首已具五律雛形，復以永明聲律之影響，試作者日多，如范雲之〈巫山高〉：

> 巫山高不極，白日隱光輝。靄靄朝雲去，冥冥暮雨歸。巖懸獸無迹，林暗鳥疑飛。枕席竟誰薦，相望空依依。

又經蕭綱之大量製作，至何遜、陰鏗、徐陵、庾信之手，便達完全成熟階段。

七律之發生較遲，作者亦少，庾信之〈烏夜啼〉，初具七律形體：

> 促柱繁絃非〈子夜〉，歌聲舞態異前溪。御史府中何處宿，洛陽城頭那得棲。彈琴蜀郡卓家女，織錦秦川竇氏妻。詎不自驚長淚落，到頭啼烏恒夜啼。

完全成熟則在唐代以後。

總之，南朝之詩歌形式，乃上承漢、魏，下啟唐、宋，具有承先啟後之地位。徐陵之《玉臺新詠》遂收有多樣形式之詩歌，顯現詩歌發展之面貌，尤以卷十專收四句五言小詩，最可見出徐陵深受當時文學環境影響。蕭統雖亦感受此多樣文學形式之變化，然此變化多由民歌而來，作品風格多未合其雅正之要求，故昭明於南朝新興文體多不選錄。

（二）內容豐富

依附宮廷之權貴，其作品內容多趨於艷體；而退隱山林之文人，則多著意於自

然山水。於是南朝文學所表現之內容，大致以山水與艷情為主。

1. 山水詩

南朝因政治紊亂，致使失意文人轉而嚮往自然界；復因對玄言詩之反動，而興起對山水詩文之喜好；加以文士佛徒交遊之風極盛，促成山水文學之興盛。謝靈運為用力客觀描寫山水之第一人，《宋書·謝靈運傳》云：

> 出為永嘉太守，郡有名山水，素所愛好，遂肆意遊遨，遍歷諸縣，動
> 踰旬朔。民間聽訟，不復關懷。所至輒為詩詠，以致其意焉。（卷六十七）

謝靈運之山水名作頗多，如〈石壁精舍還湖中作〉：

> 出谷日尚早，入舟陽已微。林壑斂暝色，雲霞收夕霏。芰荷迭映蔚，
> 蒲稗相因依。

刻劃山水景致，可謂細密深入，用力甚勤。此外如謝朓、沈約、王融、何遜、蕭統、陰鏗等，皆有山水佳篇。

2. 詠物詩

詠物詩於南朝詩所佔比重甚大，此與當時隸事數典風氣有關。沈約諸多詠物名詩，實將詩歌作為比賽隸事之工具而已。詠物詩於蕭綱之倡導下，發展極其迅速。多於描態寫物上窮力追新，著力於捕捉月露風雲、落花春草之細微動態，如蕭綸〈詠新月詩〉：

> 霜氛含月彩，靄靄下南樓，霧濃光若畫，雲駛影疑流。

又蕭繹〈詠石榴詩〉：

> 塗林未應發，春暮轉相催。然燈疑夜火，連珠勝早梅。西域移根至，
> 南方釀酒來，葉翠如新剪，花紅似故裁。還憶河陽縣，映水珊瑚開。

又蕭綱〈折楊柳〉有「葉密鳥飛礙，風輕花落遲」之語，其藝術之細緻工巧，實前所少見。惜因南朝文人生活面過狹，生活又荒誕淫恥，詠物詩遂步入宮體之厄運。

3. 艷情詩

南朝文壇之另一支流為艷情文學。「艷」乃就風格而言，「情」乃就內容而言。此種文學，見稱「宮體詩」。「宮體」之名起於梁，《梁書·簡文帝本紀》云：

> 太宗（簡文帝）幼而敏睿，識悟過人。六歲便屬文。高祖（梁武帝）
> 驚其早就，弗之信也。乃於御前面試，辭彩甚美。高祖嘆曰：「此子吾家
> 東阿。」及居監撫，交納文學之士。……好題詩，其序云：「余七歲有詩
> 癖，長而大倦。」然傷於輕艷，當時號曰宮體。（卷四）

又同書〈徐摛傳〉曰：

及長，屬文好爲新變，不拘舊體，晉安王綱侍讀。王總戎北伐，以摛兼寧蠻府長史，參贊戎政。教令軍書多自摛出。王入爲皇太子，轉家令兼管書記，尋帶領直。摛文體既別，春坊盡學之，宮體之號自斯而起。高祖聞之怒，召摛加讓。（卷三十）

是知「宮體」名稱，乃於簡文帝蕭綱入東宮之後方有，「宮體」之特色爲「輕艷」、「新變」。又《北史・文苑傳》有云：

梁自大同之後，雅道淪缺，漸乖典則，爭聘新巧。簡文、湘東啓其淫放，徐陵、庾信分路揚鑣。其意淺而繁，其文匿而彩，詞尚輕險，情多哀思。（卷八十三）

是以今人洪順隆先生總結「宮體」之特色爲：風格輕靡，技巧細雕深琢，題材專寫女性於閨閣中之情狀〔註8〕。可謂深中肯綮，頗有可採。

此種稱爲「宮體」之艷情文學，風格技巧華艷雕琢，內容題材專寫女性情感、姿態，雖盛行於梁代，然於宋齊之時，作之者已有其人，如湯惠休有〈白紵歌〉，風格傾於輕艷靡麗：

少年窈窕舞君前，容華艷艷將欲然。爲君嬌凝復遷延，流目送笑不敢言。長袖拂面心自煎。願君流光及盛年。

又如鮑照之〈學古〉，風格亦然：

綿綿好眉目，閑麗美腰身。凝膚皓若雪，明淨色如神。嬌愛生盼矚，聲媚起朱唇。衿服雜緹繢，首飾亂瓊珍。調絃俱起舞，爲我唱梁塵。

此時之艷情詩，尚屬嘗試階段，未普及於上層社會，故其形式與內容，仍多模倣江南民謠，大致皆純樸可愛。迨至齊梁，聲律之講求益密，唯美形式主義大行，使內容日漸纖巧狹隘；又君主貴族掌握文壇，其生活狹窄，荒於酒色，僚屬復投其所好，相互酬唱，遂使民歌純樸精神大減，而流於綺麗艷情之面目。如蕭綱之〈詠內人畫眠〉：

北窗聊就枕，南簷日未斜。攀鉤落綺障，插捩舉琵琶。夢笑開嬌靨，眠鬟壓落花。簟文生玉腕，香汗浸紅紗。夫壻恒相伴，莫誤是倡家。

其大膽之描寫，實前古之未有，而其〈孌童〉一詩，更爲淫情墮落之篇：

孌童嬌麗質，踐董復超瑕。羽帳晨香滿，珠簾夕漏賒。翠被合鴛色，雕床鏤象牙。妙年同小史，姝貌比朝霞。袖裁連璧錦，牋織細橦花。攬袴輕紅出，迴頭雙鬢斜。懶眼時含笑，玉手作攀花。懷猜非後釣，密愛似前車。定使燕姬妒，彌令鄭女嗟。

〔註8〕洪順隆《由隱逸到宮體》，文史哲出版社，民國73年7月，頁127。

至於陳代之陳後主陳叔寶時代，作品更輕浮靡艷，甚至變爲倡妓狎客之流。如陳後主之〈玉樹後庭花〉：

> 麗宇芳林對高閣，新妝艷質本傾城。映戶凝嬌乍不進，出帷含態笑相
> 迎。妖姬臉似花含露，玉樹流光照後庭。

此外如〈烏棲曲〉、〈三婦艷詞〉及江總之〈閨怨篇〉、〈東飛伯勞歌〉等，皆爲艷情之作，南朝文壇遂完全陷於此輕靡文風之中。

　　蕭統於此豐富之作品內容，獨好山水題材，以詠物、宮體過於輕艷而弗取。徐陵則鍾情後二者，故《玉臺》一書，多收此二類題材之作。

　　總觀此節，由於編書之風興盛，蕭統、徐陵於暇日閑時，遂興編書之念。又因形式主義及書抄隸事之風，二人編撰選錄之標準遂以辭藻爲要。而其時文學形式與內容之豐富多樣，遂令二書所錄之作文采爛然、內容豐饒，而具極高之藝術價值。

第三節　文學派別

　　南朝創作活動繁榮，要言之可分爲三派：復古派、趨新派、折衷派。而其分派之因，一則緣於各文人之行爲修養各具特色，反映至作品中，遂形成趨新、折衷等區別，如《南史·徐羨之（附孝嗣孫君蒨）傳》：

> （君蒨）善弦歌，爲梁湘東王鎮西諮議參軍，頗好聲色，侍妾數十，
> 皆佩金翠，曳羅綺，服玩悉以金銀。……君蒨辯於辭令。湘東王嘗出軍，
> 有人將婦從者，王曰：「才愧李陵，未能先誅女子；將非孫武，遂欲驅戰
> 婦人。」君蒨應聲曰：「項籍壯士，猶有虞兮之愛；紀信成功，亦資姬人
> 之力。」君蒨文冠一府，特有輕豔之才，新聲巧變，人多諷習。（卷十五）

又〈劉昭（附子緩）傳〉：

> 緩，字含度，爲湘東王中錄事。性虛遠，有氣調，風流跌宕，名高一
> 府。常云：不須名位，所須衣食；不用身後之譽，唯重目前知見。（卷七
> 十二）

而《梁書·陸杲傳》：

> 杲少好學，工書畫。舅張融有高名，杲風韻舉動，頗類於融。時稱之
> 曰：無對日下，唯舅與甥。（卷二十六）

又〈到洽傳〉：

> 昭明太子與晉安王綱令曰：「明北克（山賓）、到長史（洽）遂相係凋
> 落，傷恒悲愴，不能已已。去歲陸太常（倕）殂歿，今茲二賢長謝。陸生

資忠履眞，冰清玉潔，文該四始，學遍九流，高情勝氣，貞然直上；明公
儒學稽古，淳厚篤誠，立身行道，始終如一，儻直夫子，必升孔堂；到子
風神開爽，文義可觀，當官莅事，介然無私；皆海內之俊，東序之祕寶。
此之嗟惜，更復何論。」（卷廿七）

可觀出徐摛、陸杲、徐君蒨、劉緩等人之修養舉止與作品風貌爲同一類型，而明山
賓、到洽、陸倕又屬另一典型。二則緣於最高統治集團之愛好與倡導，如梁代復古
派之人依附高祖蕭衍，蕭衍反對當時聲律之風，《梁書‧沈約傳》載沈約撰《四聲譜》，
然高祖不好焉；趨新派依附於蕭綱；折衷派則以蕭統爲領袖人物。蕭統與蕭綱，二
人雖爲兄弟，然思想文風卻不盡相同，蓋統爲人仁恕，生活清簡，篤信儒佛，故文
風典雅莊重；而綱幼從徐摛學，摛爲宮體能手，綱遂亦善爲宮體，加以其宮廷生活
淫侈，故文風華靡輕艷。三則緣於重對偶、聲律、用典之文藝潮流漸盛，致使五言
古體漸化爲律詩，大賦、俳賦漸成律賦，駢文漸成四六體，文學形式之講求日趨明
顯，處此轉變時期，從事創作之文人遂各擇其趨向而行。反對此新文學趨勢者，便
爲復古派，以裴子野、劉之遴爲代表，皆見之於《梁書》本傳，〈裴子野傳〉云：

子野爲文典而速，不尚麗靡之詞。其製作多法古，與今文體異。當時
或有詆訶者，及其末皆翕然重之。（卷三十）

〈劉之遴傳〉：

之遴好屬文，多學古體。與河東裴子野、沛國劉顯常共討論書籍，因
爲交好。（卷四十）

而趨新派之代表，則有沈約、蕭綱、蕭繹、蕭子顯、徐摛徐陵父子、庾肩吾庾信父子
等；其中蕭子顯爲理論之發言人，後四子則自創作中表現其文學傾向，觀史書可知：

《梁書‧徐摛傳》：

屬文好爲新變，不拘舊體。……摛文體既別，春坊盡學之，宮體之號，
自斯而起。（卷三十）

《梁書‧庾於陵（附弟肩吾）傳》：

初，太宗在藩，雅好文章士，時肩吾與東海徐摛、吳郡陸杲、彭城劉
遵、劉孝儀、弟孝威同被賞接；及居東宮，又開文德省置學士，肩吾子信、
摛子陵、吳郡張長公、北地傅弘、東海鮑至等充其選。齊永明中，文士王
融、謝朓、沈約文章始用四聲，以爲新變；至是轉拘聲韻，彌尚麗靡，復
踰於往時。（卷四十九）

《陳書‧徐陵傳》：

其文頗變舊體，緝裁巧密，多有新意。每一文出手，好事者已傳寫成

誦，遂被之華夷，家藏其本。(卷廿六)

《周書‧庾信傳》：

> 起家湘東國常侍，轉安南府參軍。時肩吾為梁太子中庶子，掌管記；
> 東海徐摛為左衛率；摛子陵及信並為抄撰學士。父子在東宮，出入禁闥，
> 恩禮莫與比隆。既有盛才，文並綺豔，故世號為徐庾體焉。當時後進，競
> 相模範，每有一文，京都莫不傳誦。(卷四十一)

而折衷派乃就前二派之得失，取長棄短而成。以顏延之、劉勰、鍾嶸、蕭統、顏之
推為代表。茲分就此三派之主張約略言之：

一、復古派

復古派於文學內容，主張寫實用性文章；於文學形式，則主用古樸文字，重質
輕文；於文學風格，則主雅正之風。此派以裴子野為主，其〈雕蟲論〉，於當時文風
有嚴厲攻擊：

> 自是閭閻少年，貴游總角，罔不擯落六藝，吟詠情性。學者以博依為
> 急務，謂章句為專魯。淫文破典，斐爾為功。無被於管弦，非止乎禮義。
> 深心主卉木，遠致極風雲。其興浮，其志弱。巧而不要，隱而不深。討其
> 宗途，亦有宋之遺風也。

其批評劉宋以來詩賦之內容非草木即風雲，「非止乎禮義」，此類作品乃「巧而不要，
隱而不深」，只重形式卻不重內容。裴氏有鑑於梁代文風淫靡極甚，遂借古喻今，以
宋明帝喻梁代統治者，指出文章應以經世致用為主，並強調《詩經》勸美懲惡之功
用，文中又云：

> 古者四始六藝，總而為詩，既形四方之風，且彰君子之志，勸美懲惡，
> 王化本焉。

因而謂後之作者宜取法《詩經》，多寫作古樸且具實用性質之文章。

裴氏之文學創作頗與其理論符合，故蕭綱於《與湘東王書》批評裴氏之文為：

> 乃是良史之才，了無篇什之美。……裴亦質不宜慕。

《梁書‧裴子野傳》亦稱：

> 子野為文典而速，不尚麗靡之詞；其製作多法古，與今文體異。(卷三十)

是知子野於理論及創作皆與時風對立，傾向於復古矣。

二、趨新派

趨新派於文學內容主言情之詩賦；於文學形式特重文采，講求聲律；於文學風

格則喜華艷。是以趨新派寫作多採言情之吳聲、西曲，且於受民歌影響最多之作家如湯惠休、鮑照讚揚有加，蕭子顯《南齊書·文學傳論》云：

> 顏、謝並起，乃各擅奇，休、鮑後出，咸亦標世。（卷五十二）

此派主「新變說」，肯定南朝文學由質趨文之變化，蕭繹《內典碑銘集林·序》云：

> 夫世代亞改，論文之理非一；時事推移，屬詞之體或異。

蕭子顯《南齊書·文學傳論》亦云：

> 習玩爲理，事久則瀆，在乎文章，彌患凡舊，若無新變，不能代雄。
>
> （卷五十二）

《陳書·徐陵傳》則稱道徐陵之文能「新變」：

> 其文頗變舊體，緝裁巧密，多有新意。每一文出手，好事者已傳寫成
>
> 誦，遂被之華夷，家藏其本。（卷廿六）

趨新派之新變說，主要指文學形式、文學內容及文學風格三端：就文學形式言，以詩賦爲主之韻文，應具色采及聲音之美，故蕭繹《金樓子·立言》云：

> 至如文者，惟須綺縠紛披，宮徵靡曼，脣吻遒會，情靈搖蕩。

此「綺縠紛披」即爲色采之美，「宮徵靡曼」即爲聲音之美，文學形式應具此形文與聲文之語言美。蕭綱〈與湘東王書〉亦主張詩賦不宜擬經典議論之體，不可使文學之語言性淪於古樸之屬，蓋彼缺乏文采：

> 未聞吟詠情性，反擬〈內則〉之篇，操筆寫志，更摹〈酒誥〉之作，
>
> 遲遲春日，翻學《歸藏》，湛湛江水，遂同《大傳》。

文中並評裴氏乏文采，「質不宜慕」，認爲爲文必具形式之美方可。而沈約實爲此說之開山宗師，其《宋書·謝靈運傳》肯定劉宋以來文辭細緻精巧之作家，而對玄言詩作家之不符新變潮流予以輕視及貶抑：

> 自建武暨乎義熙，歷載將百，雖綴響聯辭，波屬雲委，莫不寄言上德，
>
> 託意玄珠，遒麗之辭，無聞焉爾。仲文始革孫、許之風，叔源大變太元之
>
> 氣。爰逮宋氏，顏、謝騰聲，靈運之興會標舉，延年之體裁明密，並方軌
>
> 前秀，垂範後昆。（卷六十七）

沈約所貶者，爲無「遒麗之辭」之玄言詩作家，而「遒麗」即指文學形式之色采美也。又沈約提倡聲律說，是強調聲文，如此形文、聲文結合而形成趨新派之形式理論。由於趨新派過於突顯文學形式之重要，一味講求技巧，遂使末派專事雕琢，完全忽略作品內容，故隋代李諤提出批評：

> 江左齊梁，其弊彌甚，貴賤賢愚，唯務吟詠，遂復遺理存異，尋虛逐
>
> 微，競一韻之奇，爭一字之巧。連篇累牘，不出月露之形；積案盈箱，唯

是風雲之狀。(《隋書・李諤傳・上隋高帝革文華書》卷六十六)

由此可知其捨本逐末之風之盛極矣，是以引起折衷派之不滿。就文學內容言，趨新派肯定魏晉以來之新潮流，不重教化諷諫，而以抒情寫景爲要。蕭綱將文章自道德中分別而出，強調文學之獨立，不應囿於教化觀點，其〈誡當陽公大心書〉云：

> 汝年時尚幼，所闕者學，可久可大，其惟學歟。所以孔丘言：「吾嘗終日不食，終夜不寢，以思，無益，不如學也。」若使面牆而立，沐猴而冠，吾所不取。立身之道，與文章異，立身先須謹重，文章且須放蕩。

而文學作品之內容，當以情思爲主，其〈答張纘謝示集書〉云：

> 至如春庭落景，轉蕙承風，秋雨旦晴，檐梧初下。浮雲生野，明月入樓，時命親賓，乍動嚴駕。車渠屢酌，鸚鵡驟傾，伊昔三邊，久留四戰。胡霧連天，征旗拂日，時聞塢笛，遙聽塞笳。或鄉思悽然，或雄心憤薄。是以沈吟短翰，補綴庸音，寓目寫心，因事而作。

惟有深情之作，方爲感人之至文。蕭繹《金樓子・立言》云：「吟詠風謠，流連哀思者謂之文」，提出韻文之內容當「吟詠風謠，流連哀思」，亦即須富情感，此風謠指吳歌、西曲，是以此派極重視民間歌謠吳聲、西曲中詠男女情感之作，而此類歌曲之內容聲調多哀怨動人，強調此類歌謠之結果，加以宮廷淫靡生活之孕育，遂發展成宮體詩。蕭綱提倡宮體，喻新渝侯蕭映描繪女性體貌哀怨之詩爲：「跨躡曹、左，含超潘、陸」，「性情卓絕，新致英奇」〔註9〕，徐陵《玉臺新詠》更搜羅諸多專詠婦女之艷情作品，趨新派對文學內容之觀點，遂由主哀怨之情而發展爲艷情矣。就文學風格言，南朝風格可大分爲雅正與華艷二端，前者偏質，後者偏於文，趨新派較重華艷之風，即文重於質。文學風格爲內容與形式之綜合表現，較重內容者，其文風質樸雅正；較重形式者，其文風較爲華艷，趨新派特重形式技巧之創新，其論文風遂文勝於質矣。如蕭子顯雖於《南齊書・文學傳論》主張作詩宜「不雅不俗，獨中胸懷」(卷五十二)，兼具文質，然其於評騭歷代作家之時，則以華麗風格之有無爲標準，其《南齊書・文學傳論》云：

> 桂林湘水，平子之華篇，飛館玉池，魏文之麗篆，七言之作，非此誰先。卿雲巨麗，升堂冠冕，張左恢廓，登高不繼。……王褒僮約，束晳發蒙，滑稽之流，亦可奇瑋。(卷五十二)

文中「華篇」、「麗篆」、「巨麗」、「奇瑋」之讚語，即可觀出蕭子顯華艷文風之主張。

且子顯本身亦爲宮體作家，時以艷詩與簡文帝蕭綱相應和，其詩作有華艷之風，

〔註9〕見蕭綱〈答新渝侯和詩書〉一文。

不待煩言矣。蕭綱亦主華艷之風,彼雖言觀賞作品宜「精討錙銖,覈量文質」,實則偏於文,其〈與湘東王書〉實大力提倡唯美文學:

> 故玉徽金銑,反爲拙目所嗤,〈巴人〉〈下里〉,更合郢中之聽。〈陽春〉高而不和,妙聲絕而不尋,竟不精討錙銖,覈量文質,有異巧心,終愧妍手。是以握瑜懷玉之士,瞻鄭邦而知退,章甫翠履之人,望閩鄉而歎息。詩既若此,筆又如之。徒以煙墨不言,受其驅染,紙札無情,任其搖襞。甚矣哉,文之橫流,一至於此。

其鼓吹鄭邦文學,重視華麗之美文可見一斑。文學發展,由質趨文,而趨新派肯定當時重文之新風尚,且更求形式之美,是爲「新變」派。

三、折衷派

　　折衷派乃取前二派之長,去前二派之短而成。彼於文學內容兼重實用性文章與抒情之詩賦;於文學形式極重文采;於文學風格則主文質彬彬,且崇尙雅正。

　　此派於文學內容之主張,似趨新派,亦強調表現情感之作,劉勰《文心雕龍‧情采》云:

> 故情者,文之經,辭者,理之緯;經正而後緯成,理定而後辭暢,此立文之本源也。

指出眞實情感之可貴,有眞情而後方可言文;而情感中尤以哀怨之情最能動人,故鍾嶸《詩品》品評詩家,頗重善寫怨情者,如評李陵「文多悽愴」,評班姬「怨深文綺」,評沈約「長於清怨」等。由於此派重文學政治教化之功能,故於實用性之文章亦極重視,《文心雕龍‧序志》云:

> 唯文章之用,實經典枝條,五禮資之以成文,六典因之以致用,君臣所以炳煥,軍國所以昭明。

因劉勰重教化,故於《文心》論及諸多實用性文體,如頌贊、祝盟、銘箴等。劉勰於詩賦,亦側重其美刺作用,《文心雕龍‧明詩》云:

> 詩者,持也,持人性情,三百之蔽,義歸無邪,持之爲訓,有符焉爾。

言詩歌須「持人情性」,即自美刺功能著眼。趨新派過於強調言情,終步入艷情宮體一途,折衷派則發揚其「吟詠情性」之長處,而兼重實用性,以救趨新一派過激之弊,甚具慧眼。

　　折衷派於文學形式亦極注重,肯定魏晉以來駢文之發展。劉勰以爲形文、聲文構成形式美,故《文心雕龍‧原道》云:「故形立則文生矣,聲發則章成矣」。該書更具體論述二者:〈聲律〉篇論聲文,〈麗辭〉、〈比興〉、〈事類〉、〈練字〉等篇則論

形文，其於文采之重視可知矣。鍾嶸美張協詩云：「詞采蔥蒨，音韻鏗鏘」（《詩品》卷上），亦就形文、聲文立說。蕭統《文選·序》論各體富文采者爲：

> 譬陶匏異器，並爲入耳之娛；黼黻不同，俱爲悅目之玩。

「入耳之娛」乃就聲文言，而「悅目之玩」則爲形文，是此皆爲文章之美處。是知折衷派重文采，同於趨新派，肯定以詩賦爲主之駢體文學發展，觀鍾嶸《詩品·序》可知：

> 陳思爲建安之傑，公幹、仲宣爲輔；陸機爲太康之英，安仁、景陽爲輔；謝客爲元嘉之雄，顏延年爲輔。

其所肯定之歷來代表作家如曹植、劉楨、王粲、陸機、潘岳、張協、謝靈運、顏延之等，其文皆甚具文采。蕭統《文選》之序有「綜緝辭采，錯比文華」之語，而選詩亦以上述諸家作品尤多，可見其對文采之重視矣。

折衷派於文學風格主文質彬彬，過於質樸或過於華艷均不宜，尤重文學風格之雅正。折衷派雖重文章形式之文采，然論風格則不滿劉宋以來之浮靡文風，是以劉勰提倡「《宗經》」之說，以達文質彬彬之境，《文心雕龍·通變》云：

> 故練青濯絳，必歸藍蒨，矯訛翻淺，還宗經誥。斯斟酌乎質文之間，而櫽括乎雅俗之際，可與言通變矣。

此即折衷派之「通變說」，與趨新派所言之「新變說」有別，蓋新變乃專重創新，完全捨棄繼承，而「通變」則重繼承往昔之善者，而後始言創新求變，是以主宗經典之雅正，方可使文風達於「斟酌乎質文之間，而櫽括乎雅俗之際」之文質彬彬境界。顏之推亦有類似之說，《顏氏家訓·文章》云：

> 文章當以理致爲心胸，氣調爲筋骨，事義爲皮膚，華麗爲冠冕。今世相承，趨末棄本，率多浮豔。辭與理競，辭勝而理伏；事與才爭，事繁而才損。放逸者流宕而忘歸，穿鑿者補綴而不足。時俗如此，安能獨違，但務去泰去甚耳。必有盛才重譽、改革體裁者，實吾所希。
>
> 古人之文，宏材逸氣，體度風格，去今實遠，但緝綴疏樸，未爲密緻耳。今世音律諧靡，章句偶對，諱避精詳，賢於往昔多矣。宜以古之制裁爲本，今之辭調爲末，並須兩存，不可偏棄也。

更爲劉勰「通變說」之最佳註解。顏氏譏時文多浮豔，宜取古之體製爲本，然因古人作品過於疏樸，故宜於今之辭調創新，斯可爲佳文矣，此處有繼承、有創新，實爲「通變說」之具體內容。此外，折衷派如鍾嶸《詩品·序》云詩應「幹之以風力，潤之以丹采」，蕭統〈答湘東王求文集及詩苑英華書〉云文章當「麗而不浮，典而不野，文質彬彬，有君子之致」，亦皆重文質調和之風格也。正因折衷派之重文質調和、

重文章綺麗但不失雅正，故對於太過質樸、文辭通俗且多言男女之情者如漢魏六朝樂府民歌極爲鄙視，《文選》於此類作品亦不選錄。是此均可見折衷派於矯正當時柔靡文風所作之努力。

由於南朝文學界形成此三流派，其主張之具體實踐於焉誕生，是爲趨新派徐陵之《玉臺新詠》及折衷派蕭統之《昭明文選》，二書之文學主張詳見第五章。

第四章 蕭徐二書編者之文學觀

第一節 蕭統之文學觀

六朝以來，文風益趨綺靡，至梁陳尤甚。蕭梁享國雖僅五十四載，然文論家輩出，於當時文風多有評論。要言之，復古派攻訐新文風，趨新派倡導新文風，而折衷派則調和二派，主文質彬彬矣。前章所述之文學創作派別及代表人物，亦為文論家三派之代表也，即：復古派代表為裴子野、劉之遴；趨新派代表為蕭綱、蕭繹、蕭子顯、徐摛徐陵父子、庾肩吾庾信父子；折衷派代表為劉勰、蕭統、鍾嶸等。其中裴子野、蕭子顯、劉勰分別為各派理論之發言者。

蕭統雖貴為皇太子，然其深受儒學影響，且生性仁恕，不好聲色，故其待人也寬，然律己則嚴，番禺侯軌嘗與昭明泛舟後池，極稱宜奏女樂，為昭明婉拒，昭明之清重若此。是以彼雖居富貴之家而勤儉持己，雖處奢靡之世而潔身自好。其反映於文學觀者，則主「文質彬彬，有君子之致」之折衷觀點，謂文風不可綺靡過甚而流於浮誇。此實其性格、思想有以致之也。今就其文論、作品及與遊者之作以觀，可得其文學觀之大概如后：

一、文學本原論

（一）自然之文學觀

文學原於「自然」，「自然」為激發文學創作之客觀條件，此即為昭明之文學觀。

日月山川，花草樹木，蟲魚鳥獸，季節變換，是皆引發創作之自然力量，蕭統於〈答湘東王求文集及詩英華書〉中述其創作之由云：

> 或曰因春陽，其物韶麗：樹花發，鶯鳴和，春泉生，暄風至。陶嘉月

> 而熙遊，藉芳草而眺矚。或朱炎受謝，白藏紀時，玉露夕流，金風時扇。
> 悟秋山之心，登高而遠託。或夏條可結，倦於邑而屬時；冬雲千里，覿紛
> 霏而興詠。

景物隨季節變遷，遂呈現紛然相異之美景，各競其美，詩人睹此變換，見景生情，便託情寄性，而發爲各種詠歌。蕭統〈答晉安王（蕭綱）書〉有「炎涼始貿，觸興自高，覩物興情，更向篇什」之語，亦即明此自然與文學創作關係之密切。其〈僧正序〉亦云：「物色不同，序事或異」，亦爲自然文學觀之反映，自然景物若異，爲文內容隨之而呈不同風貌。

深受昭明愛接之劉勰，所著《文心雕龍》多處表現其自然之文學觀，是知此一觀念，爲南朝人普遍具有之自覺也。《文心雕龍》首篇即爲〈原道〉，道即自然，〈原道〉即言文學本原於自然，〈原道〉云：

> 龍鳳以藻繪呈瑞，虎豹以炳蔚凝姿；雲霞雕色，有踰畫工之妙；草木
> 賁華，無待錦匠之奇；夫豈外飾，蓋自然耳。至於林籟結響，調如竽瑟；
> 泉石激韻，和若球鍠。故形立則文生矣，聲發則章成矣。

此動植萬品，耳聽之而爲聲，目遇之而成色，是皆文學之本原矣。〈物色篇〉又有「歲有其物，物爲其容，情以物遷，辭以情發」之語，〈原道〉亦云：「人稟七情，應物斯感，感物吟志，莫非自然」，皆云文學創作與自然景物息息相關，而「情以物遷」，斯亦昭明「物色不同，序事或異」之意也。

《文心雕龍·物色》有云：「一葉且或迎意，蟲聲有足引心，況清風與明月同夜，白日與春林共朝哉。」物色之動人也深，落筆言情抒懷，文學作品於是生焉。昭明身處溫和旖旎之江南，又性好自然山水，觸目所見，無非美景，是以其關於自然物色之作特多，如〈和梁武帝遊鍾山大愛敬寺〉詩寫景一段：

> 斑斑仁獸集，足足翔鳳儀。善遊茲勝地，茲岳信靈奇。嘉禾互紛糺，
> 層峰鬱蔽虧。丹藤繞垂幹，綠竹蔭清竹，舒華匝長阪，好鳥鳴喬枝。霏霏
> 慶雲動，靡靡祥風吹，谷虛流鳳管，野綠映丹崖。帷宮設塵外，帳殿臨郊
> 垂。

佔詩中極大篇幅，動物植物，山川雲風，皆入詩中。又〈擬古〉二首其一：

> 晨風被庭槐，夜露傷堦草，霧苦瑤池黑，霜凝丹墀皓。疏條素無陰，
> 落葉紛可掃，安得紫芝術，終然獲難老。

寫風露霧霜入庭階瑤池，而傷槐草丹墀，寄情於景，因景傷情也。昭明又有〈見雪〉、〈晚春〉二詩，逕以自然景物命名，更有〈錦帶書十二月啓〉分寫一年中十二月之不同景致，尤見自然影響昭明創作之深矣。

（二）「宗經」之文學觀

　　蕭統幼受儒學，又蒙《文心雕龍》啓迪，該書〈原道〉篇云：「道沿聖以垂文，聖因文以明道」，惟聖人之智慧能洞悉自然之道，發之爲文，遂稱經典，可以垂訓後世，故文當宗經，經典實爲各體之源。故昭明文學思想亦有宗經傾向。其論賦體之起源，莫非於經，《文選・序》云：

　　　　嘗試論之曰：〈詩序〉云，詩有六義焉，一曰風，二曰賦，三曰比，四曰興，五曰雅，六曰頌。至於今之作者，異乎古昔，古詩之體，今則全取賦名。

此處引〈詩序〉詩有六義之說，言明賦亦古詩之流，則《詩經》乃賦體之濫觴也。此說實非昭明首創，其前之晉摯虞及梁劉勰即已言之，摯虞《文章流別論》云：

　　　　《周禮》太師掌教六詩：曰風，曰賦，曰比，曰興，曰雅，曰頌。……賦者，敷陳之稱，古詩之流也。（《藝文類聚》五十六）

已指出賦淵源於《詩》，昭明之說蓋本此。劉勰更明揭後世文體率出於《五經》，《文心雕龍・宗經》云：

　　　　故論說辭序，則《易》統其首；詔策章奏，則《書》發其源；賦頌歌讚，則《詩》立其本；銘誄箴祝，則《禮》總其端；記傳盟檄，則《春秋》爲根。

《五經》既爲各體之源，則文能不宗經乎？

　　故蕭統論詩體時，則稱美《詩經》言情抒志，雅正可觀，爲吾人作詩之準的。《文選・序》云：

　　　　詩者，蓋志之所之也，情動於中而形於言，〈關雎〉、〈麟趾〉，正始之道著；桑間濮上，亡國之音表；故風雅之道，粲然可觀。

彼引《詩序》所謂「詩者，蓋志之所之也，情動於中而形於言」，並論《詩經》具風雅正變，粲然可觀，皆見其尊崇《詩經》及《詩序》之甚也。摯虞《文章流別論》既爲總集之先驅，其影響當及於昭明，乃無庸置疑也，《文章流別論》又云：

　　　　古之作詩者，發乎情，止乎禮義。情之發，因辭以形之；禮義之旨，須事以明之。

《詩經》之可貴處，即在於能「發乎情，止乎禮義」，而昭明性情亦暗合此理，是以謂作詩言情須宗《詩經》之能動發中節。劉勰於天監年間任東宮通事舍人，深被昭明愛接，二人之文論，亦多有契合之處，劉勰所著《文心雕龍》既爲文學理論之書，於理論多有闡發，其與昭明所論相似之處，適可作爲昭明文論之註解，《文心雕龍・宗經》云爲文若能《宗經》，則有益處六端：

　　　　一則情深而不詭，二則風清而不雜，三則事信而不誕，四則義貞而不

　　回，五則體約而不蕪，六則文麗而不淫。

而情深、風清、事信、義貞、體約、文麗，豈非昭明所謂「正始之道」乎？

二、文學體裁論

（一）文學之界域

　　文學界域，有廣狹二說：主廣義說者，云凡以文字寫成具文學形式者均屬之，

如章炳麟《國故論衡·文學總略》所云：「文學者，以有文字著於竹帛，故謂之文；

論其法式，謂之文學。」（中卷）〔註1〕是以經史子集皆可名爲文學。主狹義說者，

則謂須經精心構思，具藝術美之作，方可稱爲文學，又稱純文學，以與廣義者別之，

如蕭子顯《南齊書·文學傳序》所云：「文章者，蓋情性之風標，神明之律呂也。」

（卷五十二）如此經子史即外於文學之列。蕭統論文，取其狹義，觀其《文選·序》

可知：

　　　　若夫姬公之籍，孔父之書，與日月俱懸，鬼神爭奧，孝敬之准式，人

　　倫之師友，豈可重以芟夷，加之剪截？老莊之作，管孟之流，蓋以立意爲

　　宗，不以能文爲本，今之所撰，又以略諸。

將經子等學術著作與篇章分席，謂經子不列於純文學之類也。又云：

　　　　若賢人之美辭，忠臣之抗直，謀夫之話，辯士之端，冰釋泉涌，金相

　　玉振，所謂坐狙丘，議稷下，仲連之卻秦軍，食其之下齊國，留侯之發八

　　難，曲逆之吐六奇，蓋乃事美一時，語流千載，概見墳籍，旁出子史。若

　　斯之流，又亦繁博。雖傳之簡牘，而事異篇章，今之所集，亦所不取。

此言辭令言語亦有別於篇章，亦不列於純文學。又云：

　　　　至於記事之史，繫年之書，所以褒貶是非，紀別異同，方之篇翰，亦

　　已不同。

此謂史部以記事爲主，亦異於篇章，非純文學也。然其中亦有例外者：

　　　　若其讚論之綜緝辭采，序述之錯比文華，事出於沈思，義歸乎翰藻，

　　故與夫篇什，雜而集之。

史書雖不入選，然其讚論序述，因具沈思翰藻之純文學特徵，故入於純文學之列。

是知昭明以純文學之立場，確立文學之界域。在蕭統以前之文論家，已嘗試區分學

術著作與文學：漢代以「文學」括示學術，以「文章」括示今所謂之「文學」；南朝

〔註1〕章炳麟《國故論衡》，廣文書局，民國64年4月再版，頁67。

則盛行文筆之說，以有韻者爲文，以無韻者爲筆，而實「文」中有純文學及非純文學之作，「筆」中亦然，故文筆之說並未能明定文學畛域；宋文帝立儒玄史文四館，明帝立儒道文史陰陽五科，皆明其具文學獨立之觀念，昭明順應此文學思潮，益嚴其繩尺，明定文學之界域爲「綜緝辭采，錯比文華，事出於沈思，義歸乎翰藻」之純文學。而經史子不合於此，故不爲文學也，「蓋姬孔之經，所以明道，老莊百家，重在立意，記言記事，各有標的，而特以文字表面出之。則文學僅成爲工具，亦可謂此等乃經史百家之文，非文人之文也。文人之文，文外更無標的。獨具匠心，別出杼軸，經營佈置，並無外在之束縛。蓋文人之文，意即在文，文中所包，僅供我文之運使，給我文以備用而已。」（錢穆〈讀文選〉）〔註 2〕阮元〈書梁昭明太子文選序後〉闡發昭明此一純文學觀云：

> 昭明所選，名之曰文，蓋必文而後選也，非文則不選也。經也，子也，史也，皆不可專名之爲文也。故昭明《文選·序》後三段，特明其不選之故，必沈思翰藻，始名之爲文，始以入選也。或曰：昭明必以沈思翰藻爲文，於古有徵乎。曰：事當求其始。凡以言語著之簡策，不必以文爲本者，皆經也，史也，子也。言必有文，專名之曰文者，自孔子《易·文言》始。傳曰：「言之無文，行之不遠」，故古人言貴有文。孔子〈文言〉實爲萬世文章之祖，此篇奇偶相生，音韻相和，如青白之成文，如〈咸〉〈韶〉之合節，非清言質說者比也，非振筆縱書者比也，非佶屈澀語者比也。是故昭明以爲經也，史也，子也，非可專名之爲文也，專名爲文，必沈思翰藻而後可也。自唐宋韓蘇諸大家，以奇偶相生之文爲八代之衰而矯之，於是昭明所不選者，反皆爲諸家所取。故其所著非經即子，非子即史，求其合於昭明序所謂文者鮮矣，合於班孟堅《兩都賦序》所謂文章者更鮮矣。其不合之處，蓋分於奇偶之間。經子史多奇而少偶，故唐宋八家不尚偶。《文選》多偶而少奇，故昭明不尚奇。如必以比偶非文之古者而卑之，則孔子自名其言曰文者，一篇之中偶句凡四十有八，韻語凡三十有五，豈可以爲非文之正體而卑之乎。

而章炳麟則不以爲然，於《國故論衡·文學總略》駁之曰：

> 昭明太子序《文選》也，其于史籍則云事異篇章，其于諸子，則云不以能文爲貴。此爲裒次總集，自成一家，體例適然，非不易之定論也。若以文筆區分，《文選》所登，無韻者固不少，若云文貴其彣耶，未知賈生

〈過秦〉，魏文〈典論〉，同在諸子，何以獨堪入錄。有韻文中，既錄漢祖
〈大風〉之曲，即〈古詩十九首〉，亦皆入選，而漢晉〈樂府〉反有佚遺，
是其于韻文也，亦不以節奏低印為主，獨取文采斐然，足耀觀覽，又失韻
文之本矣。是故昭明之說，本無以自立者也。（中卷）〔註3〕

阮元以為須沈思翰藻、文采斐然者方為文，始可入選，經史子較不講文采，故不
入選。章氏則力斥此說，以為《文選》不錄子部作品，非以子部之作無文采，乃
格於體例之故。實二說皆有可採：蓋自總集編纂觀之，昭明不錄經史子，僅錄單
篇之作，實沿襲總集編纂之體例也。晉來四部分類確立，一般均將單篇作品彙為
別集，成部著作依性質歸入四部，不割裂以入別集〔註4〕，《文選》沿此體例，故
不錄經史子〔註5〕。然自文學思想觀之，蕭統《文選・序》所言不錄經史子之由，
實反映時人將「文章」與經史子學分開之文學獨立觀點。蕭統雖格於總集體例，
然於此制約中提出其純文學觀點，明定文學之界域，於文學進展甚具意義。

（二）文體分類

蕭統《文選》選文，分為三十八類：

一賦，二詩，三騷，四七，五詔，六冊，七令，八教，九文，十表，
十一上書，十二啟，十三彈事，十四牋，十五奏記，十六書，十七移，十
八檄，十九對問，二十設論，二十一辭，二十二序，二十三頌，二十四贊，
二十五符命，二十六史論，二十七史述贊，二十八論，二十九連珠，三十
箴，三十一銘，三十二誄，三十三哀，三十四碑文，三十五墓誌，三十六
行狀，三十七弔文，三十八祭文。〔註6〕

賦又分十五子類：

一京都，二郊祀，三耕籍，四畋獵，五紀行，六遊覽，七宮殿，八江
海，九物色，十鳥獸，十一志，十二哀傷，十三論文，十四音樂，十五情。

詩又分二十三子類：

一補亡，二述德，三勸勵，四獻詩，五公讌，六祖餞，七詠史，八百

〔註3〕同註1，頁69。
〔註4〕詳見王運熙、楊明著《魏晉南北朝文學批評史》第二章南朝文學批評，上海古籍出
版社，1986年一版。
〔註5〕章炳麟《國故論衡・文學總略》譏《文選》以賈誼〈過秦論〉、曹丕《典論・論文》
入選為割裂子書，自亂其例。實此二論久已單出別行，傳在人口，見視為單篇論文，
故亦入選。
〔註6〕宋惇熙胡克家刻本作三十七類，駱鴻凱《文選學》以為「書」下奪「移」一行，當
補，故作三十八體。

一，九遊仙，十招隱，十一反招隱，十二遊覽，十三詠懷，十四哀傷，十

五贈答，十六行旅，十七軍戎，十八郊廟，十九樂府，二十挽歌，二十一

雜歌，二十二雜詩，二十三雜擬。

蕭統此等分類，多至三十八種，實非其所獨創，乃前有所承也。蓋文體分類，東漢蔡邕已分天子令群臣之文爲策書、制書、詔書、戒書四類，而群臣上天子之文則分爲章、奏、表、駁議四類；魏曹丕分奏議、書論、銘誄、詩賦四科；至陸機〈文賦〉則分文體爲詩、賦、碑、誄、銘、箴、頌、論、奏、說等十類；晉摯虞《文章流別論》及李充《翰林論》，今已散失，其分類情形，難以知悉，然必分類頗細，而爲《文選》所承。此後尙有劉勰《文心雕龍》一書，其分類極繁，多爲《文選》所取，惟〈史傳〉、〈諸子〉、〈諧隱〉、〈議對〉四體，《文選》以其非沈思翰藻之作，故屛而弗用，是亦可見昭明狹義之文學觀矣。

昭明《文選·序》云其分體爲「凡次文之體，各以彙聚；詩賦體既不一，又以類分。類分之中，各以時代相次。」其分體瑣碎，於是蘇軾《題文選》遂有「編次無法，去取失當」之譏，姚鼐《古文辭類纂序目》有「分體碎雜」之嘲，孫德謙《六朝麗指》云其「爲細已甚」，章學誠《文史通義·詩教篇》病其「淆亂蕪穢」。《文選》成於衆手，非昭明一人之力所能獨致，其分體選文，必極其審愼，而分體所以繁多者，一以所錄作品極夥，非細分無以明視，一以承自前賢分體之目，復加斟酌，非繁多無以應時，故無須苛責之也。又《文選》分體，先賦後詩，孫德謙《六朝麗指》指摘其「賦爲六義附庸，今先賦後詩，識者譏之」，以爲詩應列在賦前，其實賦在兩漢已蔚爲大國，且孰先孰後，無關選文之旨，不必深究。

（三）各體略論

蕭統《文選》分體三十有八，其序文於各體亦略有論及：

詩者，蓋志之所之也。……頌者，所以游揚德業，襃讚成功。……次則箴興於補闕，戒出於弼匡，論則析理精微，銘則序事清潤，美終則誄發，圖象則讚興。又詔誥教令之流，表奏牋記之列，書誓符檄之品，弔祭悲哀之作，答客指事之制，三言八字之文，篇辭引序，碑碣誌狀，衆制鋒起，源流窮出。譬陶匏異器，並爲入耳之娛；黼黻不同，俱爲悅目之玩。作者之致，蓋云備矣。

或論其性質，或言其功用，簡略提及，並無深論。且所言要不出摯虞、李充所論之範疇。就今日所能見者，摯虞《文章流別論》言文體者有：

王澤流而詩作，成功臻而頌興，德勳立而銘著，嘉美終而誄集。祝史

陳辭，官箴王闕。……賦者，敷陳之稱，《古詩》之流也……書云：詩言
志，歌永言。言其志謂之詩。……哀辭者，誄之流也。……古有宗廟之碑。
（嚴可均《全晉文》卷七十七）

李充《翰林論》言文體者有：

容象圖而讚立，宜使辭簡而義正。……表宜以遠大爲本，不以華藻爲
先。……駁不以華藻爲先，……研求名理而論難生焉，……在朝辨政而議
奏出，宜以遠大爲本。……盟檄發於師旅。（《全晉文》卷五十三）

由此可見昭明論文體之淵源所自。然昭明文體觀直接所承者，仍爲劉勰《文心雕龍》。
該書有論敍文體之文共二十篇：〈明詩〉、〈樂府〉、〈詮賦〉、〈頌贊〉、〈祝盟〉、〈銘箴〉、
〈誄碑〉、〈哀弔〉、〈雜文〉、〈諧讔〉、〈史傳〉、〈諸子〉、〈論說〉、〈詔策〉、〈檄移〉、
〈封禪〉、〈章表〉、〈奏啓〉、〈議對〉、〈書記〉。詳論各體之定義、關係、產生、沿革、
代表作家及作品、體用及方法，堪稱爲「體大慮周」之作，其於昭明論體，當有所
啓發也。

又《文選》所錄詩作，以五言最多，其次四、七言，雖《文心雕龍‧明詩》云
「四言正體，則雅潤爲本；五言流調，則清麗居宗」，以四言爲正體，然五言詩至梁，
已蔚爲大國，創作甚多，故昭明順應潮流，所錄詩以五言最多。

三、文學創作論

（一）論形式

蕭統身處南朝唯美主義盛行之時代，於文學作品之藝術形式美，極爲重視。昭
明選文，側重具「綜緝辭采，錯比文華」及「事出於沈思，義歸乎翰藻」之作，而
此「辭采」、「文華」、「翰藻」即指作品形式富有文采之謂。昭明論文采，乃兼具形
文與聲文之美，其《文選‧序》讚賞各體文章之美云：

譬陶匏異器，並爲入耳之娛；黼黻不同，俱爲悅目之玩。

以音樂及刺繡作比，亦即自聲文與形文之美以言文學作品之藝術美。愛美乃南朝普
遍之風尚，略早於《文選》之《文心雕龍》，早已言之鑿鑿：〈聲律〉篇論聲韻，是
聲文；〈麗辭〉篇論對偶，〈事類〉篇論用典，〈比興〉篇論譬喻，〈誇飾〉篇論誇張，
〈練字〉篇論字形，〈隱秀〉篇論含蓄與警句，是形文。〈情采〉篇則總論文采爲表
達情感之主要手段，是皆可與昭明之論相發見。

且觀昭明所作，亦多具形文、聲文之美，如〈錦帶書十二月啓‧蕤賓五月〉：

麥隴移秋，桑津漸暮，蓮花泛水，艷如越女之顋，蘋葉漂風，影亂秦
臺之鏡。炎風以之扇戶，暑氣於是盈樓，凍雨洗梅樹之中，火雲燒桂林之

上。

文中「花」與「葉」平仄相對，「頤」與「鏡」對，「風」與「氣」對，「戶」與「樓」對，「雨」與「雲」對，具聲文之美；又「越女之頤」對「秦臺之鏡」，「凍雨」對「火雲」，「梅樹之中」對「桂林之上」，對偶極工；以「越女之頤」譬「蓮花」，以「秦臺之鏡」喻池水，是皆形文之美。故知昭明理論，能於作品中實踐。昭明之與游者，亦多工爲文辭，著重文學形式之表現，如《梁書》本傳稱到沆「於坐立奏，其文甚美」（卷四十九），稱何思澄「少勤學，工文辭」（卷五十），又《南史》本傳稱劉孝綽：「孝綽辭藻，爲後進所宗，時重其文，每作一篇，朝成暮徧。」（卷三十九）至於與孝綽同爲昭明所重之王筠，則「爲文能壓強韻，每公宴並作，辭必妍美」（《梁書・王筠傳》卷三十三），沈約並賞其詩曰：

> 覽所示詩，實爲麗則，聲和被紙，光影盈字。爨、牙接響，顧有餘慚；孔翠群翔，豈不多愧。古情拙目，每佇新奇，爛然總至，權輿已盡。（同前）

其中所謂「麗則」、「光影」、「爛然」，皆指形文之美，而「聲和」、「接響」則云其聲文之美，彼等既屬昭明之文學集團，其創作之趨向理應無二致也。

（二）論內容功用

南朝山水文學發達，重視寫景，加之蕭統有自然之文學觀，遂主作品內容宜藉景抒情。觀蕭統詩作，以詠宴遊聽講者爲多，如〈玄圃講〉、〈東齊聽講〉、〈僧正〉、〈鍾山講解〉、〈開善寺法會〉、〈講解將畢賦三十韻詩依次用〉等，率皆以寫景起筆，於山水景物著墨甚多，而寄情言志於其間耳。茲舉〈玄圃講〉一首爲例：

> 白藏氣已暮，玄英序方及，稍寬螢聲悽，轉聞鳴鴈急，穿池狀浩汗，築峰形嶪岌，旰雲緣宇陰，晚景乘軒入，風來慢影轉，霜流樹沫濕，林際素羽翻，漪間頳尾吸。試欲遊寶山，庶使信根立。名利白巾談，筆札劉王給，茲樂踰笙磬，寧止消悁邑，雖娛慧有三，終寡聞知十。

前十二句皆寫景，而後八句方抒己懷，則昭明於作品內容特重山水自然，感物興情甚明矣。

蕭統除主張藉景抒情外，更重文章之眞實情感。惟有眞情流露，方爲美文。《文選・序》云：

> 詩者，蓋志之所之也，情動於中而形於言。

又《陶淵明集・序》云：

> 其文章不群，辭彩精拔，跌宕昭彰，獨起衆類，抑揚爽朗，莫之與京，

橫素波而傍流，干青雲而直上，語時事則指而可想，論懷抱則曠而且眞。

須有眞實之情感懷抱，方可打動人心，是以昭明緣情之作，哀怨不淫，頗爲動人，如〈擬古〉二首之二：

> 窺紅對鏡斂雙眉，含愁拭淚坐相思。念人一去許多時，眼語笑屬近來
> 情。心懷心想甚分明，憶人不忍語，銜恨獨吞聲。

將思婦相思之苦，刻劃入微。又如〈詠同心蓮〉：

> 江南採蓮處，照灼本足觀，況等連枝樹，俱耀紫莖端。同瑜並根草，
> 雙異獨鳴鷰，以兹代萱草，必使愁人歡。

亦以含蓄手法，描寫戀人心理。昭明雖主緣情說，然於專以描寫男女情慾之文學，則深拒斥之，《文選·序》云：

> 〈關雎〉〈麟趾〉，正始之道著，〈桑間〉〈濮上〉，亡國之音表。

劉勰《文心雕龍·明詩》亦云詩歌須「持人情性」，是皆重視詩歌之美刺諷諭作用，於此文德論下，故昭明雖推崇陶淵明其人其文，於陶公《閑情賦》，乃不免有「白璧微瑕」之歎，昭明《陶淵明集·序》云：

> 余愛嗜其文，不能釋手，尚想其德，恨不同時，故加搜校，粗爲區目。
> 白璧微瑕，惟在〈閑情〉一賦，揚雄所謂勸百而諷一者，卒無諷諫，何足
> 搖其筆端，惜哉無是可也。

今觀〈閑情〉一賦，雖「好色而不淫」，雖「怨悱而不亂」（《文心雕龍·辨騷》），「寄託遙深，情意宛轉」（張仁青《魏晉南北朝文學思想史論》）〔註7〕，故蘇軾譏蕭統爲「小兒強作解事」（〈讀文選〉），然此賦通篇皆在描繪美人之高潔，訴陳戀情之深切，所寫未符昭明含蓄敦厚之旨，無法持人情性，是以昭明貶之，至於後人議論紛紛，則不必深究矣。〔註8〕昭明雖重文學教化功用，然未因而否定抒情寫景之詩賦，蓋以自然山水爲內容，可矯當時雕琢藻繢之風；以抒情寫志爲內涵，可轉當時一味模山範水、酷不入情之習。惟言情須溫柔敦厚，未可流於男女性愛之直露描寫矣。

（三）論風格

文學風格乃作品思想內容與藝術形式之綜合表現，蕭統論文學風格，主文質彬彬，即內容與形式調和得中。昭明雖提倡美文，重藝術形式之華美，然彼有文質調和之思想，深知若一味講究形式之美，則易忽略內容，而入形式主義一端，如後世

〔註7〕張仁青《魏晉南北朝文學思想史論》，師大國文研究所博士論文，頁722。
〔註8〕後人議論，詳見張仁青《魏晉南北朝文學思想史論》，頁722。

之「選派」是也；又專講唯美之結果，易使作品流於淫靡，如宮體詩是也。是以昭明有文質和諧之論，〈答湘東王求文集及詩苑英華書〉云：

> 夫文典則累野，麗則傷浮，能麗而不浮，典而不野，文質彬彬，有君子之致。吾嘗欲爲之，但恨未逮耳。

此語出自《論語‧雍也》：「質勝文則野，文勝質則史。文質彬彬，然後君子。」質即實質、內容，引申有樸素風格之意。若偏重內容、過於講究古樸而無文辭，則易顯現粗野；若側重形式、過於追求華麗而不求內容之雅正，則易流於浮誇。蕭統以爲文與質、俗與雅宜調和適當，而達於「文質彬彬，有君子之致」。折衷派理論代表者劉勰亦要求宜「斟酌乎質文之間，而隱括乎雅俗之際」（《文心雕龍‧通變》），與昭明相善之東宮學士范雲，則嘗嗟賞何遜作品云「頃觀文人，質則過儒，麗則傷俗，其能含清濁，中今古，見之何生矣」（《梁書‧何遜傳》卷四十九）；而劉孝綽《昭明太子集‧序》云：

> 竊以屬文之體，鮮能周備，長卿徒善，既累爲遲，少孺雖疾，俳優而已。子淵淫靡，若女工之蠹，子雲侈靡，異詩人之則。孔璋詞賦，曹植勸其修今，伯喈答贈，摯虞知其頗古。孟堅之頌，尚有似贊之譏，士衡之碑，猶聞類賦之貶。深乎文者，兼而善之，能使典而不野，遠而不放，麗而不淫，約而不儉，獨擅眾美，斯文在斯。

皆與昭明所論文質調和之旨符合，此折衷派之所以不同於趨新派專重文采之處也。

昭明於文學主張如此，而所作亦不失典重高雅，文質彬彬，如〈有所思〉：

> 公子遠于隔，乃在天一方。望望江山阻，悠悠道路長，別前秋草落，別後春花芳。雷嘆一聲響，兩淚忽成行。愴望情無極，傾心還自傷。

詞意端正，溫文高雅，昭明作品，率皆類此。惟《三婦艷》，一首稍涉宮體之流：

> 大婦舞輕巾，中婦拂華袿。小婦獨無事，紅黛潤芳津。良人且高臥，方欲薦梁塵。

然較之蕭綱宮體之作，則又有含蓄之致，此不害昭明作品大體之風格也。昭明性仁孝寬和，不蓄聲樂，故行事嚴謹，品評人物及其作品亦多以儒雅爲準的，其〈宴闌思舊〉讚明山賓「孝若信儒雅，稽古文敦淳」，稱到洽「茂松實俊朗，文義縱橫陳」，美殷芸「灌蔬實溫雅，摛藻每清新。」而與昭明相善之文士，所作亦多典雅，有文質彬彬之致：《梁書》本傳稱何思澄所製〈釋奠詩〉「辭文典雅」（卷五十），又載昭謂張率「才筆弘雅，亦足嗟惜」（卷三十三），《梁書》且稱昭明太子中舍人陸倕「辭

義典雅」（卷廿七），王僧孺稱徐勉之作「質不傷文，麗而有體」〔註9〕，是以諸人皆為昭明深愛接之。昭明既生性持重，又多與儒雅之士交接，故其主「文質和諧」之文學論，兼重文學卓越之形式及美妙之內涵，期使文學與人生能臻調和之境。試觀其非惟鍾情於淵明之曠真懷抱，亦頗賞淵明之「文章不群，詞采精拔」（《陶淵明集·序》），亦可知昭明此等折衷調和之文學觀。

四、文學批評論

（一）文學進化論

蕭統有進化之文學史觀，以為文學隨時代而由質趨文，由樸趨麗。其《文選·序》云：

> 式觀元始，眇覯玄風，冬穴夏巢之時，茹毛飲血之世，世質民淳，斯文未作。逮乎伏羲氏之王天下也，始畫八卦，造書契，以代結繩之政，由是文籍生焉。《易》曰：「觀乎天文，以察時變，觀乎人文，以化成天下。」文之時義遠矣哉。

> 若夫椎輪為大輅之始，大輅寧有椎輪之質，增冰為積水所成，積水曾微增冰之凜。何哉，蓋踵其事而增華，變其本而加厲。物既有之，文亦宜然，隨時變改，難可詳悉。

以椎輪大輅為喻，言明文學與萬事萬物同，乃不斷變化演進，由簡單而趨繁複，由質樸而至文華，此為文學發展之自然趨勢。其觀念與劉勰似，《文心雕龍·通變》云：

> 黃唐淳而質，虞夏質而辨，商周麗而雅，楚漢侈而艷，魏晉淺而綺，宋初訛而新。……

> 贊曰：文律運周，日新其業，變則其久，通則不乏。趨時必果，乘機無怯，望今制奇，參古定法。

以為文學趨勢為由質趨文，進而主張斟酌古今，體製循古式，而辭采可新變，此即其通變說。

昭明《文選·序》於古今文學雖無分軒輊，然自椎輪大輅之喻觀之，自《文選》篇目之略遠詳近觀之，可知昭明實以為後勝於前矣。此或受葛洪今必勝古之啟發，葛洪《抱朴子·鈞世》云：

> 《尚書》者，政事之集也，然未若近代之優文詔策軍書奏議之清富贍

〔註9〕王僧孺《詹事徐府君集·序》，見《藝文類聚》五十五。

> 麗也：《毛詩》者，華彩之詞也，然不及〈上林〉〈羽獵〉〈二京〉〈三都〉
> 汪濊博富也。……若夫俱論宮室，而奚斯〈路寢〉之頌，何如王生之賦〈靈
> 光〉乎？同說遊獵，而叔畋〈盧鈴〉之詩，何如相如之言〈上林〉乎？並
> 美祭祀，而〈清廟〉〈雲漢〉之辭，何如郭氏〈南郊〉之艷乎？等稱征伐，
> 而〈出車〉〈六月〉之作，何如陳琳〈武軍〉之壯乎？則條舉可以覺焉。
> 近者夏侯湛潘安仁並作補亡詩，〈白華〉〈由庚〉〈南陔〉〈華黍〉之篇，諸
> 碩儒高才之賞文者，咸以古詩三百，未有足以偶二賢之所作也。

力闢世人貴遠賤近之偏見，列舉諸多古不如今之例，如古之《尚書》不如近代之優
文詔策、軍書奏議之清富瞻麗；《毛詩》不如〈上林〉、〈羽獵〉、〈二京〉、〈三都〉諸
賦之汪濊博富；同為美祭祀，《詩經》之〈清廟〉、〈雲漢〉之辭，不如郭璞〈南郊賦〉
之艷；同為稱征伐，而《詩經》之〈出車〉、〈六月〉之作，不如陳琳〈武軍賦〉之
壯。而此今必勝古之說實影響昭明，使其亦具進化之文學觀，於評騭詮選作品時，
亦多錄近代之作，肯定後出轉精之文學進化觀矣。

（二）文學反映時代

蕭統以為能反映時代之作方為上乘之作。其《文選‧序》云：

> 楚人屈原，含忠履潔，君匪從流。臣進逆耳，深思遠慮，遂放湘南，
> 耿介之意既傷，壹鬱之懷靡訴。臨淵有懷沙之志，吟澤有憔悴之容。騷人
> 之文，自茲而作。

屈原之作品，即為對其所處黑暗政治時代之反抗，蕭統於此指出屈原之創作動機，
並稱美其作能反映時代，而予以極高之評價。又蕭統極為讚賞陶淵明之作，除欣賞
陶公人品外，亦因陶公所作能反映時代，昭明《陶淵明集‧序》云淵明之文為：

> 語時事則指而可想，論懷抱則曠而且真。加以貞志不休，安道苦節，
> 不以躬耕為恥，不以無財為病。自非大賢篤志，與道污隆，孰能如此乎？

其所謂「語時事則指而可想」，即認為自陶作可觀出其所處之時代概貌，因而加以稱
揚。是知作品能否反映時代，為昭明評文之一重要考量。

劉勰《文心雕龍》，則有〈時序〉篇，專論作品與時代之關係，可與昭明所論等
觀。〈時序〉云：

> 幽厲昏而板蕩怒，平王微而黍離哀，故知歌謠文理，與世推移，風動
> 於上，而波震於下者。

云作品宜反映時代，既有幽厲昏而平王微之時代，則有板蕩怒而黍離哀之作品反
映之，如風之震波。〈時序〉又云東晉以後，時代極亂，而作品卻「辭意夷泰」，

無法反映時代，遂不足取。故知昭明評文，側重作品能否反映時代，或受劉勰之啓迪也。

第二節　徐陵之文學觀

徐陵生當梁陳二代遞嬗之際，其於梁時，隨父摛入皇太子蕭綱之東宮，爲東宮學士。綱並命陵撰《長春殿義記‧序》，並述〈莊子義〉，陵且於東宮與庾肩吾、庾信父子、蕭子顯等，寫作宮體詩，極受蕭綱寵愛。又因詩文綺艷，時稱「徐庾體」。大同三年（537）遷湘東王（繹）中記室參軍，亦頗爲蕭繹倚重。此一以蕭綱爲中心之文學集團，詩風綺艷，忽略作品內涵，而爲趨新一派，蕭子顯且爲其理論健將。

徐陵於梁末入魏，故其文學活動以在梁時爲盛。彼雖器識閎深，性情清簡，然因出入蕭綱宮廷，生活不出狎妓宴飲，詩作自亦多奉制應令之題、詠物寫妓之內容矣。彼雖無專論文學之作，然由其作品及與遊者之言論，可得其文學觀之大要如后：

一、文學本原論——自然之文學觀

文學源於自然與情感之感應，是以自然景物爲激發文學創作之外在動力，故徐陵〈與楊遵彥書〉有：

> 歲月如流，人生何幾？晨看旅雁，心赴江淮。昏望牽牛，情馳揚越。
>
> 朝千悲而下注，夕萬緒以迴腸。不自知其爲生，不自知其爲死也。

陵出使東魏時，建康被圍，終至臺城陷入侯景之手，陵屢欲求歸不得，故於此書表其沈痛之情，以景寫情，情與自然景物感應而有斯作矣。極爲寵愛徐陵之蕭綱，亦嘗自述其創作興感之由：

> 至如春庭落景，轉蕙承風，秋雨且晴，簷梧初下，浮雲生野，明月入
>
> 樓。時命親賓，乍動嚴駕；車渠屢酌，鸚鵡驟傾。伊昔三邊，久留四戰，
>
> 胡霧連天，征旗拂日；時聞塢笛，遙聽塞笳；或鄉思悽然，或雄心憤薄，
>
> 是以沈吟短翰，補綴庸音，寓目寫心，因事而作。（〈答張纘謝示集書〉）

言其作品皆「寓目寫心，因事而作」，而此興感之由乃自自然、宴賞、軍戎三事而來。與陵同爲蕭綱所器重之蕭子顯，亦爲綱文學集團之成員，其〈自序〉論文學之產生同於前二者：

> 若乃登高目極，臨水送歸，風動春朝，月明秋夜，早雁初鶯，開花落
>
> 葉，有來斯應，每不能已也。

謂文學之產生，輒受四時景物之刺激。此關於自然景物引起作者創作衝動之描述，

實為梁代文論家普遍之自覺也。

徐陵既為東宮學士，日與蕭綱等人遊覽飲宴，江南美景，盡收眼底，感此物色，遂有創作。觀陵〈山齋〉詩：

> 桃源驚往客，鶴嶠斷來賓，復有風雲處，蕭條無俗人。山寒微有雪，
> 石路本無塵。竹徑蒙籠巧，茅齋結構新。燒香披道記，懸鏡厭山神，砌水
> 何年溜，簷桐幾度春。雲霞一已絕，寧辨漢將秦。

將《山齋》之幽清美麗，栩栩繪出。又其〈詠日華〉：

> 朝暉爛曲池，夕照滿西陂。復有當畫景，《江上》鑠光儀，時從高浪
> 歇。乍逐細波移，一在雕梁上，詎比扶桑枝。

寫朝日、夕陽之美景。另有〈詠雪〉：

> 瓊林玄圃葉，桂樹日南華，豈若天庭瑞，輕雲帶風斜。三農喜盈尺，
> 六出儛崇花。明朝闕門外，應見海神車。

寫雪之功德。又有〈春日〉：

> 岸煙起暮色，岸水帶斜暉。徑狹橫枝度，簾搖驚燕飛。落花承步履，
> 流澗寫行衣，何殊九枝蓋，薄暮洞庭歸。

寫〈春日〉之燕飛、落花、流澗，無一不動人。以上諸作，具為徐陵自然文學觀之體現矣。

二、文學體裁論

（一）文學之界域

徐陵為趨新派之健將，特重文學之情性表達，其文學觀當取狹義者也。觀其所編《玉臺新詠》，內容一以婦女言情為主，外此者一概不取；且彼所錄之作，多具藝術之美，是皆純文學之作，則陵具狹義文學觀無疑也。又其《玉臺新詠·序》云佳麗之才情：

> 加以天時開朗，逸思雕華，妙解文章，尤工詩賦。

則謂文章由逸思雕華而成，亦即經由精心構思，且具藝術雕華之美者，方得稱之為文，此即狹義文學之定義。

徐陵嘗為湘東王蕭繹之中記室參軍，二人於文學頗多商酌焉。蕭繹文筆論亦表現其純文學觀點，其《金樓子·立言篇》云：

> 古之學者有二，今之學者有四。
>
> 夫子門徒，轉相師受，通聖人之經者謂之儒。屈原、宋玉、枚乘、長
> 卿之徒，止於辭賦，則謂之文。今之儒博窮子史，但能識其事，不能通其

理者謂之學。至如不便爲詩如閻纂，善爲章奏如伯松，若此之流，汎謂之筆。吟詠風謠，流連哀思者謂之文。

將今之學者分爲儒、學、筆、文四類，並評此四者優劣云：

而學者率多不便屬辭，守其章句，遲於通變，質於心用。學者不能定禮樂之是非，辨經教之宗旨，徒能揚榷前言，抵掌多識，然而把源知流，亦足可貴。筆，退則非謂成篇，進則不云取義，神其巧惠，筆端而已。至如文者，惟須綺穀紛披，宮徵靡曼，脣吻遒會，情靈搖蕩。而古之文筆，今之文筆，其源又異。

蕭繹視「筆」爲無足輕重之物，謂其「退則非謂成篇，進則不云取義，神其巧惠，筆端而已。」彼所重者在「文」，「文」之特色在於「綺穀紛披，宮徵靡曼，脣吻遒會，情靈搖蕩」，亦即有形文、聲文之藝術美及動人之情感，方得稱文，斯亦純文學之謂也。

文學之界域，至梁既愈趨狹密，梁代文士自亦愈重文學獨立，刻意提高文學地位，以脫離載道、實用之束縛，故與陵關係最密之蕭綱，以其皇儲之尊，倡爲「文學至上」之論，其《昭明太子集‧序》曰：

竊以文之爲義，大矣遠矣。故孔稱性道，堯曰欽明，武有來商之功，虞有格苗之德。故《易》曰：「觀乎天文，以察時變，觀乎人文，以化成天下。」是以含精吐景，六衛九光之度，方珠喻龍，南樞北陵之采，此之謂天文。文籍生，書契作，詠歌起，賦頌興，成孝敬於人倫，移風俗於王政，道綿乎八極，理決乎九垓，贊動神明，雍熙鍾石，此之謂人文。若夫體天經而總文緯，揭日月而諧律呂者，其在茲乎。

將「人文」與「天文」並舉，以提高人文之地位。以附和者眾，文學遂競馳入唯美之途，甚而達於巔峰之境矣。

（二）文體與風格

徐陵於文體與風格之關係，雖無明言，然分析其所作各體所現之風格，可得窺一二。

陸機〈文賦〉云：「體有萬殊，物無一量」，作品隨體製之異而有不同風格。遂云各體與風格之關係爲：

詩緣情而綺靡，賦體物而瀏亮，碑披文以相質，誄纏綿而悽愴，銘博約而溫潤，箴頓挫而清壯，頌優遊以彬蔚，論精微而朗暢，奏平徹以閑雅，說煒曄而譎誑。

劉勰《文心雕龍·定勢》亦有同調，曰：

> 章表奏議，則準的乎典雅；賦頌歌詩，則羽儀乎清麗；符檄書移，則
> 楷式於明斷；史論序注，則師範於覈要；箴銘碑誄，則體制於弘深。

二子於各體當有之風格，析論詳備。觀夫孝穆所作，詩則緣情而綺靡，如〈走筆戲書應令〉：

> 此日乍殷勤，相嫌不如春。今宵花燭淚，非是夜迎人。舞席秋來卷，
> 歌筵無數塵。曾經新代故，那惡故迎新。片月窺花簟，輕寒入帔巾。秋來
> 應瘦盡，偏自著腰身。

賦則清麗而瀏亮，如〈鴛鴦賦〉：

> 飛飛兮海濱，去去兮迎春，炎皇之季女，織素之佳人。未若宋王之小
> 史，含情而死，憶少婦之生離，恨新婚之無子，既交頸於千年，亦相隨於
> 萬里，山雞映水那自得，孤鸞照鏡不成雙，天下眞成長合會，無勝比翼兩
> 鴛鴦。觀其唼咮浮沈，輕軀瀁瀷，拂荇戲而波散，排荷翻而水落。特訝鴛
> 鴦鳥，長情眞可念，許處勝人多，何時肯相厭。聞道鴛鴦一鳥名，教人如
> 有逐春情，不見臨邛卓家女，祇爲琴中作許聲。

書則辭達而理舉，如〈爲貞陽侯與王僧辯書〉：

> 昔自天狼炳曜，非無戰陣之風，參虎揚芒，便有干戈之務。至於夏鍾
> 夷羿，周厄犬戎，漢委珠囊，秦亡寶鏡，彰於史籍，可得而聞。未有國家
> 殲危，遂若當今者也。我大梁膺龍圖而受命，御鳳邸以承天，頊比於諸侯，
> 湯武方於兒戲。三光有义，四海無波，靈眂咸臻，表裏禔福。

表啓則典雅而華重，如〈勸進梁元帝表〉：

> 伏惟陛下，出震等於勛華，鳴謙同於旦奭，握圖秉鉞，將在御天，玉
> 勝珠衡，先彰元后，神祇所命，非惟大室之祥，圖牒斯歸，何止堯門之瑞。

> 若夫大孝聖人之心，中庸君子之德，固以作訓生民，貽風多士，一日
> 二日，研覽萬幾，允文允武。

移檄則簡勁而明銳，如〈移齊文〉：

> 我之元戎上將，協力同心，承稟朝謨，致行明罰，爲風爲火，殲彼蒙
> 衝，如霆如雷，擊其舟艦，羌兵楚賊，赴水沈沙。棄甲則兩岸同奔，橫尸
> 則千里相枕，江川盡滿，譬眭水之無流，原隰窮胡，等陰山之長哭。於是
> 黑山叛邑，諸城洞開，白虜連群，投戈請命。

碑志則彰美而弘深，如〈晉陵太守王勵德政碑〉：

> 君以藍田美玉，大海明珠，灼灼美其聲芳，英英照其符彩。丰神雅澹，

識量寬和，既有崔琰之鬢眉，非無鄭玄之腰帶。爛爛若高巖下電，騷騷若長松裏風，勢利無擾於胸襟，行藏不繫於懷抱，家門雍睦，孝友爲風，上交不諂，下交不瀆，脫貂救厄，情靡矜矜。

詔策則辭茂而健逸，如〈梁禪陳詔〉：

五運更始，三正迭代，司牧黎庶，是屬聖賢，用能經緯乾坤，彌綸區宇，大庇黔首，闡揚鴻烈。革晦以明，積代同軌，哲王踵武，咸由此則。

梁德湮微，禍亂薦發：太清云始，見困長蛇；承聖之季，又罹封豕；爰立天成，重竊神器。

除詔策不爲陸劉二氏提及外，餘皆與二氏所論相付。孝穆於此，雖無新見，然能體現二氏理論，亦一功也。

三、文學創作論

（一）論形式

徐陵側重文學形式之藝術美，以爲須兼具形文與聲文之作，方爲美文。其〈與李那書〉云：

獲殷公所借〈陪駕終南〉、〈入重陽閣〉詩及〈荊州大乘寺〉、〈宜陽石像碑〉四首，鏗鏘並奏，能驚趙軼之魂；輝映相華，時瞬安豐之眼。山澤晻靄，松竹參差，若見三峻之峰，依然四皓之廟。甘泉鹵簿，盡在清文；扶風葦路，悉陳華簡。

書中盛讚該四首詩爲「鏗鏘並奏」、「輝映相華」，即具有聲文與形文之美，故能「驚趙軼之魂」、「瞬安豐之眼」，此藝術形式之美，可滿足吾人眼耳聲色之娛。自永明以來，文壇倡華艷纖巧之新體詩，至梁諸文士，益因帝王文學集團之遊宴酬唱，於形文及聲文之技巧愈精進，乃超乎謝朓、沈約之上。胡應麟《詩藪·外編》云：「唐律雖濫觴沈、謝，於時音調未遒，篇什猶寡，梁室諸王，特崇此體，至庾肩吾，風神秀朗，洞合唐規。」〔註10〕故梁簡文帝蕭綱〈與湘東王書〉以爲吟詠情性之作，不應擬〈內則〉、〈酒誥〉、〈歸藏〉、〈大傳〉等經傳：

未聞吟詠情性，反擬〈內則〉之篇，操筆寫志，更摹〈酒誥〉之作。

遲遲春日，翻學《歸藏》，湛湛江水，遂同《大傳》。

蓋因此類模擬經傳之作，必乏文采及抒情內容矣，是以蕭綱不取。蕭繹《金樓子·立言》亦表現其重形文、聲文之文學觀點：

〔註10〕明胡應麟《詩藪·外編》卷二六朝，正生書局，民國六十二年五月，頁147。

至如文者，惟須綺縠紛披，宮徵靡曼，脣吻遒會，情靈搖蕩。

「綺縠紛披」指形文，「宮徵靡曼，脣吻遒會」則指聲文。蕭子顯亦謂形式之美宜兼具形文及聲文二者，其《南齊書・文學傳後論》云：

次則發唱驚挺，操調險急；雕藻淫艷，傾炫心魂。亦若五色之有紅紫，

八音之有鄭衛，斯鮑照之遺烈也。（卷五十二）

斯三子之論形式，皆與徐陵同調，是知趨新派極重藻采之形文及聲律之聲文之美矣。其實此乃南朝盛行之觀點，惟趨新之提倡尤爲激烈矣。

《陳書》本傳言徐陵「其文頗變舊體，緝裁巧密，多有新意」（卷廿六），「巧密」即就形式而言，徐陵既重形文、聲文之美，觀其諸作，亦多兼具二者，與庾信並稱「徐庾體」，兼長詩、賦、駢文，所作多刻意雕飾，具視覺、聽覺之美。其文如《玉臺新詠・序》，乃四、六句爲主之駢文，通篇四字句有一零四句，六字句有四十八句，佔全文百分之九十五左右；講對偶、用事，有視覺之美，如：

楚王宮內，無不推其細腰，魏國佳人，俱言訝其纖手，閱詩敦禮，豈東鄰之自媒；婉約風流，異西施之被教。

調平仄，具聽覺之娛，如：

九日登高，時有緣情之作

｜ － ｜ － ｜

萬年公主，非無誄德之辭

－ ｜ － ｜ －

其樂府如〈折楊柳〉：

嫋嫋（仄）河堤樹，依依（平）魏主營，江陵（平）有舊曲，洛下（仄）作新聲。妾對（仄）長楊苑，君登（平）高柳城，春還（平）應共見，蕩子（仄）太無情。

略具律體之形式，平仄格律已合律詩要求，唯風調仍屬齊梁而已，可見陵於聲文之努力。陵父摛，且爲簡文之師，其詩作影響徐陵、蕭綱皆鉅，今傳有〈詠橘〉詩，爲甚具形文之作：

麗樹標江浦，結翠似芳蘭。焜煌玉衡散，照耀金衣丹。愧以無雕飾，徒然登玉盤。

詩中「麗樹」、「結翠」、「玉衡」、「金衣」、「玉盤」等彩色之字，爲形文美。又其《詠筆》則近律詩，兼具聲文與形文之美：

本自（仄）靈山出，名因（平）瑞草傳，纖端（平）奉積潤，弱質（仄）散芳煙。直寫（仄）飛蓬牒，橫承（平）落絮篇，一逢（平）提握重，寧

憶（仄）仲升捐。

句中除「奉積潤」全仄不合外，餘皆合律詩格律，又詩中多對偶，頗具藝術形式之美。唯美文學既為陵等趨新派所大力提倡，此派諸人創作，實皆以此藝術形式之美為方針，今列舉數人形聲皆美之作，以備商略：

菱花落復含，桑女罷新蠶。桂棹浮星艇，徘徊蓮葉南。（蕭綱〈采菱曲〉）

零雨送秋，輕寒迎節，江楓曉落，林葉初黃。登舟已積，殊足勞止。（蕭綱〈與蕭臨川書〉）

桃紅柳絮白，照日復隨風。影出朱城外，香歸金殿中。水映寄生竹，山橫半死桐。頌文知渥重，搦札愧才空。（庾肩吾〈春日〉）

暫往春園傍，聊過看果行。枝繁類金谷，花雜映河陽。自紅無假染，真白不須妝。燕送歸菱井，蜂銜上蜜房。非是金鑪氣，何關柏殿香。裛衣偏定好，應持奉魏王。（庾信〈詠園花〉）

（二）論內容功用

抒情寫景為南朝人詩賦創作之共同趨向。徐陵既有自然之文學觀，其文學作品自亦多以感物抒情為內容，而此「情」則偏重哀怨之情，即蕭繹所謂之「流連哀思」（《金樓子‧立言》），庾信所言之「不無危苦之辭，惟以悲哀為主」（〈哀江南賦序〉），蓋以怨情較能動人矣。蕭統雖亦有「緣情」說，然折衷派之情，舉凡人世間各種「悲歡離合」，足以動人心靈之情皆屬之，如鍾嶸《詩品‧序》所云：

若乃春風春鳥，秋月秋蟬，夏雲暑雨，冬日祈寒，斯四候之感諸詩者也。嘉會寄詩以親，離群託詩以怨。至乎楚臣去境，漢妾辭宮，或骨橫朔野，或魂逐飛蓬，或負戈外戍，殺氣雄邊，寒客衣單，孀閨淚盡，或士有解佩出朝，一去忘反，女有揚蛾入寵，再盼傾國。凡斯種種，感蕩心靈，非陳詩何以展其義？非長歌何以騁其情？

「揚蛾入寵，再盼傾國」，僅為諸多情性之一種而已。然趨新派又因生活範圍狹窄，且多放蕩淫樂，故於「情性」之範圍，則已縮小至專指「兒女私情」或「男女情愛」，故於專寫女性情態之作，輒賦予最高之評價，如蕭綱〈答新渝侯和詩書〉云：

垂示三首，雙鬢向光，風流已絕。九梁插花，步搖為古。高樓懷怨，結眉色表。長門下泣，破粉成痕。復有影裏細腰，令與真類。鏡中好面，還將畫等。此皆性情卓絕，新致英奇。故知吹簫入秦，方識來鳳之巧。鳴琴向趙，始觀駐雲之曲。不覺手持口誦，喜荷交並也。

盛讚新渝侯描寫女性情態之詩，為「性情卓絕，新致英奇」之作。至徐陵，則將趨新派此愛好歌詠女性情態之傾向，具體體現於所編之《玉臺新詠》中。《玉臺》內容，專收以婦女為題材之詩，凡與女性之情感、體貌有關者，皆在收錄之列，胡應麟《詩藪・外編》即言《玉臺》：「于漢魏六朝無所詮擇，凡言情則錄之，自余登覽宴集，無復一首。」〔註11〕即徐陵本身，亦頗多關於女性描寫之創作，如《玉臺新詠・序》，起始即以三、四百字之篇幅，以寫麗人「傾國傾城，無對無雙」之面貌、「妙解文章，尤工詩賦」之才情、「生小學歌，由來能舞」之技能及「閱詩敦禮，婉約風流」之教養止，而後方以數言交待編撰之動機；又如〈雜曲〉末四句云：

　　　流蘇錦帳掛香囊，織成羅幌隱燈光，只應私將琥珀枕，暝暝來上珊瑚床。

又〈烏棲曲〉二首之一：

　　　卓女紅妝期此夜，胡姬酤酒誰論價，風流荀令好兒郎，偏能傅粉復熏香。

又〈長相思〉二首：

　　　　長相思，望歸難，傳聞奉詔戍皋蘭。龍城遠，鴈門寒，愁來瘦轉劇，
　　　衣帶自然寬。念君今不見，誰為抱腰看。

　　　　長相思，好春節，夢裏恒啼悲不洩，帳中起，窗前髻，柳絮飛還聚，
　　　遊絲斷復結，欲見洛陽花，如君隴頭雪。

凡此皆關於女性之香艷作品，內容不出宮體範圍。史雖稱陵「清簡寡欲」、「崇信釋教」，然其作品內容多風花雪月、無病呻吟之屬，彼云抒寫情志者，僅寫女性之態而已，無預作者之情志，更遑論有反映民生及時代之內容矣，推究其因，實乃蕭綱「文學放蕩論」所致。蕭綱〈誡當陽公大心書〉中誡其子「立身須謹重」，然「文章須放蕩」，文章以抒情寫志為要，不必載道致用，而此情志又流於男女之情，遂使趨新派之文學內容流於宮體一類，空泛而乏真情。如蕭綱〈率爾成詠〉：

　　　借問仙將畫，詎有此佳人，傾國且傾城，如雨復如神。漢后憐名燕，
　　　周王重姓申。挾瑟曾遊趙，吹簫屢入秦。玉階偏望樹，長廊每逐春。約黃
　　　出意巧，纏弦用法新。迎風時引袖，避日暫披巾。疎花映鬢插，細珮繞衫
　　　身，誰知日欲暮，含羞不自陳。

詠兩性關係，極盡墮落之能事。又其〈孌童〉詩：

　　　孌童嬌麗質，踐董復超瑕。羽帳晨香滿，珠簾夕漏賒。翠被含鴛色，
　　　雕床鏤象牙。妙年同小史，姝貌比朝霞。袖裁連璧錦，牋織細橦花。攬袴
　　　輕紅出，回頭雙鬢斜。嬾眼時含笑，玉手乍攀花。懷情非後鈞，密愛似前

〔註11〕同註10，頁151。

車。足使燕姬妒，彌令鄭女嗟。

更爲變態心理之反映。其影響所致，不惟徐陵作品之內容如此，其文學集團之文士
皆相率以效之也。如庾信〈舞媚娘〉：

朝來戶前照鏡，含笑盈盈自看。眉心濃黛直點，額角輕黃細安。祇疑
落花謾去，復道春風不還。少年唯有歡樂，飲酒那得留錢。

又〈和詠舞〉：

洞房花燭明，燕餘雙舞輕。頓履隨疎節，低鬟逐上聲。步轉行初進，
衫飄曲未成。鷺迴鏡欲滿，鶴顧市應傾。已曾天上學，詎似世中生。

其內容情調皆似簡文，毫無作者情性可言。故知徐陵一派文士，於文學內容之主張，
由抒發哀怨之情而終流於艷情一類矣。

於艷情之外，另有詠物一題，亦爲此派作家喜用之題材。蓋以當代山水題材之
新穎性已漸失，君臣文士遂不滿於山水之清音，轉而將其詩題集中於女性之情貌及
文士身邊之瑣物景色，極盡具體細微之刻劃，是以亦無作者情性可言，如徐陵有〈鬪
雞〉詩：

季子聊爲戲，陳王欲聘才。花冠已衝力，芥爪復驚媒。鬪鳳羞衣錦，
雙鸞恥鏡臺，陳倉若有信，爲覓寶雞來。

又有〈詠柑〉：

朱實挺江南，包品擅珍淑。上林雜嘉樹，江潭間修竹，萬室擬封侯，
千株挺荆國。綠葉萋以布，素榮芬且郁，得陳終宴歡，良垂雲雨育。

蕭繹更有大量之「名詩」，如宮殿名詩、縣名詩、姓名詩、將軍名詩、屋名詩、車名
詩、船名詩、歌曲名詩、藥名詩、針穴名詩、龜兆名詩、獸名詩、鳥名詩、樹名詩、
草名詩、相名詩等，爲變相之詠物詩。諸如此類之作，實無深刻之思想內容，惟流
於文字之遊戲耳。

（三）論風格

文學風格多種多樣，然南朝人所論，大致有雅正與華艷二種：前者篇於質（內
容），後者偏於文（形式）。徐陵一派文論家，即主重文輕質之華艷風格。徐陵於《玉
臺》所收作品，華艷綺靡之宮體詩佔大部分，雖亦有溫柔敦厚者，然終無改於《玉
臺》一書所現之華靡風格也。陵之創作，亦綺艷非常，《周書‧庾信傳》曰：

時肩吾爲太子中庶子、掌管記，東海徐摛爲左衛率，摛子陵及信並爲
抄撰學士，父子在東宮，出入禁闥，恩禮莫與比隆。既有盛才，文並綺豔，
故世號爲徐、庾體焉。當時後進，競相模範，每有一文，京都莫不傳誦。

（卷四十一）

徐摛徐陵父子、庾肩吾庾信父子，皆爲蕭綱東宮學士，蕭綱既好作艷詞，群臣自必相率以和，遂蔚然成風。觀陵《玉臺‧序》可知，該序寫麗人體貌之美好、歌舞之精妙：

> 至如東鄰巧笑，來侍寢于更衣；西子微矉，得橫陳於甲帳。陪遊馺娑，聘纖腰於結風；長樂鴛鴦，奉新聲於度曲。妝鳴蟬之薄鬢，照墮馬之垂鬟。反插金鈿，橫抽寶樹。南都石黛，最發雙蛾；北地燕脂，偏開兩靨。（言麗人體貌）

> 驚鸞冶袖，時飄韓掾之香；飛燕長裾，宜結陳王之珮。雖非圖畫，入甘泉而不分；言異神仙，戲陽臺而無別。（言麗人歌舞）

其文詞雕琢鍾煉極甚，然內容僅止於麗人之情態，無怪許槤《六朝文絜》評之爲「態冶思柔，香濃骨艷」〔註12〕，其香濃骨艷，實又在《玉臺》所選諸文之上。故後人每言六朝駢文，輒舉徐陵《玉臺新詠‧序》爲宗。徐陵之詩亦多濃艷之作，如《奉和詠舞》：

> 十五屬平陽，因來入建章。主家能教舞，城中巧旦妝。低鬟向綺席，舉袖拂花黃。燭送窗邊影，衫傳鈴裏香。當關好留客，故作舞衣長。

又〈和王舍人送客未還閨中有望〉：

> 倡人歌吹罷，對鏡覽紅顏。拭粉留花稱，除釵作小鬟。綺燈停不滅，高飛掩未關。良人在何處。惟見月光還。

又〈詠織婦〉：

> 纖纖運玉指，脈脈正蛾眉。振躡開交縷，停梭續斷絲。簷前初月照，洞戶朱帷垂，弄機行掩淚，彌令識素遲。

以上諸作，非惟文字濃艷，其內容亦多在兒女情態，不見其眞性情，是可見徐陵重文輕質之文學觀。徐陵於《玉臺》中雖亦收錄不少吳聲、西曲等民間歌謠，民間歌謠多言語俚俗，徐陵選錄之因，一以趨新派愛好此類歌謠言情說愛之內容，二以東晉文士所作歌謠較精緻華麗，於文詞頗多鍾煉，故徐陵所錄歌謠以側艷之詞爲多，如王獻之〈情人桃葉歌〉二首：

> 桃葉復桃葉，渡江不用楫。但渡無所苦，我自迎接汝。

> 桃葉復桃葉，桃葉連桃根。相憐兩樂事，獨使我殷勤。

又謝靈運〈東陽谿中贈答〉二首：

〔註12〕清許槤評選，黎經誥箋註《六朝文絜箋註》，廣文書局，民國66年7月再版，頁91。

可憐誰家婦，緣流洗素足。明月在雲間，迢迢不可得。

可憐誰家郎，緣流乘素舸。但問情若爲，月就雲中墮。

似此皆歌謠中較綺麗者也，蕭統《文選》絕不收近代民歌，以統尙雅正風格之故，徐陵則尙綺艷之風，不避俗矣。

徐陵生跨梁陳二代，文風亦有前後期之分。於梁時，出入蕭綱東宮，生活淫侈，收前期文風綺艷；梁末使魏，羈旅十載不得歸，迨歸時，已入陳矣，陳代開國草創，諸製多出其手，其時年事已長，少有純文學之創作，故論其文學思想，宜自前期考察。梁時蕭綱及其東宮學士，於徐陵文學觀點影響甚多，彼等終日遊宴宮廷，飲酒賦詩，於文學之事自亦互相商酌焉，故其創作風格如人一面，難辨個人特色。《隋書‧文學傳序》譏此文學集團所作爲亡國之音：

> 梁自大同之後，雅道淪缺，漸乖典則，爭馳新巧，簡文、湘東啓其淫放，徐陵、庾信分道揚鑣，其意淺而繁，其文匿而彩。詞尚輕險，情多哀思，格以延陵之聽，蓋亦亡國之音乎。（卷七十六）

其中簡文蕭綱爲帝王倡導者，其〈倡婦怨情十二韻〉：

> 綺窗臨畫閣，飛閣遶長廊。風散同心草，月送可憐光。鬟鬢簾中出，妖麗特非常。恥學秦羅髻，羞爲樓上妝。散誕披紅帔，生情新約黃。斜燈入錦帳，微煙出玉床。六安雙玳瑁，八幅兩鴛鴦。猶是別時許，留致解心傷。含涕坐度日，俄頃變炎涼。玉關驅夜雪，金氣落嚴霜。飛狐驛使斷，交河川路長。蕩子無消息，朱脣徒自香。

辭藻雕縟已極，內容則鋪張倡女容貌服飾及其居室華麗，完全忽略人之感情及思想。如此專重文采，無怪乎其於〈與湘東王書〉攻訐重質輕文之裴子野爲「了無篇什之美」、「質不宜慕」，故《南史‧簡文本紀》言綱「辭藻艷發，然傷於輕靡，時號宮體」（卷八），《梁書》云其「文則時以輕華爲累，君子所不取焉」（〈簡文帝紀論〉卷四），宜乎其爲亡國之音，《南史‧梁本紀論》又云：

> 太宗敏叡過人，神采秀發，多聞博達，富瞻辭藻。然文艷用寡，華而不實；體窮淫麗，義罕疏通。哀思之音，遂移風俗。（卷八）

是以上行下效，群臣亦紛效此淫麗之風。如爲高齋學士之庾肩吾，其〈南苑還看人〉：

> 春花競玉顏，俱折復俱攀，細腰宜窄衣，長釵巧挾鬟。洛橋初度燭，青門欲上關。中人應有望，上客莫前還。

皆華而不、文艷質寡之作，即如唐杜確〈岑嘉州集序〉所云：「梁簡文帝及庾肩吾之屬，始爲輕浮綺靡之辭，名曰宮體，自後沿襲，務爲妖體。」肩吾之子信，前期作

品〔註13〕亦多宮體之流，《周書・庾信傳》論：「其體以淫放爲本，其詞以輕險爲宗，故能誇目侈於紅紫，蕩心逾於鄭、衛。昔揚子雲有言：『詩人之賦麗以則，詞人之賦麗以淫。』若以庾氏方之，斯又詞賦之罪人也。」（卷四十一）即就其前期作品而言，如〈和趙王看伎〉：

> 綠珠歌扇薄，飛燕舞衫長。琴曲隨流水，簫聲逐鳳凰，細縷纏鍾格，
> 園花釘鼓床。縣知曲不誤，無事長周郎。

蕭綱東宮文士所作既皆輕艷若此，徐陵之重綺艷風格，亦不足爲奇矣。

四、文學批評論──文學進化論

徐陵有進化之文學史觀。我國文學發展趨勢，既是由質趨文，徐陵重文，故極肯定時文之辭采文飾，觀其《玉臺》所收，存歿皆錄，且收錄近人之作多出古人甚多，可知其有進化之文學史觀，以爲後出轉精，文勝質也。

徐陵進化之文學觀，尚表現於其新變說。彼晚年自述其文：

> 既乏新聲，全同古樂，正恐多慚於協律，致睡於文侯耳。（〈答族人梁
> 東海太守長孺書〉）

知其以新爲佳，又其《玉臺序》，言及音樂，則曰「新曲」、「新聲」，言及詩歌，則曰「新製」、「新詩」，且書名亦題爲「新詠」，頗屬意於新。其創作亦多有新變，《陳書・徐陵傳》云：「其文頗變舊體，緝裁巧密，多有新意。每一文出手，好事者已傳寫成誦，遂被之華夷，家藏其本。」（卷廿六）陵父摛爲文亦好新變，《梁書》本傳云摛：「屬文好爲新變，不拘舊體。……摛文體既別，春坊盡學之，宮體之號自斯而起。高祖聞之怒，召摛加讓，及見，應對明敏，辭義可觀，高祖意釋。」（卷三十）惟其爲文不拘舊體，故陵耳濡目染，亦以新變爲善。徐氏父子所侍之皇太子蕭綱，於「好爲新變」之徐摛，優禮有加，不次拔擢，且其〈與湘東王書〉稱美始爲新變之謝朓、沈約〔註14〕爲「文章之冠冕」，可知綱亦好爲新變。蕭子顯爲此派之理論家，其《南齊書・文學傳論》之新變說爲：

> 習玩爲理，事久則瀆，在乎文章，彌患凡舊。若無新變，不能代雄。
> （卷五十二）

意謂惟變古翻新者，方爲文之英才。鍾嶸《詩品序》云：「近任昉、王元長等，辭不

〔註13〕據一般文學史說法，庾信風格有前後期之分，以四十二歲時江陵覆滅爲分界：前期因接近蕭綱，重辭藻，多宮體之風；後期入北朝，作品多身世之感，綺麗而有風骨。

〔註14〕《梁書・庾肩吾傳》：「齊永明中，文士王融、謝朓、沈約，文章始用四聲，以爲新變，至是轉拘聲韻，彌尚麗靡，復踰於往時。」

貴奇，競須新事。」蕭統《文選序》亦有「蹱其事而增華，變其本而加屬」之語，是進化之文學觀，乃南朝文論之普遍思潮也。

第三節　二書編者文學觀之比較

　　二書編者之文學觀已分別見於本章一、二節，二人文學思想實有異有同，茲比較如下：

一、文學本原論

（一）同

　　蕭統、徐陵二人於文學之起源，皆謂由情感與自然之感應而來，是二子均有自然之文學觀。東晉以來，因政治腐敗，文士多厭惡現世，故遊仙詩起，然又感於其乏味空虛，山水詩文遂乘勢而起。加以名士文人與佛徒交遊極盛，輒出入山谷廟亭，遊蹤所至，感物興情，遂有歌詠。是以南朝以來，承東晉遺緒，山水文學極盛。一般人之觀念遂皆以為自然為激發文學創作之動力，蕭、徐二子亦順此思潮，有自然之文學思想。

（二）異

　　而蕭統又為矯正當時浮艷之文風，復提倡宗經之文學觀。文能宗經則有典雅之風，當時社會風氣淫靡，文士生活亦多奢華，文學風格輒流於淫艷，蕭統有鑒於此，遂主張宗經，如《詩·小雅》之「怨悱而不亂」，《國風》之「好色而不淫」（《文心雕龍·辨騷》），文能宗經，必可得既典且雅之風矣。此文學思想有別於徐陵，徐陵為華艷文風之擁護者，自然無宗經之文學觀也。

二、文學體裁論

（一）同

　　狹義之文學，謂須經精心構思，且具藝術美之作品，今稱之為純文學。蕭統、徐陵二人於文學之界域，皆取狹義者也。夫以南朝文學觀念漸趨明晰，文學獨立思想亦漸具，然文學之界域未能明定，蕭統遂嚴其封域，以為「綜緝辭采，錯比文華，事出於沈思，義歸乎翰藻」（《文選·序》）者，方得稱為文學。故經子史皆排除於文學之列。徐陵既好言情之作，又特重藝術形式之表現，所選作品全為純文學之屬，其於文學界域，同於昭明，亦取狹義。

（二）異

　　昭明之《文選》分體三十有八，其中固不無可非議之處，然可自此得知其所選，皆偏於純文學；且其分類多承自劉勰《文心雕龍》，非妄自爲之，是以不必嚴責其短矣。孝穆於文體之分類則未嘗明言，以其所編《玉臺》全爲詩作，不必分類，故孝穆之文體分類觀難可詳悉。

　　又昭明於各體略有論述，言詩爲「志之所之」，頌所以「游揚德業，褒讚成功」，箴、戒之功用分別爲「補闕」、「弼匡」，論、銘之風格特色分別爲「析理精微」、「序事清潤」（以上具見《文選・序》），誄則以美爲要，讚則以象爲歸。所論未兼及三十八類，未能窺見其文體論之全豹。而孝穆於各文體之性質、功用、風格特色等，皆無提及，然其各體創作甚眾，自其創作風格，可推知其於文體風格之主張，與昭明有異有同：孝穆之詩緣情而綺靡，昭明則謂詩言志，雅正而已，不必綺靡；孝穆之書辭達理舉，表啓典雅華重，移檄簡勁明銳，碑志彰美弘深，詔策辭茂健逸，與昭明所選諸作風格皆類，是二子文體論異中有同矣。

三、文學創作論

（一）同

　　南朝形式主義盛行，蕭統、徐陵亦重文學形式之表現，復以永明聲律影響，二人於形文之外，亦重聲文。此兼重形文與聲文，寫爲南朝文人普遍具有之觀念。蕭、徐二人皆側重文學之藝術形式，以爲美文須有「錯比文華」（蕭統《文選・序》）之形文，具視覺美，方能「瞬安豐之眼」（徐陵〈與李那書〉），又須有「鏗鏘並奏」（同前）之聲文，具聽覺美，始可「驚趙軼之魂」（同前）。故二人所作或其所錄之文，於形文則多色彩、對偶之美，於聲文則多協韻、對仗之美，是皆文學思潮有以致之也。

（二）異

　　蕭、徐二人論文學內容，雖皆謂詩宜以抒情寫景爲主，然二子所謂「情」者，指涉各不相同。昭明之情，爲廣義之情，舉凡人世間之親情、友情、愛情皆屬之，其要以眞情爲貴；而孝穆之情，則指狹義之男女情感而言，故二人雖同主作品宜寫景、抒情，實有廣狹之分也。孝穆趨新一派言情既僅指男女之情，又因宮廷生活淫靡，內容益流於空洞靡靡，終難見作者之眞性情，蕭統極重視作品內容，謂不可流於空泛之描寫男女情感，是以對陶淵明〈閑情賦〉有「白璧微瑕」（《陶淵明集・序》）之歎。必也能窺作者眞情性之作，方爲佳篇。

又二人論文學作品風格，亦有極大歧異。孝穆爲趨新派，力主綺麗輕艷之風，終流於專寫婦女容止體態等宮體一派。昭明有鑒於該派浮艷輕靡之弊，欲矯時風，遂有文質彬彬之調和理論出現，以爲形式與內容必兼而顧之，不可或偏，以期有雅正之風格焉，此乃爲調和重內容之復古派及重形式之趨新派而發，故謂之折衷派。是知蕭徐二人論文最大歧異所在，即爲一主典雅之風，一主輕艷之風。實以二人分屬不同文論派別之故，又以蕭統深受儒學影響，故其思想有別於時人，不重浮艷也。

四、文學批評論

（一）同

蕭、徐二子評介作家作品，不貴古賤今，均有進化之文學史觀。以爲文學隨時代而由質趨文，由樸趨麗，故同以近人重文取麗爲是，而於編撰總集時，大量選錄近人作品，時代愈近之作家，所選作品愈多，尤其《玉臺》更一改昔人撰集「不錄時人」之原則，錄蕭綱之作品竟達全書作家之冠。二人於文學批評觀點，能脫離貴古賤今思想之囿，而以爲今必勝古，實難能可貴。

（二）異

蕭統於評騭作家作品時，且重作品之是否能反映時代。凡能反映時代現象者，方爲佳作。如陶淵明、屈原之作，其作品聲音與其時代同調，故蕭統均給予極高之評價。徐陵則未注意此端，其趨新派皆好作艷詩，數人同面，難辨作家作品特色，更遑論能反映時代，則昭明之批評眼光，又高於孝穆矣。

第五章　蕭徐二書選錄之特色

第一節　《文選》選錄特色

一、選錄內容

　　《文選》所錄之作者，除無名氏而外，有一百二十九人：計周四人，秦一人，西漢十八人，東漢二十一人，魏十二人，蜀一人，吳一人，西晉三十一人，東晉十四人，宋十一人，齊五人，梁十人。所錄作品約七百餘篇，區分爲三十八類：賦、詩、騷、七、詔、冊、令、教、策文、表、上書、啓、彈事、牋、奏記、書、移、檄、對問、設論、辭、序、頌、贊、符命、史論、史述贊、論、連珠、箴、銘、誄、哀、碑文、墓誌、行狀、弔文、祭文，計周二十三篇，秦一篇，古辭二十二篇，西漢五十四篇，東漢六十五篇，魏八十七篇，蜀一篇，吳一篇，晉二百五十篇，宋七十八篇，齊三十九篇，梁八十七篇。其選錄內容極其廣泛，各體賅備，且甚具特色，茲爲便於與《玉臺》選詩比較，特擇《文選》所錄詩之篇目，復依作家朝代次序排列，陳之於左：

　　周

　　　荊　軻　　　　　　歌一首

　　西漢

　　　劉　邦　　　　　　歌一首

　　　韋　孟　　　　　　諷諫詩

　　　李　陵　少　卿　　與蘇武詩三首

　　　蘇　武　子　卿　　詩四首

| 班 | 姬 | 婕 | 妤 | 怨歌行 |

東漢

張	衡	平	子	四愁詩四首
劉	楨	公	幹	公讌詩、贈五官中郎將四首、《贈徐幹》、《贈從弟》三首、雜詩一首
應	瑒	德	璉	侍五官中郎將建章臺集詩
王	粲	仲	宣	公讌詩、詠史詩、七哀詩二首、贈蔡子篤、贈士孫文始、贈文叔良、從軍詩五首、雜詩一首

古詞

| 佚 | 名 | | | 古樂府四首、古詩十九首 |

魏

曹	操	孟	德	樂府二首
曹	丕	子	桓	芙蓉池作、樂府二首、雜詩二首
曹	植	子	建	上責躬詩、應詔公讌詩、送應氏詩二首、三良詩、七哀詩、贈徐幹、贈丁儀、贈王粲、又贈丁儀王粲、贈白馬王彪、贈丁翼、樂府四首、朔風詩、雜詩六首、情詩
繆	襲	熙	伯	挽歌
應	璩	休	璉	百一詩
嵇	康	叔	夜	幽憤詩、贈秀才入軍、雜詩
阮	籍	嗣	宗	詠懷詩十七首

西晉

應	禎	吉	甫	晉武帝華林園集詩
傅	玄	休	奕	雜詩
棗	據	道	彥	雜詩
傅	咸	長	虞	贈何劭王濟
孫	楚	子	荊	征西官屬送於陟陽侯作詩
張	華	茂	先	勵志詩、答何劭二首、雜詩、情詩二首
潘	岳	安	仁	關中詩、金谷集作詩、悼亡詩三首、為賈謐作贈陸機、河陽縣作、在懷縣作二首

何	劭	敬	祖	游仙詩、贈張華、雜詩
石	崇	季	倫	王明君辭
張	載	孟	陽	七哀詩二首、擬四愁詩
陸	機	士	衡	皇太子讌玄圃宣猷堂有令賦詩、招隱詩、贈馮文羆遷斥丘令詩、答賈謐詩、於承明作與士龍、贈尚書郎顧彥先二首、贈顧交趾公眞、贈從兄車騎、答張士然詩、爲顧彥先贈婦二首、贈馮文羆、贈弟士龍、赴洛二首、赴洛道中作二首、爲吳王郎中時從梁陳作、樂府十七首、挽歌三首、園葵詩、擬古詩十二首
陸	雲	士	龍	大將軍讌會被命作詩、爲顧彥先贈婦二首、答兄機、答張士然
司馬彪		紹	統	贈山濤
張	協	景	陽	詠史詩、雜詩、七命八首
潘	尼	正	叔	贈陸機出爲吳王郎中令、贈河陽詩、贈侍御史王元貺、迎大駕
左	思	太	沖	詠史詩八首、招隱詩二首、雜詩
曹	攄	顏	遠	思友人詩、感舊詩
王	讚	正	長	雜詩
歐陽建		堅	石	臨終詩
郭泰機				答傅咸

東晉

劉	琨	越	石	答盧諶、重贈盧諶、扶風歌
郭	璞	景	純	游仙詩七首
盧	諶	子	諒	覽古詩、贈劉琨、贈崔溫、答魏子悌、時興詩
束	晢	廣	微	補亡詩六首
張	翰	季	鷹	雜詩
殷仲文		仲	文	南州桓公九井作
謝	混	叔	源	游西池
王康琚				反招隱詩
陶	潛	淵	明	始作鎮軍參軍經曲阿作、辛丑歲七月赴假還江陵夜行塗口作、挽歌、雜詩二首、詠貧士、讀山海經、擬古詩

宋

| 謝 瞻 | 宣 遠 | 九日從宋公戲馬臺集送孔令詩、王撫軍庾西陽集別作詩、張子房詩、答靈運、於安城答靈運 |

謝靈運　　　述祖德詩二首、九日從宋公戲馬臺集送孔令詩、鄰里相送至方山詩、從游京口北固應詔、晚出西射堂、登池上樓、游南亭、游赤石進帆海、石壁精舍還湖中、登石門最高頂、於南山往北山經湖中瞻眺、從斤竹澗越嶺溪行、廬陵王墓下作、還舊園作見顏范二中書、登臨海嶠初發疆中作與從弟惠連見羊何共和之、酬從弟惠連、辛丑三年七月十六日之邵初發都、過始寧墅、富春渚、七里瀨、登江中孤嶼、初去郡、初發石首城、道路憶山中、入彭蠡湖口作、入華子岡是麻源第三谷、樂府、南樓中望所遲客、田南樹園激流植援、齋中讀書、石門新營所住四面高山迴谿石瀨茂林修竹、擬魏太子鄴中集詩八首

謝惠連　　　泛湖出樓中翫月、秋懷、西陵遇風獻康樂、七月七日夜詠牛女、擣衣

范 曄　蔚 宗　樂游應詔詩

袁 淑　陽 源　傚白馬篇、傚古詩

顏延之　延 年　應詔讌曲水作詩、皇太子釋奠會詩、秋胡詩、五君詠五首、應詔觀北湖田收、車駕幸京口侍遊蒜山作、車駕幸京口三月三日侍遊曲阿後湖作、拜陵廟作、贈王太常、夏夜呈從兄散騎車長沙、直東宮答鄭尚書、和謝監靈運、北使洛、還至梁城作、始安郡還都與張湘州登巴陵城樓作、宋郊祀歌二首

鮑 照　明 遠　詠史、行藥至城東橋、還都道中作、樂府八首、數詩、翫月城西門廨中、擬古詩三首、學劉公幹體、代君子有所思

劉 鑠　休 玄　擬古詩二首

王僧達　　　答顏延年、和琅邪王依古

王 微　景 玄　雜詩

齊

| 謝 | 朓 | 玄 | 暉 | 新亭渚別范零陵詩、游東田、同謝諮議銅雀臺、郡內高齋閑坐答呂法曹、在郡臥病呈沈尚書、暫使下都夜發新林至京邑贈西府同僚、酬王晉安、之宣城出新林浦向版橋、敬亭山、休沐重還道中、晚登三山還望京邑、京路夜發、鼓吹曲、始出尚書省、直中書省、觀朝雨、郡內登望、和伏武昌登孫權故城、和王著作八公山詩、和徐都曹、和王主簿怨情 |
| 陸 | 厥 | 韓 | 卿 | 奉答內兄希叔、中山王孺子妾歌 |

梁

范	雲	彥	龍	贈張徐州、古意贈王中書、效古詩
任	昉	彥	昇	出郡傳舍哭范僕射、贈郭桐廬出谿口見候余既未至郭仍進村維舟久之郭生方至
丘	遲	希	範	侍讌樂遊苑送張徐州應詔詩、旦發漁浦潭
沈	約	休	文	應詔樂遊苑餞呂僧珍、別范安成、鍾山詩應西陽王教、宿東園、遊沈道士館、早發定山、新安江水至清淺深見底貽京邑游好、和謝宣城詩、應王中丞思遠詠月、冬節後至丞相第詣世子車中作、直學省愁臥、詠湖中鴈、三月三日率爾成篇
虞	羲	子	陽	詠霍將軍北伐
徐	悱	敬	業	古意酬到長史溉登琅邪城

二、選錄特色

(一)不選經史子

　　蕭統於文學之封域取狹義者，於《文選》中不錄經、子、史三部之文，其序有云：

> 　　若夫姬公之籍，孔父之書，與日月俱懸，與鬼神爭奧，孝敬之準則，人倫之師友，豈可重以芟夷，加之剪截。
> 　　老莊之作，管孟之流，蓋以立意為宗，不以能文為本，今之所撰，又以略諸。
> 　　若賢人之美辭，忠臣之抗直，謀夫之話，辯士之端，冰釋泉湧，金相

玉振，所謂坐狙丘，議稷下，仲連之卻秦軍，食其之下齊國，留侯之發八難，曲逆之吐六奇，蓋乃事美一時，語流千載，概見墳籍，旁出子史。若斯之流，又亦繁博。雖傳之簡牘，而事異篇章，今之所集，亦所不取。

至于記事之史，繫年之書，所以褒貶是非，紀別異同，方之篇翰，亦已不同。

蓋周、孔經書，乃人倫孝敬之範式，與日月同光，鬼神同妙，人人必讀，故不可加以節錄入《文選》；而《老子》、《莊子》、《管子》、《孟子》等子書，旨在發表見解，非重在文辭，是以略去不選。至於賢人、忠臣陳述諫諍之辭，謀夫、辯士之游說，分別見於經部（如《左傳》）、史部（如《戰國策》、《史記》）、子部（如《漢書·藝文志》有《蘇子》、《張子》），雖頗富文采，然過於繁博，又非單篇文章，故亦不選。記事、編年之史書，其中記事褒貶之文字，不同於篇翰，此亦不選。其時編纂總集之體例為專錄別集單篇之文章，不割裂四部之作，故昭明不錄經、子、史，復於總集體例之制限下，以純文學觀點釋其不錄之因也。

（二）賦、詩選錄最多

《文選》分為三十八類，賦冠其首，所錄作品幾佔全書三分之一；其次為詩，收四百餘首，佔全書二分之一強。且此二類下，復細分子類：賦之子類凡十又五類，分別為：京都、郊祀、耕藉、畋獵、紀行、遊覽、宮殿、江海、物色、鳥獸、志、哀傷、論文、音樂、情。詩之子類凡二十又三：補亡、述德、勸勵、獻詩、公讌、祖餞、詠史、百一、遊仙、招隱、反招隱、遊覽、詠懷、哀傷、贈答、行旅、軍戎、郊廟、樂府、挽歌、雜歌、雜詩、雜擬。賦詩二類所錄主題甚眾，內容真可謂包羅萬象。

（三）選詩以五言最多，四、七言極少

《文選》選詩以五言為主，收錄近四百首；四言僅三十餘首；七言僅張衡〈四愁詩〉、曹丕〈燕歌行〉二首。《文選》錄五言詩，漢有李陵、蘇武、班姬之詩，又有〈古詩十九首〉；建安以下錄曹植二十二首，王粲、劉楨各十首，阮籍十七首，陸機四十九首，張協、左思各十一首，謝靈運三十九首，潘岳八首，顏延之、鮑照各十八首，謝朓二十一首，沈約十三首等，五言實蔚為大國。至於晉宋以來，不少優秀之七言詩，以其多民歌風調，未符昭明雅正之要求，故《文選》多不錄之。

（四）少錄詠物、豔情之作

對於齊梁新起之詠物詩，如沈約之〈應王中丞思遠詠月〉、〈詠湖中鴈〉，《文選》收錄極少。至於可視為「宮體」前身之詩，如沈約之〈三月三日率爾成篇〉：

　　　　麗日屬元巳，年芳具在斯。開花巳巿樹，流嚶復滿枝。洛陽繁華子，
　　長安輕薄兒，東出千金堰，西臨鴈鷔陂。游絲映空轉，高楊拂地垂。綠幘
　　文照耀，紫燕光陸離。清晨戲伊水，薄暮宿蘭池。象筵鳴寶瑟，金瓶汎羽
　　巵。寧憶春蠶起，日暮桑欲萎，長袂屢以拂，彫胡方自炊。愛而不可見，
　　宿昔減容儀，且當忘情去，歎息獨何爲。

此類詩作亦不多。史載蕭統生活情趣較嚴肅，不好聲色，是以對刻劃女子容態、描
繪豔情之詩毫無興趣。且詠物、豔情二類詩作，於昭明之時究屬初起，數量不甚多，
或亦爲《文選》少錄之因。

（五）選史之贊論序述

　　《文選》雖不錄經、子、史三部之作，然於史部之贊、論、序、述，則予破格
錄取，其理由見於序文：

　　　　若其贊論之綜緝辭采，序述之錯比文華，事出於沈思，義歸乎翰藻，
　　故與夫篇什，雜而集之。

因史書中若干贊論序述極富文采，故昭明酌加採錄，觀《文選》三十八類目中有〈史
論〉、〈史述贊〉二類可知。蕭統此處標舉入選史書中贊論序述之標準爲「綜緝辭采」、
「錯比文華」。所謂「綜緝辭采」、「錯比文華」，乃指作品之形式具有節奏、對偶等
聲文形文之美感。是知蕭統極重作品之藝術形式美，如《文選》選錄《漢書・公孫
弘傳贊》，而不選《史記・公孫弘傳贊》，即因前者較具文采，而後者文字較質樸之
故。茲列此二文於後，以資比較：

　　　　太史公曰：「公孫弘行義雖修，然亦遇時，漢興八十餘年矣。上方鄉
　　文學，招俊乂，以廣儒墨，弘爲舉首。主父偃當路，諸公皆譽之。及身敗
　　名誅，士爭言其惡，悲夫。」（《史記》卷一百十二）

　　　　贊曰：「公孫弘卜式倪寬皆以鴻漸之翼，困於燕雀、遠迹羊豕之間，
　　非遇其時，焉能致此位乎。是時漢興六十餘載，海內乂安，府庫充實而四
　　夷未賓，制度多闕，上方欲用文武，求之如弗及。如呂蒲輪迎枚生，見主
　　父偃而歎息：群士慕嚮，異人並出，卜式拔於芻牧，弘羊擢於賈豎，衛青
　　奮於奴僕，日磾出於降虜，斯於曩時版築飯牛之明巳，漢之得人，於茲爲
　　盛。儒雅則公孫弘董仲舒倪寬，篤行則石建石慶，質直則汲黯卜式，推賢
　　則韓安國鄭當時，定令則趙禹張湯，文章則司馬遷相如，滑稽則東方朔枚
　　皋，應對則嚴助朱買臣，歷數則唐都落下閎，協律則李延年，運籌則桑弘
　　羊，奉使則張騫蘇武，將帥則衛青霍去病，受遺則霍光金日磾，其餘不可

勝紀。是以興造功業，制度遺文，後世莫及。孝宣承統，纂修洪業；亦講六藝，招選茂異，而蕭望之梁丘賀夏侯勝韋玄成嚴彭祖尹更始以儒術進，劉向王褒以文章顯。將相則張安世趙元國魏相邴吉子定國杜延年，治民則黃霸王戎龔遂鄭弘召信臣韓延壽尹翁歸趙廣漢嚴延年張敞之屬，皆有功迹見述於後世，參其名臣，亦其次也。」（《文選》卷四十九）

《史記》此段文，乃以散文、單筆之方式寫成，與公孫弘本傳之行文方式完全相同，並未因其為贊論而於形式之美再加講究。而《文選》所選之《漢書・公孫弘傳贊》，其文字則遠較《史記》華美，文中多駢句、排比句，且多數文句之句式極整齊，多四六句，甚符昭明所謂之「錯比文華」、「綜緝辭采」，故為《文選》錄取之對象。又《文選・史述贊》中錄《漢書・述韓彭英盧吳傳贊》：

信惟餓隸，布實黥徒，越亦狗盜，芮尹江湖。雲起龍驤，化為侯王。割有齊楚，跨制淮梁。綰自同閈，鎮我北疆，德薄位尊，非祚惟殃。吳克忠信，後嗣乃長。（《文選》卷五十）

又《後漢書・光武紀贊》：

炎政中微，大盜移國，九縣飆迴，三精霧塞。民厭淫詐，神思反德，世祖誕命，靈貺自甄。沈機先物，深略緯文。尋邑百萬，貔虎為群。長轂雷野，高旗彗雲。英威既振，新都自焚。（同上）

以上二篇皆具語言形式之美，深受當時文人重視，故《文選》亦錄之。「綜緝辭采」、「錯比文華」，非惟昭明選史書贊論序述之標準，實亦為全書之甄錄準的。試觀《文選》選錄之作，率皆文辭優美，音韻鏗鏘，具形式之美感，如論文一類，《文選》收錄十餘篇，雖其性質為議論說理，其形式郤極雕飾華美，若賈誼〈過秦論〉者，辭藻富麗，多排偶句，故為《文選》所取。又如詩類，以曹操之詩過於質樸，文采不足，是以昭明錄之甚少；其大量選錄者，則如曹植、陸機、謝靈運三家極富文采之篇。對於作品極藻麗之顏延年、王融，昭明亦頗重視，而於王羲之名篇《蘭亭集・序》，以其不甚富麗而弗錄，是如陳衍《石遺室論文》所云：「昭明捨右軍而採顏延年、王元長二作，則偏重駢儷之故。」昭明於時人重藻采之風影響下，遂亦以此為其甄錄作品之準的。

又「事出於沈思，義歸乎翰藻」，亦為蕭統稱美史書贊論序述之語，實亦可視為全書之選錄標準。然此二句之義，眾說紛紜，莫衷一是：朱自清謂事為事義、事類之「事」，專指引事引言，「翰藻」則以比類為主，合二句而言即為「善于用事，善

于用比」之義〔註1〕；郭紹虞以為「事出於沈思」近於《金樓子・立言篇》「情靈搖蕩」之意，而「義歸乎翰藻」則又為〈立言篇〉所言「綺縠紛披」之意〔註2〕。朱說較為狹隘，而郭說又稍嫌籠統，未若王運熙說之明確：彼謂「事」「義」乃指文中所述之事實及義理〔註3〕，「沈思」指深沈之構思，「翰藻」指廣泛之語言美，二句可解為：「史家所寫之一部分贊、論、序、述，能通過深沈之構思，運用美麗之語言將事義表達而出。」王氏又謂《文選》所錄作品文體繁多，其內容非皆以敘事、評論為主，另有抒情者，是以論及全書選錄標準，宜釋為：「於抒情、敘事、述義諸方面皆能以深沈構思、華美文辭表現。」此實即純文學之定義，故知昭明選文之範圍為狹義者也。

（六）不選六朝吳聲、西曲，漢樂府之相和、雜曲及通俗雜賦

東晉、南朝文人多愛好歌詠男女情感之吳聲、西曲，有模仿其語言風格而自作歌詩者，亦有語言雖已不俗，然仍可見受其影響者，如鮑照、謝朓、沈約均有五言四句之作，凡此《文選》均未選入，實以昭明雅正文學思想之故。至於漢樂府中之相和、雜曲二類，多為民間歌謠，其內容亦不外戀歌言情之屬，亦非昭明所好，故《文選》亦付之闕如。而劉勰《文心雕龍・諧隱》所論述之通俗雜賦，如潘岳〈醜婦賦〉、束晳〈賣餅賦〉等，《文選》亦以其非典雅之作而弗錄。

（七）錄曹植、陸機、謝靈運三家作品最多

《文選》所錄作家作品，以曹植、陸機、謝靈運三家最多，觀左表可知：

時　代	人　數	入選作品數	入選作品數較多之作家及其作品數
周	四	二三	屈原（一〇）
秦	一	一	
西漢	一八	五四	枚乘（一〇）司馬相如（七）揚雄（六）
東漢	二一	六五	班固（一〇）張衡（九）
	？	二二	（古辭）
魏	一二	八七	曹丕（九）王粲（一四）劉楨（十）曹植（三二）阮籍（一九）嵇康（六）

〔註1〕見朱自清〈文選序事出于沈思義歸乎翰藻說〉一文，收於《朱自清古典文學專集》，宏業書局，民國72年2月，頁39至51。

〔註2〕見郭紹虞〈文選的選錄標準和它與文心雕龍的關係〉一文，《文學遺產》，1972年11一月。

〔註3〕見王運熙〈文選選錄作品的範圍和標準〉一文，《復旦學報》，1988年第六期。

蜀	一	一	
吳	一	一	
晉	四五	二五〇	陸機（一一三）潘岳（二二）左思（一四）陶潛（九）
宋	一一	七八	謝靈運（四一）顏延之（二七）鮑照（二〇）謝朓（二二）
齊	五	三九	謝朓（二二）
梁	一〇	八七	任昉（二一）江淹（三五）沈約（一七）

其中曹植入選三十二篇，陸機一百一十三篇，謝靈運四十一篇，較之其他作家之作品數多出甚多。可知昭明特重此三家，肯定三子之文學成就矣。

（八）不錄生存

《文選》選文不錄存者，乃時人之習，第一章已言及。蓋時人之作，一以未經論定，二則爲避恩怨之嫌，不宜妄加褒貶。晁公武《郡齋讀書志》云：「寶常謂統著《文選》，以何遜在世，不錄其文，蓋其人既往，而後其文克定，然則所錄皆前人作也。」何遜卒於天監十七年左右，先陸倕而卒，寶氏謂不錄遜文，以其在世之故，此雖與事實不符，然《文選》多不錄時人之作可知。

（九）詳近略遠

《文選》選材尚有詳近略遠之特色。全書錄自周至梁七、八百年間一百二十九位作家，七百餘篇作品。昭明於各代作品非平均選派，於先秦僅選子夏、屈原、李斯等人作品二十三篇，而漢之年祚極長，所錄郤不及二百篇，兩晉則有二百五十篇，宋有七十八篇，齊有三十九篇，梁有八十七篇，合計近四百六十篇，佔全書半數以上。就選錄個別作家作品數而言，亦時代愈後愈多，如西漢枚乘選入十篇，魏曹植選入三十二篇，南朝謝靈運選入四十一篇，可知曹植較枚乘多二十二篇，而謝靈運又較曹植多九篇。駱鴻凱亦有如是看法，其《文選學》云：

> 登選之文，雖甄錄《楚辭》與子夏《詩序》，上起成周，其實偏詳近代。由近代視兩漢略已，先秦又略之略已。何以知之？試觀令載任彥升〈宣德皇后令〉一首，教載傅季友〈爲宋公修張良廟教〉、〈修楚元王廟教〉二首，策秀才文則只有王元長與彥升兩家以及啓類、彈事類、墓志、行狀、祭文諸類，彥升爲多，其餘文則沈約、顏延之、謝惠連、王僧達數人之文，豈非近代爲主乎？〔註4〕

〔註4〕《文選學》義例第二，頁34至35。

《文選》詳近略遠之選錄特色，非惟反映文學發展自無至有之歷程，如《文選·序》所云：「式觀元始，眇覿玄風，冬穴夏巢之時，茹毛飲血之世。世質民淳，斯文未作。逮乎伏羲氏之王天下也，始畫八卦，造書契以代結繩之政，由是文籍生焉。」亦且反映蕭統今勝於古之文學進化思想矣。

第二節　《玉臺》選錄特色

一、選錄內容

《玉臺》所錄作家，除無名氏而外，共一百一十五人：計西漢七人，東漢八人，魏六人，西晉十四人，東晉五人，宋十一人，齊八人，梁五十六人。所錄作品六百六十四篇，全為詩歌，分作十卷：卷一有四十五首，卷二有三十九首，卷三有三十九首，卷四有四十四首，卷五有六十九首，卷六有六十首，卷七有七十首，卷八有五十六首，卷九有八十七首，卷十有一百五十五首。計西漢三十九首，東漢二十五首，魏二十一首，西晉六十一首，東晉九首，宋四十二首，齊六十首，梁四百零七首。茲列其目錄之篇目於後：

〔卷第一〕

　古詩八首

　古樂府詩六首

西　漢

　枚乘雜詩九首

　李延年歌詩一首

　蘇武詩一首

　辛延年羽林郎詩一首

　班婕妤怨詩一首

東　漢

　宋子侯董嬌嬈詩一首

　漢時童謠歌一首

　張衡同聲歌一首

　秦嘉贈婦詩三首

　秦嘉妻徐淑答詩一首

蔡邕飲馬長城窟行一首

陳琳飲馬長城窟行一首

徐幹室思六首　情詩一首

繁欽定情詩一首

古詩爲焦仲卿妻作

〔卷第二〕

魏

魏文帝於清河見輓船士新婚與妻別一首　又清河作一首

甄皇后樂府塘上行一首

劉勳妻王宋雜詩二首

曹植雜詩五首　樂府三首　棄婦詩一首

魏明帝樂府詩二首

阮籍詠懷詩二首

西　晉

傅玄樂府詩七首　和班氏詩一首

張華情詩五首　雜詩二首

潘岳內顧詩二首　悼亡詩二首

石崇王昭君辭一首

左思嬌女詩一首

〔卷第三〕

陸機擬古七首　爲顧彥先贈婦二首　爲周夫人贈車騎一首　樂府三首

陸雲爲顧彥先贈婦往返四首

張協雜詩一首

東　晉

楊方合歡詩五首

王鑒七夕觀織女一首

李充嘲友人一首

曹毗夜聽擣衣一首

陶潛擬古詩一首

宋

　荀昶樂府詩二首

　王微雜詩二首

　謝惠連雜詩三首

　劉鑠雜詩五首

〔卷第四〕

　王僧達七夕月下一首

　顏延之爲織女贈牽牛一首　秋胡詩一首

　鮑照雜詩九首

　王素學阮步兵體一首

　吳邁遠擬樂府四首

齊

　鮑令暉雜詩六首

　丘巨源雜詩二首

　王融雜詩五首

　謝朓雜詩十二首

　陸厥中山王孺子妾歌一首

梁

　施榮泰雜詩一首

〔卷第五〕

　江淹古體四首

　丘遲二首

　沈約二十四首

　柳惲九首

　江洪四首

　高爽一首

　鮑子卿二首

　何子朗三首

　范靖婦四首

　何遜十一首

　王樞三首

　庾丹二首

〔卷第六〕

　吳均二十首

　王僧孺十七首

　張率擬樂府三首

　徐悱二首

　費昶十首

　姚翻同郭侍郎采桑一首

　孔翁歸奉和湘東王教班婕妤一首

　徐悱妻劉令嫻答外詩二首

　何思澄三百

　徐悱妻劉氏答唐孃七夕所穿針一首

〔卷第七〕

　梁武帝十四首

　皇太子聖製樂府四十三首

　邵陵王綸詩三首

　湘東王繹詩七首

　武陵王紀詩三首

〔卷第八〕

　蕭子顯樂府二首

　王筠和吳主簿六首

　劉孝綽雜詩五首

　劉遵雜詩二首

　王訓奉和率爾有詠一首

　庾肩吾雜詩七首

　劉孝威雜詩三首

　徐君倩雜詩二首

　鮑泉雜詩二首

　劉緩雜詩四首

　鄧鏗雜詩二首

　甄固奉和世子春情一首

　庾信雜詩三首

劉邈雜詩四首

紀少瑜雜詩三首

聞人倩春日一首

徐孝穆雜詩四首

吳孜雜詩一首

湯僧濟雜詩一首

徐悱妻劉氏雜詩一首

〔卷第九〕

漢——梁

歌辭二首

越人歌一首

司馬相如琴歌二首

烏孫公主歌詩一首

漢成帝時童謠歌二首

漢桓帝時童謠歌二首

張衡四愁詩四首

秦嘉贈婦詩一首

魏文帝樂府燕歌行二首

曹植樂府妾薄命行一首

傅玄雜詩五首

蘇伯玉妻盤中詩一首

張載擬四愁詩四首

晉惠帝時童謠歌一首

陸機樂府燕歌行一首

鮑照雜詩八首

釋寶月行路難一首

陸厥李夫人及貴人歌一首

沈約雜詩八詠二首　白紵曲二首

吳均行路難二首

張率雜詩四首

費昶行路難二首

皇太子聖製十二首

湘東王春別應令四首

劉孝綽元廣州景仲座見故姬一首

劉孝威擬古應教一首

徐君蒨別義陽郡詩二首

王叔英婦贈答一首

沈約古詩題六首

〔卷第十〕

古絕句四首

賈充與妻李夫人連句三首

孫綽情人碧玉歌二首

王獻之詩二首

桃葉答王團扇歌三首

謝靈運東陽谿中贈答二首

宋孝武帝詩三首

許瑤詩二首

鮑令暉寄行人一首

近代西曲歌五首

近代吳歌九首

近代雜歌三首

近代雜詩一首

丹陽孟珠歌一首

錢唐蘇小歌一首

王融長詩四首

謝朓詩四首

虞炎有所思一首

沈約詩三首

施榮泰詠王昭君一首

高爽詩一首

吳興妖神贈謝府君覽一首

江洪詩七首

范靖婦詩三首

何遜詩五首

吳均雜絕句四首

王僧孺詩二首

徐悱婦詩三首

姚翻詩三首

王環代西豐侯美人一首

梁武帝詩二十七首

皇太子聖製二十一首

蕭子顯詩二首

劉孝綽詩二首

庾肩吾詩四首

王臺卿同蕭治中十詠二首

劉孝儀詩二首

劉孝威初筓一首

江伯瑤和定襄侯八絕楚越衫一首

劉泓詠繁華一首

何曼才爲徐陵傷妾一首

蕭驎詠袙複一首

紀少瑜詠殘鐙一首

王叔英婦暮寒一首

戴暠詠欲眠詩一首

劉孝威古體雜意一首　詠佳麗一首

二、選錄特色

（一）全為詩歌

　　《玉臺》繼《詩經》之後，亦爲詩歌之總集，所錄全爲詩歌。徐陵爲趨新派成員，此派好言情之作，而詩之特色即爲緣情而綺靡，最適言情，故趨新派好作詩，以詩寫豔情，而《玉臺》即爲一部「豔歌」總集。觀《玉臺》所錄梁詩多達四百餘首，佔全書三分之二，即可知梁人好作豔詩之情況。以詩爲言情之最佳體製矣。故徐陵編此部言情之總集，當全爲詩歌。

（二）五言最多，其次七言、雜言

　　《玉臺》所錄詩，體製以五言居多，近六百首；其次爲七言四十二首；再次爲雜言體三十九首；至於四言僅一首，六言僅五首。五言以外詩體，所佔僅十分之一。書中前八卷皆爲五言詩，第十卷爲五言四句之小詩，實以五言詩作最爲盛行之故；至於七言，漢魏以來作之者少，未及五言興盛，可資甄錄之作遂亦有限，僅見於卷九，另四言、六言、雜言亦見於卷九。茲於諸體各舉一例，以明其異。五言詩如陸機〈擬行行重行行〉：

　　　　悠悠行邁遠，戚戚憂思深。此思亦何思？思君徽與音。音徽日夜離，
　　緬邈若飛沈。王鮪懷河岫，晨風悲北林。遊子眇天末，還期不可尋。驚飆
　　襄反信，歸雲難寄音。佇立想萬里，沈憂萃我心。攬衣有餘帶，循形不盈
　　襟。去去遺情累，安處撫清琴。

五言四句之小詩如謝靈運〈東陽谿中贈答〉二首之一：

　　　　可憐誰家婦，緣流洗素足。明月在雲間，迢迢不可得。

又如鮑令暉〈估客樂〉：

　　　　有客數寄書，無信心相憶。莫作瓶落井，一去無消息。

此五言絕句之體貌風格，幾與唐人五絕無異，唐人五絕實脫胎於此，僅聲調略作調整，使其益和諧。七言詩如張載〈擬四愁詩〉四首之一：

　　　　我所思兮在南巢，欲往從之巫山高。登崖遠望涕泗交，我之懷矣心傷
　　勞。佳人遺我筒中布，何以贈之流黃素。願因飄風超遠路，終然莫致增想慕。

四言詩如秦嘉〈贈婦詩〉：

　　　　曖曖白日，引曜西傾。啾啾雞雀，群飛赴楹。皎皎明月，煌煌列星。
　　嚴霜悽愴，飛雪覆庭。寂寂獨居，寥寥空室。飄飄帷帳，熒熒華燭。爾不
　　是居，帷帳焉施。爾不是照，華燭何爲。

六言詩如蕭綱〈倡樓怨節〉：

　　　　朝日斜來照戶，春鳥爭飛出林。片光片影皆麗，一聲一囀煎心。上林
　　紛紛花落，淇水漠漠苔浮。年馳節流易盡，何爲忍憶含羞。

雜言詩如〈越人歌〉：

　　　　今夕何夕兮，搴舟中流。今日何日兮，得與王子同舟。蒙羞被好兮，
　　不訾詬恥。心幾煩而不絕兮，得知王子。山有木兮木有枝，心悅君兮君不知。

（三）以婦女言情為主題

　　《玉臺》一書，非關婦女之作概不選入，故所錄皆言情之什。試觀全書：

　　卷一：〈古詩〉八首之〈上山采蘼蕪〉寫一棄婦之哀怨，揭露古時婦女之悲慘遭

遇；〈古樂府詩〉六首之〈日出東南隅行〉，具體描繪堅貞婦女之形象，〈皚如山上雪〉寫一女子對負心男子之痛心；辛延年〈羽林郎〉歌詠胡姬拒絕金吾子調戲之堅貞不屈性格；託名班婕妤之〈怨詩〉，以扇喻女子，反映婦女之不幸命運；〈古詩爲焦仲卿妻作〉，則歌頌焦仲卿及劉蘭芝夫婦反抗舊禮教之精神。

卷二：曹植〈雜詩〉五首之「明月照高樓」一首，寫婦女之閨怨；〈美女篇〉寫美女盛年處房室，中夜起長歎；傅玄〈豫章行‧苦相篇〉寫古時重男輕女及婦女結婚前後所受之痛苦；張華〈情詩〉五首之「游目四野外」一首，寫丈夫於別後對妻子之懷念；潘岳〈悼亡詩〉二首，寫詩人對亡妻悼念之情，左思〈嬌女詩〉寫其二女惠芳與紈素之天眞爛漫。

卷三、卷四：多爲擬古之作，如劉鑠〈代青青河畔草〉，寫思婦心中悽苦之情。另有張協〈雜詩〉一首，寫秋夜中女子懷念遠行之良人；此二卷尙有不少豔歌，如楊方合歡詩五首之第一、二首，即寫夫婦間纏綿之情感。

卷五、卷六：沈約〈六憶詩〉四首寫其回憶情人「來時」、「坐時」、「食時」、「眠時」之情態；柳惲〈江南曲〉言女子思念異鄉作客之丈夫；吳均〈去妾贈前夫〉則寫棄婦思念前夫之傷心斷腸，皆爲旖旎之豔歌。

卷七、卷八：所收幾全爲宮體。其內容皆以女性爲主，或寫其晨妝、或寫其夜思、或寫其睡姿、或寫其所用之物品。

卷九：張衡〈四愁詩〉所愁之對象爲美人，曹丕〈燕歌行〉二首之一寫女子思念遠方之丈夫；鮑照〈行路難〉「中庭五株桃」一首寫陽春時，獨居女子思念丈夫，「剉蘗染黃絲」一首寫年老色衰之棄婦心中之傾訴，「璿閨玉墀上椒閣」一首寫富貴人家女子追求自由之愛情生活。

卷十：謝朓〈玉階怨〉寫宮女夜縫羅衣，思念親人，〈同王主簿有所思〉寫丈夫耽誤歸期，使妻子無法安心紡織之情形。

全書之詩皆以婦女爲主題：有游子、思婦詩，有愛情詩，有涉閨幃然旨在抒發襟懷之詩，有寫反抗性格之婦女形象詩，有寫女性容顏、服飾、體態、寢室之詩。凡不涉及女性者，概不取焉。

（四）多錄《樂府》民歌

《玉臺》大量收錄《樂府》中之民歌，如屬相和歌辭之〈日出東南隅行〉、〈相逢狹路間〉、〈隴西行〉、〈豔歌行〉、〈皚如山上雪〉、〈雙白鵠〉；屬雜歌謠辭之〈漢時童謠歌〉、〈越人歌〉、〈錢唐蘇小歌〉；屬雜曲歌辭之〈歌辭〉二首、〈古絕句〉四首；

屬清商曲辭之〈近代西曲歌〉五首、〈近代吳歌〉九首、〈近代雜歌〉三首、〈丹陽孟珠歌〉等。又有童謠多首，如〈漢時童謠歌〉、〈漢成帝時童謠歌〉、〈漢桓帝時童謠歌〉等。是皆富音樂性之詩歌，可知徐陵極其重視詩歌之音樂性。

徐陵此欲使詩歌與音樂結合之主張，於其《玉臺·序》中亦多方可見：

> 弟兄協律，自小學歌，少長河陽，由來能舞。琵琶新曲，無待石崇，箜篌雜引，非因曹植。傳鼓瑟於楊家，得吹簫於秦女。

> 陪游馺娑，騁纖腰於結風，長樂鴛鴦，奏新聲於度曲。

> 三星未夕，不事懷衾，五日猶賒，誰能理曲。

> 於是燃脂暝寫，弄墨晨書，撰錄豔歌，凡為十卷。

如此屢致言於「歌」、「曲」、「律」，書名又題為「詠」，皆見其對曲律音樂之重視，故多錄能歌之《樂府》民謠矣。

（五）以綺豔風格為宗

徐陵少染其父好作宮體之風，長後復出入蕭綱宮廷，故特好豔辭，於《玉臺》所錄亦多為綺豔之詩歌。其序云：

> 往世名篇，當今巧製，分諸麟閣，散在鴻都，不藉篇章，無由披覽。

> 於是燃脂暝寫，弄墨晨書，撰錄豔歌，凡為十卷，曾無參於雅頌，亦靡濫於風人，涇渭之間，若斯而已。

是知書中所收幾全為豔歌。綜觀全書，卷一、卷二收自漢至魏、西晉之五言詩，詞皆古意，風格較質樸；卷三、卷四收西晉至南朝齊之五言詩，已有綺豔之風；卷五、卷六則專收梁代之五言詩，幾全為豔體；卷七則為梁之君王貴族所作之豔體；卷八為梁代諸王周圍文學集團所作之豔詩；卷九以七言詩為主，多古趣；卷十為五言絕句，前半有古意，後半亦有不少豔詩。除卷一、二、九外，餘皆多綺豔之風，豔詩實佔全書之大部分。茲舉數首以見其綺豔之貌：

> 十五正團團，流光滿上蘭。當壚設夜酒，宿客解金鞍。迎來挾瑟易，送別但歌難。詎知心恨急，翻令衣帶寬。（蕭綱〈賦得當壚〉）

> 歡多情未極，賞至莫停杯。酒中挑喜子，粽裏覓楊梅。簾開風入帳，燭盡炭成灰。勿疑鬢釵重，為待曉光來。（徐君倩〈共內人夜坐守歲〉）

> 臨妝欲含涕，羞畏家人知。還持粉中絮，擁淚不聽垂。（姚翻〈代陳慶之美人為詠〉）

（六）雅俗皆錄

《玉臺》選詩，凡與婦女有關者，率皆入選，故雖通俗之作，亦在選錄之列，

如西曲〈襄陽樂〉：

> 朝發襄陽城，莫至大堤宿。大堤諸女兒，花豔驚郎目。

又如吳歌〈上聲〉：

> 留衫繡兩襠，迮置羅裳裏。微步動輕塵，羅衣隨風起。

其語言極其直率通俗，毫無修飾。又有童謠多首：

> 城中好高髻，四方高一尺，城中好大眉，四方眉半額。城中好廣袖，
> 四方用匹帛。（〈漢時童謠歌〉）
>
> 鄴中女子莫干妖，前至三月抱胡腰。（〈晉惠帝時童謠歌〉）
>
> 燕燕尾殿殿，張公子，時相見。木門倉琅根，燕飛來，啄皇孫。桂樹
> 華不實，黃雀巢其顛。昔為人所羨，今為人所憐。（〈漢成帝時童謠歌〉）

文字更為俚俗輕率，此類作品《玉臺》入選不少，卷三以下亦多有輕靡之作，甚欠雅正之風。惟卷一、卷二所收為較古之作，較具典雅之風。如〈古詩〉八首之五：

> 客從遠方來，遺我一端綺。相去萬餘里，故人心尚爾。文彩雙鴛鴦，
> 裁為合歡被。著以長相思，緣以結不解。以膠投漆中，誰能別離此。

以一端綺寫故人之深情，與婦人之思念，文意含蓄雅正。又張華〈情詩〉五首之五：

> 游目四野外，逍遙獨延佇。蘭蕙緣清渠，繁華陰綠渚。佳人不在茲，
> 取此欲誰與。巢居覺風飄，穴處識陰雨。未曾遠別離，安知慕儔侶。

亦為文質和諧之篇，故此二首《文選》亦皆選錄。蓋《玉臺》乃為供後宮婦女諷誦所編，是以不論雅俗，與婦女有關者均以入選。

（七）錄蕭綱、蕭衍、沈約三家作品最多

《玉臺》所錄作家作品，以蕭綱、蕭衍、沈約三家最多，觀左表可知：

時　代	人　數	入選作品數	入選作品數較多之作家及其作品數
西漢	七	三九	枚乘（九）
東漢	八	二五	張衡（五）徐幹（七）
魏	六	二一	曹植（一〇）
西晉	一四	六一	傅玄（一三）張華（七）陸機（一四）
東晉	五	九	楊方（五）
宋	一一	四二	劉鑠（五）鮑照（一七）
齊	八	六〇	鮑令暉（七）王融（九）謝朓（一六）
梁	五六	四〇七	沈約（三七）柳惲（九）江洪（一一）范靖婦（七）何遜（一六）吳均（二六）王僧孺（一九）張率（七）徐悱（五）費昶（一二）蕭衍（四一）蕭綱（七六）蕭繹（一一）蕭子顯（一一）王筠（七）劉孝綽（八）庾肩吾（一一）劉孝威（七）

其中蕭綱入選七十六篇，蕭衍四十一篇，沈約三十七篇，其入選數遠勝於其他作家，而此三人皆宮體能手，所爲多華豔之篇，故孝穆獨鍾於此三家矣。

（八）存歿皆選

《玉臺》收錄之作，自漢迄梁，亦包括與徐陵同時之文人，如梁武帝蕭衍、簡文帝蕭綱、邵陵王蕭綸、湘東王蕭繹、武陵王蕭紀、庾肩吾、王筠、劉孝綽、劉孝儀、劉孝威、庾信、鮑泉、何思澄、何遜、王僧孺、徐勉、徐悱、王訓、劉遵、劉邈、劉令嫻、張率、徐君倩等人之作品，甚至徐陵本身作品，亦收錄四首，是知此書乃存歿皆選。且此書收錄存者之作，卷六有四十首（吳均除外），卷七有七十首，卷八有五十六首，卷九有四十一首（張率以下），卷十有七十九首（王僧孺以下），計共二百八十六首，幾佔全書二分之一。此存歿皆錄之舉，大異於時人之習，毫不避標榜之嫌及自矜之議，由此亦可知徐陵之好爲創「新」，以及其爲記錄蕭綱集團文學活動之編纂目的。

（九）詳近略遠

《玉臺》收錄自漢至梁作家一百一十五人，作品六百六十四篇，然各代作品非平均選派：漢代年祚極長，僅錄六十四篇，兩晉亦僅七十篇，宋則有四十二篇，齊亦有六十篇，梁則多達四百零七篇，佔全書三分之二，其詳近略遠可知也。就個別作家作品之選錄以觀，亦愈近愈多。如宋鮑照十七首較魏曹植十首多七篇，而梁沈約三十七首又較鮑照多二十篇，此詳近略遠之特色，實爲徐陵進化文學史觀之反映矣。

第三節　二書選錄特色之比較

《文選》與《玉臺》二書各有其特色，二書特色有異有同，以其編者文學思想亦有異同之故也。蕭統爲折衷派人物，《文選》爲該派理論之實踐，故所錄皆典雅之作；徐陵爲趨新派健將，《玉臺》爲是派理論之實踐，故選詩多具輕豔之風。茲就二書選錄作品之體裁、形式、內容、風格及作家時代，分別比較其異同，並探求其致異原因所在：

一、作品體裁

（一）文體多寡不同

《文選》所錄作品，分體自賦、詩以下，共三十八類，《玉臺》則全爲詩歌。故

前者範圍廣，後者範圍狹。蕭統編撰《文選》既是爲時人提供作文之典範，則凡純文學範圍內之美文，情采並重者皆可入選，非必限於詩賦矣。徐陵編撰《玉臺》則欲爲後宮麗人排情解憂之用，而詩體之特點即緣情而綺靡，可達抒情之功效，故孝穆斯詠全錄詩矣。以二子編撰動機不同，故二書所錄文體多寡極其懸殊矣。

（二）詩體同中有異

　　二書選詩皆以五言爲主，是其共同特色。《文選》選詩四百四十二首，其中五言詩近四百首，四言僅三十餘首，七言僅二首，五言詩佔絕大部分；《玉臺》選詩六百六十四首，其中五言詩近六百首，四言僅一首，六言僅五首，七言有四十二首，雜言則三十九首，五言詩亦佔極大分量。夫五言詩源於西漢，成立於東漢班固、張衡等時代，至建安前後方完全成熟〔註5〕。七言詩與五言詩皆同時源於《樂府》中之民間歌謠，然七言之成立較晚，至曹丕〈燕歌行〉方形成純粹之七言體，惜其時作此詩體者爲數甚少，故漢魏兩晉之七言詩尚未發達，迨至南朝鮑照，方運用民歌語調，大量製作七言詩，七言至此始得以開展。至於四言詩，自《詩經》以後，即已沒落，蓋四言形式，於音律變化及情思抒寫皆多所拘限，五言雖僅多一字，然卻增迴環餘地，作者之才性情致較能發揮，更宜抒情寫物，故鍾嶸《詩品·序》云四言：「文約意廣，取效風、騷，便可多得。每苦文繁而意少，故世罕習焉。」而稱道五言：「居文詞之要，是眾作之有滋味者也，故云會於流俗，豈不以指事造形，窮情寫物，最爲詳切者耶。」是以五言詩繼四言之後，而爲文士所鍾，製作日繁，至魏晉南北朝而達極盛，佳作不可勝計，故《文選》、《玉臺》所收詩作，幾全爲五言，其餘形式之詩體皆難望其項背，此文學發展趨勢使然也。

　　五言形式而外，二書所重則有不同。《文選》選詩，五言之外，僅錄四、七言；《玉臺》則四、六、七言皆收，且兼錄雜言體。夫四言既爲《詩經》之主要形式，人多目之爲「正體」，即《文心雕龍·明詩》所云：「若夫四言正體，則雅潤爲本」，昭明論文，既重典雅之風，故於雅潤之四言詩體，自然多加采錄，惜乎文士所作不多，僅錄佳作三十餘篇；若七言者，雖兩漢魏晉無得聞焉，然晉、宋以後，文人製作頗多，蕭統不加收錄之因，以其多用民歌語調，未符典雅之入選準的，故《文選》於七言詩，僅錄有開創七言功勞之張衡〈四愁詩〉及爲七言奠基之曹丕〈燕歌行〉二者，志七言源流而已；至於六言乃至雜言，皆民歌特有之形式，蕭統更不錄矣。而孝穆創作，多取材於民歌，且多仿民歌語調，故其《玉臺》卷九，專錄昭明譏爲俚俗粗野之歌謠，以七言爲主，多達四十餘首，復旁及於六言、雜言，有民間歌謠，

亦有文士擬作。

蕭、徐二人於文學風格主張既異，故詮選詩作之際，限於詩體之風格，雖同一作家作品，二人所取亦有歧異。如曹植乃建安文壇之雄，《詩品》稱其作品「原出《國風》。骨氣奇高，詞采華茂。情兼雅怨，體被文質。粲溢今古，卓爾不群。」（卷上）知其作有「文質彬彬」之致。其有關婦女之詩，皆寄意深遠，怨而不誹，故二書皆錄者多達五首：〈七哀詩〉、〈雜詩〉六首之三、〈情詩〉、〈雜詩〉六首之四（以上四首，《玉臺》分別題作〈雜詩〉五首之一、二、三、五）及樂府〈美女篇〉。然有樂府〈妾薄命行〉一首：

> 日月既是西藏，更會蘭室洞房。花燈步障舒光，皎若日出扶桑，促樽合坐行觴。主人起舞娑盤，能者冗觸別端。騰觚飛爵闌干，同量等色齊顏。任意交屬所歡，朱顏發外形蘭。袖隨禮容極情，妙舞仙仙體輕。裳解履遺絕纓，俛仰笑喧無呈。覽持佳人玉顏，齊接金爵翠盤。手形羅袖良難，腕弱不勝珠環，坐者歎息舒顏。御巾裛粉君傍，中有霍納都梁。雞舌五味雜香，進者何人齊姜，恩重愛深難忘。召延親好宴私，但歌杯來何遲。客賦既醉言歸，主人稱露未晞。

為六言形式，語言聲調遂與其五言之制稍異，雖多文飾之詞，然語調較近民歌，稍欠雅正之風，如「裳解履遺絕纓，俛仰笑喧無呈」之語，舉止無度，故為昭明所棄矣。又如鮑照為南朝宋才秀人微之名作家，《文選》錄其詩作多達十八首，然皆五言之制，其代表作品實為輕艷之雜言體樂府歌辭，如〈行路難〉，乃以七言為主之雜言體，昭明則秉正統文學立場，於此類作品一概不錄，故《玉臺》卷九所收鮑照雜言體如〈代淮南王〉二首、〈代白紵歌辭〉二首及〈行路難〉四首，《文選》弗錄耳。

故知二書編者因詩之發展五言最盛，故皆多錄五言。然以二人論文風格之不同，故於五言之外，所重各異：《文選》重雅正之四言，而《玉臺》則鍾情於通俗之七言及雜言體。二書於選錄詩體之特色，實同中有異。

二、作品內容

（一）主題繁簡有別

《玉臺》錄詩一以婦女為主題，別更無他；《文選》選詩則主題種類繁多，不以女子為限，其詩類之中細分子類凡二十有三：補亡、述德、勸勵、獻詩、公讌、祖餞、詠史、百一、遊仙、招隱、反招隱、遊覽、詠懷、哀傷、贈答、行旅、軍戎、郊廟、樂府、挽歌、雜歌、雜詩、雜擬。分類標準雖未一致，如百一依性質，樂府依體製，雜詩依題名，然覈其內容，亦不外諷論、人生、言情之屬，於此不暇詳究。

但就其收錄詩作之內容以觀，各方主題皆具，森然萬象，與《玉臺》大相逕庭也。蓋昭明論文學內容功用，既主緣情，亦重文德，不將二者對立，以爲文學創作既原於情感與自然物色之感應，自宜因景抒情，寓情於景；然若用情氾濫，易流於輕靡，故爲文宜其發動中節，合乎道德要求。故不論其內容爲抒情寫景，或述德詠史，合情合理即可。是以昭明選詩，不以主題爲其甄錄之準的。徐陵則異乎蕭統，蓋趨新派論文學內容功用，極強調緣情，以爲非抒情寫物之作不足以觀，而女子又最爲其情所鍾者，故孝穆一派文士，特好關於女性之詩，孝穆遂發爲行動，編撰《玉臺》，是以獨錄以婦女爲主題之詩矣。

今觀茲二書，於同一作家作品，所重多有不同。如阮籍爲正始詩人，胸懷高闊，嗜酒任性，以身處亂朝，故所作多象徵寄託，以〈詠懷詩〉八十二首最著。顏延年有云：「阮公身事亂朝，常恐遇禍。因茲〈詠懷〉，雖志在刺譏，而文多隱避。百代之下，難以情測。」〔註6〕鍾嶸《詩品》亦云阮作：「厥旨淵放，歸趣難求。」（卷上）《文選》刪其重複，獨存十七首，雖詩旨難求，然自字面觀之，其主題未難發見：

> 夜中不能寐，起坐彈鳴琴。薄帷鑒明月，清風吹我襟。孤鴻號外野，翔鳥鳴北林。徘徊將何見，憂思獨傷心。（十七之一）

此寫夜中不寐，苦悶傍徨之情。又：

> 嘉樹下成蹊，東園桃與李。秋風吹飛藿，零落從此始。繁華有憔悴，堂上生荊杞。驅馬舍之去，去上西山趾。一身不自保，何況戀妻子。凝霜被野草，歲暮亦云已。（十七之三）

言世事有盛有衰，宜早爲避亂之計。

> 昔年十四五，志尚好書詩。被褐懷珠玉，顏閔相與期。開軒臨四野，登高望所思。丘墓蔽山岡，萬代同一時。千秋萬歲後，榮名安所之。乃悟羨門子，噭噭今自嗤。（十七之八）

自述輕榮名重長生之人生觀。《文選》所收之十七首，各有其主題，或抒苦悶，或言人生，或嘆時事，以上所舉，可得其大概。至於言及婦女者，十七首中僅得二首，《玉臺》亦僅錄此二首而已：

> 二妃遊江濱，逍遙從風翔。交甫解環珮，婉孌有芬芳。猗靡情歡愛，千載不相忘。傾城迷下蔡，容好結中腸。感激生憂思，萱草樹蘭房。膏沐爲誰施，其雨怨朝陽。如何金石交，一旦更離傷。（十七之二）

> 昔日繁華子，安陵與龍陽。夭夭桃李花，灼灼有輝光。悅懌若九春，

〔註6〕《文選》阮嗣宗〈詠懷詩〉，李善引顏延年注云。

磬折似秋霜。流眄發媚姿，言笑吐芬芳。攜手等歡愛，宿昔同衾裳。願為
雙飛鳥，比翼共翱翔。丹青著明誓，永世不相忘。（十七之四）

蕭徐二人選詩，一則主題眾多，一則主題單一，繁簡之別於此可見。又自二書對謝
朓作品選擇之異同，亦可觀出：謝朓為永明詩人，與沈約並享詩名。其詩作承謝靈
運山水詩風，然少刻劃之跡，故其山水詩清綺俊秀；謝亦頗多詠物抒情之作，大都
情致細膩，溫柔委婉。徐陵既屬意於婦女主題，於謝朓詩作遂全錄婦女言情之詩，
如〈同王主簿怨情〉、〈贈王主簿〉二首、〈夜聽妓〉二首、〈詠邯鄲故才人嫁為廝養
卒婦〉、〈秋夜〉、〈燈〉、〈燭〉、〈席〉、〈鏡臺〉、〈落梅〉、〈玉階怨〉、〈金谷聚〉、〈王
孫遊〉、〈同王主簿有所思〉等，無出女性主題者。而《文選》所錄則與《玉臺》大
異其趣，除〈同王主簿怨情〉一首相同外，其餘二十首皆不同於《玉臺》，如暫使下
都夜發新林至京邑贈西府同僚敘戀舊友之情，〈之宣城出新林浦向板橋〉言遠離囂塵
之企盼，〈遊東田〉寫初夏景色，〈晚登三山還望京邑〉寫思鄉之情，〈新亭渚別范零
陵雲〉主題為送別，可見《文選》所錄之主題不限於婦女一端，與《玉臺》自亦有
別矣。

（二）情感深淺各異

二書雖皆收錄言情之作，然所收作品之思想內容有深淺之別。蕭統選文，必真
情之作方錄；徐陵收詩，則不論情之深淺，凡言情之作即予選錄。故《文選》所錄
情詩，皆可見真摯深刻之情感；《玉臺》則無所詮擇，多數濫情膚淺之作率見錄焉。
昭明立身謹重，仁恕愛民，篤信佛教，精通儒學，故其思想嚴正，行事儒雅，於文
學內容極其重視，必「事出於沈思」，即經作者深沈構思，用心設計者，方可稱之為
文，是以《文選》不錄經子史，因其乃以「立意為宗」，而不以「能文為本」，非真
為文而文也。必也心有所感，動於中而形於言，所為文方有真實情感，若詠物、詠
婦女之作，多刻意雕琢而少有深情，《文選》極少選錄；《玉臺》則不然，因徐陵以
「情」為男女情愛之情，為闡揚「緣情」之說，遂專錄言男女情愛之作，其中雖不
乏溫柔敦厚且深情者，然更多錄輕率之什。昭明言情，範圍較廣，舉凡人間之親情、
友情、愛情皆屬之，故凡言情，內容雅正深沈即收，不專重男女愛情矣。

如曹植關於婦女之詩，《玉臺》收錄十首，其中〈雜詩〉五首之一、二、三、五
（《文選》分別題作〈七哀詩〉、〈雜詩〉六首之三、〈情詩〉、〈雜詩〉六首之四）、〈美
女篇〉等五首內容極雅正，有寄託，《文選》亦錄之。蓋曹植一生，前期境遇順適，
後期於文帝、明帝摧抑下，壯志受挫，感情極其慷慨不平，故此時所作多悲憤情懷，
其《情詩》即借愛情寄託此不平心緒，〈雜詩〉五首之五（《文選》題作〈雜詩〉六

首之四）云：

> 南國有佳人，榮華若桃李。朝遊江北岸，夕宿湘川沚。時俗薄朱顏，
> 誰爲發皓齒，俛仰歲將暮，榮耀難久恃。

「時俗薄朱顏」即云世俗不重賢才，「誰爲發皓齒」乃慨歎英雄無用武之地，「俛仰歲將暮，榮耀難久恃」言人才幻滅之悲哀。此詩以佳人喻己，寄託極深。〈美女篇〉、〈七哀詩〉亦爲此類主題，〈美女篇〉云：

> 美女妖且閑，采桑岐路間。長條紛冉冉，落葉何翩翩。攘袖見素手，
> 皓腕約金環。頭上金爵釵，腰珮翠琅玕。明珠交玉體，珊瑚間木難。羅衣
> 何飄飄，輕裾隨風還。顧眄遺光彩，長嘯氣若蘭。行徒用息駕，休者以忘
> 餐。借問女安居，乃在城南端。青樓臨大路，高門結重關。容華暉朝日，
> 誰不希令顏。媒氏何所營，玉帛不時安。佳人慕高義，求賢良獨難。眾人
> 徒嗷嗷，安知彼所歡？盛年處房室，中夜起長歎。

郭茂倩曰：「美女者，以喻君子。言君子有美行，願得明君而事之。若不遇時，雖見徵求，終不屈也。」（《樂府詩集》）亦爲有寄託之作。似此皆深刻眞情之篇，故《文選》一一采錄。至於〈雜詩〉五首之四：

> 攬衣出中閨，逍遙步兩楹。閑房何寂寞，綠草被階庭。空室自生風，
> 百鳥翔南征。春思安可忘，憂感與我幷。佳人在遠道，妾身獨單煢。懼會
> 難再遇，蘭芝不重榮。人皆棄舊愛，君豈若平生？寄松爲女蘿，依水如浮
> 萍。束身奉衿帶，朝夕不墮傾。儻願終顧盼，永副我中情。

雖亦有寄託，然較之前舉諸作，其內容較欠雅正，如「閑房何寂寞」、「春思安可忘」、「束身奉衿帶，朝夕不墮傾」等語，出自女口，稍嫌大膽。又〈種葛篇〉：

> 種葛南山下，葛蔓自成陰。與君初婚時，結髮恩義深。歡愛在枕席，
> 宿昔同衣衾。竊慕棠棣篇，好樂和瑟琴。行年將晚暮，佳人懷異心。恩絕
> 曠不接，我情遂抑沈。出門當何顧？徘徊步北林。下有交頸獸，仰見雙棲
> 禽。攀枝長歎息，淚下霑羅衿。良鳥知我悲，延頸對我吟，昔爲同池魚，
> 今若商與參。往古皆歡遇，我獨困於今。棄置委天命，悠悠安可任。

其中「歡愛在枕席，宿昔同衣衾」等語，亦不含蓄。而〈浮萍篇〉內容哀怨太甚，〈棄婦詩〉則過於悲傷，情未能發動中節，故此五首《文選》不錄，以內容思想未及雅正之準的，情感過甚無節度也。

又陸雲有〈爲顧彥先贈婦往返〉四首爲《玉臺》所收，而《文選》僅錄四首之二、四兩首，亦因此二首較具深刻情感之故。觀此二首所云：

> 悠悠君行邁，煢煢妾獨止。山河安可踰？永隔路萬里。京室多妖冶，

粲粲都人子。雅步擫纖腰，巧笑發皓齒。佳麗良可羨，衰賤焉足紀。遠蒙眷顧言，銜恩非望始。（四首之二）

浮海難爲水，游林難爲觀。容色貴及時，朝華忌日晏。皎皎彼姝子，灼灼懷春粲。西城善雅舞，總章饒清彈。鳴簧發丹脣，朱絃繞素腕。輕裾猶電揮，雙袂如霞散。華容溢藻幄，哀響入雲漢。知音世所希，非君誰能讚？棄置北辰星，問此玄龍煥。時暮勿復言，華落理必賤。（四首之四）

二首皆藉婦口言其獨居之思，非惟思君，且憂心君爲京城女子姣好之面容體態所惑，致忘歸也。末云「華落理必賤」，乃其煩心之處。二首皆鋪寫京洛女子之娉婷，以對比一己之顏色日衰，是有深情之作。而四首之一、三首，乃男子之言：

我在三川陽，子居五湖陰。山海一何曠，譬彼飛與沈。目想清惠姿，耳存淑媚音。獨寐多遠念，寤言撫空衿。彼美同懷子，非爾誰爲心？（四首之一）

翩翩飛蓬征，郁郁寒木榮。遊止固殊性，浮沈豈一情。隆愛結在昔，信誓貫三靈。秉心金石固，豈從時俗傾。美目逝不顧，纖腰徒盈盈。何用結中款，仰指北辰星。（四首之三）

此二首語言較直率，男子出門在外，寄婦言其不爲外物所誘，僅以「仰指北辰星」，言其情之固，未若婦答詩之委婉深情也，故《文選》不取。故知《文選》選錄情詩，特重深情動人，與《玉臺》之不論淺深有別矣。

三、作品形式

（一）形文聲文同具

二書選錄之作，其形式多具形文與聲文之美。形文指字詞對偶、顏色等視覺之美，聲文指平仄對仗、押韻等聽覺之美。南朝唯美形式主義極爲盛行，加以永明聲律說之推波助瀾，遂使齊梁唯美文學達於極盛，無論趨新派或折衷派，於文學形式皆極重視，自沈約倡四聲八病說後，聲文遂與形文同爲南朝人所重矣。《文選》與《玉臺》既同爲南朝唯美思潮下之產物，其所錄作品於形式所表現之特色，亦爲兼具形文聲文之美。

觀二書選錄陸機作品之情況可知矣。陸機爲西晉論文家兼創作家，所著《文賦》，於形文聲文皆頗看重，有云：「暨音聲之迭代，若五色之相宣。」實爲齊梁聲律論之先聲。其創作極側重形式，是以二書所錄陸機作品，同者多達十一首，率皆具形式美之作，觀其〈塘上行〉：

江蘺生幽渚，微芳不足宣。被蒙風雨會，移君華池邊。發藻玉臺下，

　　垂影滄浪淵。沾潤既已渥，結根奧且堅。四節逝不處，繁華難久鮮。淑氣
　　與時殞，餘芳隨風捐。天道有遷易，人理無常全。男懼智傾愚，女愛衰避
　　妍。不惜微軀退，但懼蒼蠅前。願君廣末光，照妾薄暮年。

雖爲樂府，然設色極艷，不似民歌之質樸，如「江蘺」、「幽渚」、「微芳」、「華池」、
「玉臺」、「滄浪」，有草之綠、渚之黃、池之華、臺之碧，一片綺麗。又有「淑氣（仄）
與時殞，餘芳（平）隨風捐」、「男懼（平）智傾愚，女愛（仄）衰避妍」、「願君（平）
廣末光，照妾（仄）薄暮年」等句，兼具詞性對偶之形文美及平仄對仗之聲文美。
又〈前緩聲歌〉：

　　遊仙聚靈族，高會層城阿。長風萬里舉，慶雲鬱嵯峨。宓妃興洛浦，
　　王韓起泰華。北徵瑤臺女，南要湘川娥。肅肅宵駕動，翩翩翠蓋羅。羽旗
　　棲瑣鸞，玉衡吐鳴和。太容揮高絃，洪崖發清歌。獻酬既已周，輕軒垂紫
　　霞。總轡扶桑枝，濯足暘谷波。清暉溢天門，垂慶惠皇家。

郭茂倩《樂府詩集》曰：「晉陸機〈前緩聲歌〉：『游仙聚靈族，高會層城阿。』言將
前慕仙游，冀命長緩，故流聲于歌曲也。」此首雖亦爲樂府，然通篇多對偶之句，
如「宓妃興洛浦，王韓起泰華」、「羽旗棲瑣鸞，玉衡吐鳴和」、「太容揮高絃，洪崖
發清歌」、「總轡扶桑枝，濯足暘谷波」等；更有詞性對偶且平仄亦對之句：「北徵（平）
瑤臺女，南要（仄）湘川娥」、「肅肅（仄）宵駕動，翩翩（平）翠蓋羅」，且「鬱」、
「翠」、「玉」、「紫」等設色文字之運用，益使此篇增添富麗之感。而〈艷歌行〉一
首，更是通篇華艷，令人目不暇給：

　　扶桑升朝暉，照此高臺端。高臺多妖麗，洞房出清顏。淑貌曜皎日，
　　惠心清且閑。

　　美目揚玉澤，蛾眉象翠翰。鮮膚一何潤，彩色若可餐。窈窕多容儀，
　　婉媚巧笑言。

　　暮春春服成，粲粲綺與紈。金雀垂藻翹，瓊珮結瑤璠。方駕揚清塵，
　　濯足洛水瀾。

　　藹藹風雲會，佳人一何繁。南崖充羅幕，北渚盈軒軒。清川含藻景，
　　高岸被華丹。馥馥芳袖揮，泠泠纖指彈。悲歌吐清音，雅舞播幽蘭。丹唇
　　含九秋，妍迹凌七盤。赴曲迅驚鴻，蹈節如集鸞。綺態隨顏變，澄姿無定
　　源，俯仰紛阿那，顧步咸可歡。遺芳結飛飆，浮景映清湍。冶容不足詠，
　　春游良可歎。

言佳麗之目爲「美目揚玉澤，蛾眉象翠翰」，言其膚則曰「鮮膚一何潤，彩色若可餐」，
美其姿態云「馥馥芳袖揮，泠泠纖指彈」，稱其歌舞曰「悲歌吐清音，雅舞播幽蘭」，

是皆對偶工整、平仄諧和之句，則麗人形貌呼之欲出，故同為蕭統、除陵二人所欣賞。另如〈擬古〉七首，雖倣古詩而作，然於形式雕琢刻劃甚勤，勝於內容，如〈擬西北有高樓〉之「綺窗出塵冥，飛階躡雲端」，〈擬東城一何高〉之「零露彌天墜，蕙葉憑林衰」，「三閭結飛巒，大輦悲落暉」，「長歌赴促節，哀響逐高徽」，「一唱萬夫歡，再唱梁塵飛」，〈擬苕苕牽牛星〉之「牽牛西北回，織女東南顧」，〈擬青青河畔草〉之「粲粲妖容姿，灼灼華美色」，〈擬涉江采芙蓉〉之「采采不盈掬，悠悠懷所歡」，是皆對偶極美，聲律調和之句，無怪乎二書皆鍾情於斯。

又自二書選錄沈約之詩，亦可見二書甚重形文聲文之形式美。沈約事宋齊梁三朝，詩文並稱於世，其《宋書‧謝靈運傳》云：「五色相宣，八音協暢。」（卷六十七）知其甚重視覺之形文美及聽覺之聲文美，彼更進而論協律之法：「若前有浮聲，則後須切響。一簡之內，音韻盡殊；兩句之中，輕重悉異。」故其創作，亦多能兼重形文聲文。《玉臺》與《文選》錄沈約之詩，同者雖僅一首，然二書所錄沈作，《玉臺》多達三十七首，《文選》亦有十三首，皆可見二書極重藝術之形式美。觀《玉臺》所錄，〈登高望春〉：

> 登高眺京洛，街巷紛漠漠。回首望長安，城闕鬱盤桓。日出照鈿黛，風過動羅紈。齊僮躡朱履，趙女揚翠翰。春風搖雜樹，葳蕤綠且丹，寶瑟玫瑰柱，金羈瑇瑁鞍。淹留宿下蔡，置酒過上蘭。解眉還復斂，方知巧笑難。佳期空靡靡，含睇未成懽。嘉客不可見，因君寄長歎。

「鈿黛」、「羅紈」、「朱履」、「翠翰」、「綠且丹」、「玫瑰柱」、「金羈」、「瑇瑁鞍」等色彩繁縟，更增春日之形象美，詩中對偶亦多：「日出照鈿黛，風過動羅紈」，「齊僮躡朱履，趙女揚翠翰」，「寶瑟玫瑰柱，金羈瑇瑁鞍」，「淹留宿下蔡，置酒過上蘭」，形文聲文皆美。又〈昭君辭〉：

> 朝發披香殿，夕濟汾陰河。於茲懷九逝，自此斂雙蛾。沾妝疑湛露，繞臆狀流波。日見奔沙起，稍覺轉蓬多。胡風犯肌骨，非直傷綺羅。銜涕試南望，關山鬱嵯峨。始作陽春曲，終成苦寒歌。惟有三五夜，明月暫經過。

起始即連用三組對句，鋪寫昭君遠適匈奴行途之艱苦。末有「始作陽春曲，終成苦寒歌」，對偶平仄亦工。故知沈約為形式主義之倡導者，其八句詩講究聲律益密，甚且為唐代律詩之先驅。如〈初春〉：

> 扶道（仄）覓陽春，佳人（平）共攜手。草色（仄）猶自菲，林中（平）都未有。無事（仄）逐梅花，空中（平）信楊柳。且復（仄）歸去來，含情（平）寄杯酒。

各句平仄相間，正符其云「兩句之中，輕重悉異」之聲律要求，以達活潑生動之致。又〈詠柳〉亦合此平仄相間之律：

> 輕陰（平）拂建章，夾道（仄）連未央。因風（平）結復解，霑露（仄）柔且長。楚妃（平）思欲絕，班女（仄）淚成行。遊人（平）未應去，爲此（仄）歸故鄉。

以沈約之特重形式，尤其沈詩能實踐其聲律說，使其詩於形文之外亦具聲文，故《玉臺》選沈詩之數冠於眾家，由此可見徐陵特重形式之藝術美。《文選》所選沈詩，則多爲山水之篇，其刻劃自然景色，精工雕琢，如〈新安江水至清淺深見底貽京邑游好〉：

> 眷言訪舟客，茲川信可珍。洞澈隨清淺，皎鏡無冬春。千仞寫喬樹，百丈見游鱗。滄浪有時濁，清濟涸無津，豈若乘斯去，俯映石磷磷。紛吾隔囂滓，寧假濯衣巾，願以潺湲水，霑君纓上塵。

寫新安江水之清澄，並諷游好勿戀囂塵。此詩既是寫江水，故作者用諸多水部之字如「洞」、「澈」、「清」、「淺」、「游」、「滄」、「浪」、「濁」、「濟」、「涸」、「津」、「滓」、「潺」、「湲」，以造成視覺之美感。各句末字亦平仄相間，則有聽覺之美，故《文選》錄之。又〈三月三日率爾成篇〉：

> 麗日屬元巳，年芳具在斯。開花已市樹，流鶯復滿枝。洛陽繁華子，長安輕薄兒，東出千金堰，西臨鴈鶩陂。游絲映空轉，高楊拂地垂，綠幘文照耀，紫燕光陸離。清晨戲伊水，薄暮宿蘭池。象筵鳴寶瑟，金瓶汎羽卮。寧憶春蠶起，日暮桑欲萎。長袂屢以拂，彫胡方自炊。愛而不可見，宿昔減容儀，且當忘情去，歎息獨何爲？

自第三句「開花已市樹」起，一連用七組對句，寫花樹滿枝、萬紫千紅之美景，寫作者出遊銜觴戲水之自得。寫景則五光十色，記遊則怡然適性。通篇非惟形象鮮明，且音韻鏗鏘，故爲昭明所賞而加以采錄。

是知二書編者皆好形文與聲文之藝術形式美，故所錄篇章雖有歧異，然大抵皆爲「綜緝辭采，錯比文華」，「八音協暢」之美文矣。

（二）音樂貶褒異趣

蕭統《文選》於頗具音樂性之漢朝樂府，僅錄四首，其他可歌之民歌詩篇則不錄取；而《玉臺》則大量收入富音樂性之樂府、民歌，與《文選》大異其趣。蕭統雖不好女樂，然不可以此即謂其非樂，彼於漢樂府亦錄有四首，可知其不全貶之也。然因樂府中合於其文質彬彬之選文標準者極少，其中較具活潑情調之民歌，言語又

過於俚俗，是以蕭統少錄具音樂性之樂府，尤其屬相和、雜曲之民間歌謠更不予收錄，以其語言風格俗而不雅矣。故蕭統選詩並未完全排斥音樂性，然亦不以音樂性之有無爲其詮擇標準，其於詩歌之音樂性未予重視。

而徐陵則極重之，《玉臺》序文中多處提及「歌」、「曲」等字，書中亦大量選錄《文選》不錄之民歌，如：〈日出東南隅行〉、〈相逢狹路間〉、〈隴西行〉、〈艷歌行〉、〈皚如山上雪〉、〈雙白鵠〉等古樂府，又如〈歌辭〉二首、〈越人歌〉、〈漢成帝時童謠歌〉二首、〈漢桓帝時童謠歌〉二首、〈晉惠帝時童謠歌〉、〈古絕句〉四首、〈近代西曲歌〉五首、〈近代吳歌〉九首、〈近代雜歌〉三首、〈近代雜詩〉、〈丹陽孟珠歌〉、〈錢唐蘇小歌〉等。趨新派喜言情，故極欣賞民歌中之戀愛內容，尤好南朝盛行之吳聲、西曲，以其專言情也。徐陵遂發而爲實際行動，雖此類民歌少形式之美，然《玉臺》仍收錄極多。試舉數首以觀：

> 生長石城下，開門對城樓。城中美少年，出入見依投。（〈近代西曲·石城樂〉）
>
> 留衫繡兩襠，迮置羅裳裏。微步動輕塵，羅衣隨風起。（〈近代吳歌·上聲〉）
>
> 玉釧色未分，衫輕似露腕。舉袖欲障羞，迴持理髮亂。（〈近代雜詩〉）
>
> 藁砧今何在？山上復有山。何當大刀頭？破鏡飛上天。（〈古絕句〉四首之一）

其文字口語化若此，內容復露骨俚俗若此，宜乎昭明之不錄矣。

《文選》與《玉臺》二書選錄作品，前者多不能歌，後者則有不少能歌者，實因其編者於詩歌音樂性之貶褒異趣也。故或云《文選》代表貴族文學，《玉臺》代表平民文學，當不過矣。

四、作品風格

（一）文質或諧或偏

《文選》選文風格以文質調和爲準，《玉臺》則文重其質。一得其中，一偏於文，故所錄詩作風格迥異矣。徐陵好爲新變，尤好於形式求新求變，遂重形式之文飾雕繢，而輕內容實質，加以生活淫靡，喜好女色，遂流於宮體一派，專重華艷之風，毫不重視作品之思想內容。蕭統爲儒雅方正之士，一生謹重自持，於梁時重文輕質文風極爲不滿，厭惡過於靡艷之作，而主「文質彬彬」，謂唯有兼重文采及內容思想，方爲至文，方有可觀。此爲二書最大歧異所在，亦爲折衷派與趨新派之最大分野處。

《文選》既以文質和諧爲選錄基準，故不選過於浮艷之作，若謝朓詩作，凡華

艷過甚而無思想內容者，概不取焉，如〈夜聽妓〉二首：

> 瓊閨釧響聞，瑤席芳塵滿。要取洛陽人，共命江南管。情多舞態遲，
> 意傾歌弄緩。知君密見親，寸心傳玉腕。
>
> 上客光四座，佳麗直千金。掛釵報纓絕，墮珥答琴心。蛾眉已共笑，
> 清香復入襟。歡樂夜方靜，翠帳垂沈沈。

以華麗之筆，寫女妓之歌舞調笑，「寸心傳玉腕」、「掛釵報纓絕」，何等香艷狎邪？實毫無思想情感可言。故《玉臺》錄，而《文選》弗錄。又若《燭》：

> 杏梁賓未散，桂宮明欲沈。曖色輕幃裏，低光照寶琴。征徊雲鬢影，
> 灼爍綺疏金。恨君秋夜月，遺我洞房陰。

借燭寫新婚之婦獨守洞房之心緒，以「桂宮明欲沈」喻新婦情緒之低沈，「曖色」、「低光」亦有同等作用，故引起「恨」字，恨君之不我顧也。此亦僅止於短暫不快情緒之描寫，未有深刻之情感，動人之情思，惟設字華麗，眩人目而已。似此艷情之作，《文選》必不收錄。必也如〈同王主簿怨情〉：

> 掖庭聘絕國，長門失歡讌。相逢詠蘼蕪，辭寵悲團扇。花叢亂數蝶，
> 風簾入雙燕。徒使春帶賒，坐惜紅顏變。平生一顧重，夙昔千金賤。故人
> 心尚永，故人心不見。

《文選》六臣注李周翰曰：「此詩言婦人怨曠，以自託也。」是有寄託之作。且其言婦人怨情委婉含蓄，「相逢詠蘼蕪，辭寵悲團扇」，以蘼蕪、團扇暗指棄婦見捐，何等曲折。期盼對方回顧，即便一眼也罷，竟終不能得，遂怨「故心人不見」，何其哀怨？其情如此哀且深，而文字又工且妍，是以《文選》錄之，《玉臺》亦收也。至若《玉臺》弗錄，而《文選》入選之謝詩，亦皆文質彬彬之章，如〈晚登三山還望京邑〉：

> 灞涘望長安，河陽視京縣。白日麗飛甍，參差皆可見。餘霞散成綺，
> 澄江靜如練。喧鳥覆春洲，雜英滿芳甸。去矣方滯淫，懷哉罷歡宴。佳期
> 悵何許，淚下如流霰。有情知望鄉，誰能鬒不變？

前半寫登三山所見之美景，「白日麗飛甍，參差皆可見」，寫京邑飛甍，歷歷在目，「餘霞散成綺，澄江靜如練」，更為佳句，形容極為貼切。後半章寫其因景思鄉，故而「罷歡宴」，又思還鄉無期，故悵然淚下，鬒白如霜，真為文情並茂之作。又〈游東田〉：

> 戚戚苦無悰，攜手共行樂。尋雲陟累榭，隨山望菌閣。遠樹曖阡阡，
> 生煙紛漠漠。魚戲新荷動，鳥散餘花落。不對芳春酒，還望青山郭。

寫初夏景色生動自然。「遠樹曖阡阡，生煙紛漠漠」為靜態描繪，而「魚戲新荷動，鳥散餘花落」，則以細緻之動態刻劃，觀察入微。堪稱寫景名作。《文選》錄此類詩作亦多至二十首，蓋亦稱賞謝詩之清新逸致，文質彬彬矣。

　　至若江淹之詩，以其出身孤寒，沈靜好學，故詩風多幽深奇麗，抒情則怨而不俳，有含蓄之致，二書錄江淹此類詩作甚多，如〈古體〉四首之一〈古離別〉：

　　　　遠與君別者，乃至雁門關。黃雲蔽千里，遊子何時還？送君如昨日，
　　簷前露已團。不惜蕙草晚，所悲道里寒。君子在天涯，妾心久別離。願一
　　見顏色，不異瓊樹枝。兔絲及水萍，所寄終不移。

因「黃雲蔽千里」，故知遊子歸日悠長不可期。然以兔絲及水萍之有寄，喻己情亦寄遊子之身，終不移也。如此委婉道出己心之堅、情之固，感人極深。另三首亦以含蓄敦厚之言語，傾訴心曲，真摯動人：

　　　　綾扇如團月，出自機中素。畫作秦王女，乘鸞向煙霧。彩色世所重，
　　雖新不代故。竊悲涼風至，吹我玉階樹。君子恩未畢，零落在中路。（〈班
　　婕妤〉）

　　　　秋月映簾櫳，懸光入丹墀。佳人撫鳴琴，清夜守空帷。蘭徑少行迹，
　　玉臺生網絲。夜樹發紅彩，閨草含碧滋。羅綺為君整，萬里贈所思。願垂
　　湛露惠，信我皎日期。（〈張司空離情〉）

　　　　西北秋風至，楚客心悠哉。日暮碧雲合，佳人殊未來。露彩方泛艷，
　　月華始徘徊。寶書為君掩，瑤琴詎能開？相思巫山渚，悵望雲陽臺。金鑪
　　絕沈燎，綺席徧浮埃。桂水日千里，因之平生懷。（〈休上人怨別〉）

以上諸作，因皆言情，故《玉臺》錄之，以其文質彬彬，是以《文選》亦錄之。然江淹又有〈潘黃門述哀〉一首，為悼婦詩，雖亦言情，但絕無綺艷之風，故《玉臺》不錄：

　　　　青春速天機，素秋馳白日。美人歸重泉，悽愴無終畢。殯宮已肅清，
　　松柏轉蕭瑟。俯仰未能弭，尋念非但一。拊衿悼寂寞，怳然若有失。明月
　　入綺窗，髣髴想蕙質。銷憂非萱草，永懷寄夢寐。夢寐復冥冥，何由覿爾
　　形。我慚北海術，爾無帝女靈。駕言出遠山，徘徊泣松銘。雨絕無還雲，
　　花落豈留英。

此詩《文選》作〈悼亡〉。以「美人歸重泉」之故，遂開始其「悽愴」無極之愁緒，自此以下諸句，皆以悲傷寂寞之字詞，縷縷細數其尋覓亡人之無助與哀淒。詩中絕無二人歡愛之描寫，僅滿紙涕淚，無限落寞。「素」、「白」、「殯」、「清」、「蕭瑟」、「失」、「泣」、「絕」等詞，更予人蒼涼悲戚之感，是以側重艷風之《玉臺》必不錄之矣。

　　總之，蕭統兼重形式、內容，故《文選》作品有文質調和之致；徐陵側重形式，文勝於質，遂忽視內容之教化功能，一味發展形式，強調緣情之結果，作品即流於浮艷。《玉臺》遂成浮艷作品之大成，觀《玉臺》書中卷五至卷八，幾全為艷詩，卷

十亦復不少可知。茲再舉《文選》不錄，而《玉臺》入選之徐俳艷詩〈對房前桃樹詠佳期贈內〉一首，以明二書風格有別矣：

> 相思上北閣，徙倚望東家。忽有當軒樹，兼含映日花。方鮮類紅粉，比素若鉛華。更使增心意，彌令想狹邪。無如一路阻，脉脉似雲霞。嚴城不可越，言折代疎麻。

（二）風格一雅一俗

《文選》所錄率皆典雅之作，非惟文字典麗，內容亦雅正不俗；《玉臺》則雅俗皆具，俗又多於雅矣。蕭統與遊之士多溫文儒雅，而其自身言行處事亦然，故其文學思想亦重典雅之風，深鄙俚俗之民間作品。《文選》絕不收南朝盛行之吳聲、西曲，即以其語言俚俗，言情直露，欠典雅之風；《文選》亦不錄漢樂府之相和、雜曲，如〈古詩爲焦仲卿妻作〉，以其多爲民間歌謠，不符昭明典雅之求。徐陵則因愛好民歌言情內容，而大量收錄之，遂不顧其言語俚俗矣。《玉臺》中收錄極多《文選》所不錄之吳聲、西曲及童謠，故顯現輕俗之風。

如《玉臺》題枚乘〈雜詩〉九首，《文選》錄有其中八首，列於〈古詩十九首〉之中。此八首風格典雅自然，遂爲昭明所鍾：

> 西北有高樓，上與浮雲齊。交疏結綺窗，阿閣三重階。上有弦歌聲，音響一何悲。誰能爲此曲，無乃杞梁妻。清商隨風發，中曲正徘徊。一彈再三歎，慷慨有餘哀。不惜歌者苦，但傷知音稀，願爲雙鴻鵠，奮翅起高飛。

作者藉杞梁妻之悲歌，言己傷「知音稀」，思欲一展鴻圖，於哀戚之中，仍心存希望，其思想具積極性，而非一般泛泛悲調。又：

> 庭前有奇樹，綠葉發華滋。攀條折其榮，將以遺所思。馨香盈懷袖，路遠莫致之。此物何足貴？但感別經時。

無雕琢刻鏤，濃妝艷抹，無一奇字奇句，然卻情眞味長，有典雅之風。雖僅短短八句，卻含蘊豐富。作者面對庭中奇樹奇花，引起感觸無限，欲折以贈遠方所愛之人，然路途遙遠，無由以致。物不足貴，惟離恨綿綿。朱自清〈古詩十九首釋〉云：「不提苦處而苦處就藏在那似乎不相干的奇樹的花葉枝條裏。」〔註 7〕如此含而不露，予人不盡之餘思。又：

> 迢迢牽牛星，皎皎河漢女。纖纖擢素手，札札弄機杼。終日不成章，泣涕零如雨。河漢清且淺，相去復幾許？盈盈一水間，脉脉不得語。

〔註 7〕朱自清〈古詩十九首釋〉，收於《朱自清古典文學專集》下，頁 256。

以牽牛、織女作比，寫追求愛情之痛苦，而且此痛苦來自人為阻隔，全詩充滿憤恨之情緒。然此憤恨並未造成任何激烈之行動，僅以「脈脈不得語」終結此詩，予人無限憾恨。是為中國婦女傳統之思想，溫婉柔順，雖遭橫阻，亦僅歸之於命運多舛而已。又：

> 行行重行行，與君生別離。相去萬餘里，各在天一涯。道路阻且長，會面安可知，胡馬依北風，越鳥巢南枝。相去日已遠，衣帶日已緩；浮雲蔽白日，遊子不顧反。思君令人老，歲月忽已晚。棄捐勿復道，努力加餐飯。

> 涉江采芙蓉，蘭澤多芳草。采之欲遺誰？所思在遠道。還顧望舊鄉，長路漫浩浩。同心而離居，憂傷以終老。

二首皆愛情詩，前首為思婦之詞，後者為游子思妻之作。前首云婦人與君別離後，思君極甚，以「胡馬」、「越鳥」喻君亦當思念家鄉之人；復以「浮雲蔽白日」揣想君不顧反之因，如此愁腸百結，怎不令人速老？然所思之人並不因此而歸來，多云又何益？未若勸君多保重，以待來日相會。而後首，寫夫妻情深，尤足感人。夫妻本為「同心」，當共同生活，今卻因不可抗拒之因，而被迫「離居」，怎不教人「憂傷以終老」？全詩由相思而采芳草，由采芳草而望舊鄉，由望舊鄉又回復相思，極盡迴環曲折，適足反映作者千迴百轉之苦悶情緒。謝榛《四溟詩話》云：「〈古詩十九首〉格古調高，句平意遠。」胡應麟《詩藪‧內編》亦云：「〈（古詩）十九首〉及諸〈雜詩〉，隨語成韻，隨韻成趣；詞藻氣骨，略無可尋，而興象玲瓏，意致深婉，真可以泣鬼神，動天地。」〔註8〕皆言其自然而雅之藝術風格，宜乎為《文選》所錄。八首之外，另一首枚乘〈雜詩〉，《文選》不錄，乃因其風格欠雅，無含蓄之致：

> 蘭若生春陽，涉冬猶盛滋。願言追昔愛，情款感四時。美人在雲端，天路隔無期。夜光照玄陰，長歎戀所思。誰謂我無憂？積念發狂癡。

思念美人，竟直言「追昔愛」，言其思念之甚，則曰「發狂癡」，實村夫村婦之言語，毫無小雅詩人溫柔敦厚之旨，是以《文選》弗錄耳。

又沈約〈詠月〉一詩，內容言情，故《玉臺》有錄，又其風格既典且雅，故《文選》亦錄之：

> 月華臨靜夜，夜靜滅氛埃。方暉竟戶入，圓影隙中來。高樓切思婦，西園遊上才。網軒映珠綴，應門照綠苔。洞房殊未曉，清光信悠哉。

以月照思婦，寫婦之愁思，文字典麗，而情致悠遠，有雅正之風。然《玉臺》其餘

〔註8〕《詩藪‧內編》卷二，《古體》中，五言，頁23。

諸首，則描寫過於直露，如〈六憶詩〉四首：

> 憶來時，的的上堦墀。勤勤聚離別，慊慊道相思。相看常不足，相見乃忘飢。
>
> 憶坐時，點點羅帳前。或歌四五曲，或弄兩三弦。笑時應無比，嗔時更可憐。
>
> 憶食時，臨盤動容色。欲坐復羞坐，欲食復羞食。含哺如不飢，擎甌似無力。
>
> 憶眠時，人眠強未眠。解羅不待勸，就枕更須牽。復恐傍人見，嬌羞在燭前。

寫女子來時、坐時、食時、眠時之各種嬌態，實無深刻思想可言，所用文字亦極輕率，若「相見乃忘飢」、「嗔時更可憐」、「解羅不待勸」、「就枕更須牽」，毫無典雅之風。又〈早行逢故人車中爲贈〉亦爲此類輕俗之作：

> 殘朱猶曖曖，餘粉上霏霏。昨宵何處宿？今晨拂露歸。

寫女子早晨匆匆歸去，臉上猶有殘妝，實是輕艷淫靡已極，更不爲重視雅正風格之昭明所收矣。

五、作品時代

（一）時代短長不一

《文選》收錄作家作品，不錄存者之作，爲其特色；《玉臺》則存歿之作皆選，與昭明主張有別。蓋不錄存者，爲南朝選集之普遍原則，昭明亦沿用時人之例，於時人之作，概不錄焉，且亦可避嫌也。而孝穆編撰是詠，既欲以此討好皇太子蕭綱，故書中必大量收錄蕭綱之作，及諸臣奉制、應和之作，方可取悅於綱，故卷七、卷八，皆時人之制。是以《文選》選錄作品跨越之時代稍短於《玉臺》矣。

（二）詳近略遠則同

以昭明、孝穆二人皆有進化之文學史觀，故二書選詩同具詳近略遠之特色。《文選》選詩，周僅一首，西漢僅十首，東漢則有五十一首，魏晉以後則大量選入，其中魏曹植有二十五首，西晉陸機多達五十二首，宋謝靈運亦有四十首，齊謝朓二十一首。《玉臺》選詩，卷一爲漢詩，僅四十五首，卷二以下，愈近愈多，其中魏曹植有十首，西晉陸機有十四首，宋鮑照十七首，齊謝朓十六首，梁沈約則多達三十七首，其詳近略遠之特色同於《文選》，以二子皆謂文學乃後出轉精、今必勝古之故也。

第六章　蕭徐二書之影響及評價

第一節　二書之影響

一、《文選》之影響

　　《文選》選錄作品以駢文爲主，於思想雅正之前提下，專收辭藻華美之作。此部文學總集問世之後，立即席卷中國文學史，其影響之大之廣，實非其他總集所能望其項背，茲就文學觀點、文學創作、學術研究三方向言之：

（一）文學觀點

　　《文選》之重辭藻，講究文采、音韻，是以衍成「文選派」，然此派發展至後代愈好講求形式之美，專事堆砌辭藻，忽略作品內容，是以唐宋古文家大起反動，樹立「古文」名目，極力主張規復經史子中說理載道之文體風格，此「古文派」至清桐城古文而傳播益廣，奉說理載道之文字爲規桌，斥《文選》之文非正宗，然不論此二派之爭孰是孰非，適可見《文選》影響之遠矣。清阮元爲駢文大家，奉《文選》爲宗，於論文中屢提及《文選》，阮元〈與友人論古文書〉云：

> 夫勢窮者必變，情弊者務新，文家矯屬，每求相勝。其間轉變，實在昌黎。昌黎之文，矯《文選》之流弊而已。昭明《選序》，體例甚明，後人讀之，苦不加意。《選序》之法，於經、子、史三家，不加甄錄，爲其以立意紀事爲本，非沈思翰藻之比也。今之爲古文者，以彼所棄，爲我所取，立意之外，惟有紀事，是乃子、史正流，終與文章有別。

阮氏於此文中對「古文派」之取法子、史大加撻閥，謂取法子、史則與文章有別，爲《文選》作有力之辯護。阮氏更有《書梁昭明太子文選序後》一文，專論《文選》，

其間亦有迴護《文選》之語：

> 自齊、梁以後，溺於聲律，彥和《雕龍》，漸開四六之體，至唐而四
> 六更卑，然文體不可謂之不卑，而文統不得謂之不正。自唐、宋韓、蘇諸
> 大家，以奇偶相生之文，爲八代之衰而矯之，於是昭明所不選者，反皆爲
> 諸家所取，故其所著者非經即子，非子即史，求其合於昭明序所謂文者鮮
> 矣，合於班孟堅〈兩都賦序〉所謂文章者更鮮矣。其不合之處，蓋分於奇
> 偶之間。

阮氏爲此二派找出其相異之因，乃在奇偶之多寡。凡此皆可見梁之《文選》對於清學者之影響，既深且遠，未因時間而有絲毫減損。

（二）文學創作

　　《文選》選錄極多文章，提供時人習文之範本。因而諸多優秀作品，賴《文選》得以流傳，對後世之文學創作者，產生極大之影響。

　　唐代文學爲六朝文學之直接繼承及發展，因而受《文選》之影響亦最深。如唐代古文大家韓愈，亦無法擺脫《文選》之影響，其〈進學解〉一文即用《文選》中之賦體；柳宗元山水小記之作，其風格、辭藻及駢散形式，皆須追溯及《文選》；而杜甫、李白更深受《文選》之影響，朱熹《朱子語類》卷一百四十云：

> 李太白始終學選詩，所以好。杜子美詩，好者亦多是效《選》詩。

楊慎《升庵詩話》卷十三及喬億《劍溪說詩》卷上皆引朱熹此語，極爲重視此看法，龐塏《詩學固說》卷上亦云：

> 太白五言純學選體，覺詞多意少，讀之易厭。

雖對李白詩有貶意，然亦謂李白受《文選》影響。

　　所謂《選》詩，主要指魏晉南北朝之文人詩，詩中大量選入曹植、阮籍、嵇康、陸機、潘岳、左思、陶潛、謝靈運、顏延之、謝朓等代表作家之名篇。杜甫嘗教導其子當熟精《文選》理，而其本身亦爲熟精《文選》理之榜樣。杜甫極推崇六朝文學，其〈戲爲六絕句〉云：

> 庾信文章老更成，凌雲健筆意縱橫；今人嗤點流傳賦，不覺前賢畏後生。
> 楊王盧駱當時體，輕薄爲文哂未休；爾曹身與名俱滅，不廢江河萬古流。
> 縱使盧王操翰墨，劣於漢魏近風騷；龍文虎脊皆君馭，歷塊都過見爾曹。
> 才力應難誇數公，凡今誰是出群雄！或看翡翠蘭苕上，未掣鯨魚碧海中。
> 不薄今人愛古人，清詞麗句必爲鄰；竊攀屈宋宜方駕，恐與齊梁作後塵。
> 未及前賢更勿疑，遞相祖述復先誰？別裁僞體親風雅，轉益多師是汝師。

即為推崇六朝文學之明證。杜甫於〈解悶〉十二首之一中，嘗自我描述道：

陶冶性靈在底物，新詩改罷自長吟。孰知二謝將能事，頗學陰何苦用心。

杜甫論同時之詩人，亦輒以六朝詩人為喻，其稱讚李白為「清新庾開府，俊逸鮑參軍」（〈春日憶李白〉），又云「李侯有佳句，往往似陰鏗」（〈與李十二白同尋范十隱居〉）。凡此皆可見杜甫精於《文選》理，受《文選》之影響極深。

至於李白，則為唐代詩人中受《文選》影響最多者。就詩歌形式言，李白古詩多俳句，律詩則兼出古，又好擬樂府，此皆受《文選》中六朝作品之影響；就作品風格而言，《文選》中具陰柔之美者，如陸機、陶潛、謝靈運、謝朓等，與陽剛之美者，如阮籍、左思、劉琨等，皆對李白發生影響，李白之山水詩受前者影響，感嘆人事、政治時則受後者影響〔註1〕。就造句遣詞立意而言，更可見李白受《文選》中六朝詩人之影響：

1. 曹　植

南國有佳人，容華若桃李。朝游江北岸，夕宿瀟湘沚。時俗薄朱顏，誰為發皓齒。（曹植〈雜詩〉其四）

美人出南國，灼灼芙蓉姿。皓齒終不發，芳心空自持。由來紫宮女，共妒青娥眉。歸去瀟湘沚，沈吟何足悲。（李白〈古風〉其四十九）

凌波微步，羅襪生煙。（曹植〈洛神賦〉）
可惜凌波步羅襪。（李白〈寄遠〉其十二）
凌波生素煙。（李白〈江上送女道士褚三清〉）
香煙動羅襪。（李白〈感興〉其二）

白馬飾金羈，連翩西北馳。借問誰家子，幽并游俠兒。（曹植〈白馬篇〉）
憶昔作少年，結交趙與燕。金羈絡駿馬，錦帶橫龍泉。（李白〈留別廣陵諸公〉）

2. 阮　籍

淥水揚洪波，曠野莽茫茫。（阮籍〈詠懷〉其十六）
卻憶蓬池阮公詠，因吟淥水揚洪波。（李白〈梁園吟〉）

〔註1〕詳見裴斐〈李白與魏晉南北朝時期詩人〉一文，《文學遺產》，1986年，一月。又陰柔、陽剛二種風格之美，參見拙著〈姚鼐復魯絜非書之文學理論〉一文，《孔孟月刊》，二十九卷一期。

3. 陸　機

安寢北堂上，明月入我牖。照之有餘輝，攬之不盈手。（陸機〈擬明月何皎皎〉）

北堂見明月，更憶陸平原。（李白〈題金陵王處士水亭〉）

何處聞秋聲，脩脩北窗竹；迴薄萬古心，攬之不盈掬。（李白〈尋陽紫極宮感秋作〉）

鮮膚一何潤，秀色若可餐。（陸機〈日出東南隅〉）

愛君芙蓉嬋娟之秀色，若可餐兮難再得。（李白〈寄遠〉其十二）

4. 左　思

功成不受爵，長揖歸故廬。（左思〈詠史〉其一）

功成拂衣去，歸入武陵源。（李白〈登金陵冶城西北謝安墩〉）

郁郁澗底松，離離山上苗。（左思〈詠史〉其二）

山苗落澗底，幽松出高岑。（李白〈送楊少府赴選〉）

功成不受賞，高節卓不群。（左思〈詠史〉其三）

終然不受賞，羞與時人同。（李白〈東魯行答汶上翁〉）

5. 謝靈運

池塘生春草。（謝靈運〈登池上樓〉）

他日相思一夢君，應得池塘生春草。（李白〈送舍弟〉）

夢得池塘生春草，使我長價登樓詩。（李白〈贈從弟南平太守之選〉其一）

昏旦變氣候，山水含清暉。……林壑斂暝色，雲霞收夕霏。（謝靈運〈石壁精舍還湖中作〉）

故人贈我我不違，著令山水含清輝。頓驚謝康樂，詩興生我衣。襟前林壑斂暝色，袖上雲霞收夕霏。（李白〈酬殷明佐見贈五雲裘歌〉）

揚帆采石華，挂席拾海月。（謝靈運〈游赤石進帆海〉）

流目浦夕煙，挂帆海月生。（李白〈荊門浮舟望蜀江〉）

6. 顏延之

　　鸞翮有時鎩，龍性誰能馴。（顏延之〈五君詠‧嵇中散〉）
　　鸞翮我先鎩，龍性君莫馴。（李白〈酬王補闕〉）

　　慘悽歲方晏，日落游子顏。（顏延之〈秋胡詩〉其八）
　　浮雲游子意，落日故人情。（李白〈送友人〉）

7. 謝　朓

　　餘霞散成綺，澄江淨如練。（謝朓〈晚登三山還望京邑〉）
　　雨後煙景綠，晴天散餘霞。（李白〈落日憶山中〉）
　　萬里舒霜合，一條江練橫。（李白〈雨後望月〉）

　　朔風吹飛雨，蕭條江上來。（謝朓〈觀朝雨詩〉）
　　疑是白波漲東海，散爲飛雨川上來。（李白〈早秋單父南樓酬竇公衡〉）

　　良辰竟何許，夙夕夢佳期。（謝朓〈在郡臥病呈沈尚書〉）
　　良辰竟何許，大運有淪忽。（李白〈古風〉其三十二）

以上舉影響李白之詩人作品，僅各就其諸多作品中略舉二、三首以見之，其中或全詩影響李白，或造句遣詞爲李白所襲用或轉化，皆可見出李白受《文選》所錄作品影響之痕迹。《文選》於後世文學創作之影響，眞可謂極鉅極廣矣。

（三）學術研究

　　自《文選》書問世之後，至隋即有《文選》之學專家名世，將《文選》作爲一專門學問研究之。以蕭該、曹憲爲其先河，而由李善集大成。駱鴻凱《文選學》源流第三將《文選》學之發展分爲三期：一爲隋唐間《文選》學之起源及唐代《文選》學家考；二爲宋元明《文選》學；三爲清代《文選》學。可見《文選》之學流傳久遠，唐、清且爲最盛之時期，亦不難見乎《文選》之魅力所在也。

　　隋唐間，蕭該有《文選音義》，曹憲亦有《文選音義》，許淹有《文選音》，李善注《文選》，另有《文選辨惑》，「文選學」之名至此確立，《新唐書‧文藝李邕傳》云：

　　　　李邕……父善有雅行，淹貫古今，不能屬辭，故人號書簏。……爲《文
　　選》注，敷析淵洽。……坐與賀蘭敏之善，流姚州。遇赦還，居汴、鄭間
　　講授，諸生四遠至，傳其業，號「文選學」。（卷二百二）

唐玄宗開元六年（718）九月十一日，呂延祚奏上《五臣集注文選》，五臣乃呂延濟、劉良、張銑、呂向、李周翰五人，而後唐國安有《注駁文選異義》，孟利貞有《續文

選》，卜長福亦有《續文選》，卜隱之有《擬文選》，常寶鼎有《文選著作人名目》等，可見此間選學之盛。

宋元明時，宋蘇易簡有《文選菁英》、《文選雙字類要》、劉攽有《文選類林》，周明辨有《文選彙聚》、《文選類彙》，王若有《選膠》，曾發有《選注摘遺》，高似孫有《文選句圖》，尤袤有《李善五臣同異》，黃簡有《文選韻粹》，卜鄰有《續文選》，陳仁子有《文選補遺》。元方回有《文選顏謝鮑詩評》，劉履有《風雅翼》，虞集邵菴有《文選心訣》。明張鳳翼有《文選纂注》，林兆珂有《選詩約注》，凌迪知有《文選錦字》，陳與郊有《文選章句》，鄒思明月《文選尤》，閔齊華有《文選瀹注》，凌蒙初有《合評選詩》，劉節有《廣文選》，周應治有《廣廣文選》，張溥有《廣文選刪》，馬繼銘有《廣文選》，胡震亨《續文選》。由此亦可見《文選》對宋元明文人之影響極大。

至清代，則有何焯《義門讀書記文選》，余蕭客《文選音義》、《文選紀聞》，汪師韓《文選理學權輿》，孫志祖《文選理學權輿補》、《考異》、《李注補正》，王照《文選李注拾遺》、《文選賸言》，周春《選材錄》，胡克家《文選考異》，張雲璈《選學膠言》，梁章鉅《文選旁證》，朱珔《文選集釋》，陳僅《讀選意籤》，薛傳均《文選古字通疏證》，杜宗玉《文選通假字會》，胡紹英《文選箋證》，朱銘《文選拾遺》，許巽行《文選筆記》，程先甲《選雅》，李詳《文選拾瀋》，王念孫《文選雜誌》，洪若皋《昭明文選越裁》，吳湛《選詩定論》，方廷珪《文選集成》，傅上瀛《文選珠船》，杭世駿《文選課虛》，石韞玉《文選編珠》，何松《文選類雋》〔註2〕。《文選》之學至此達於極盛，是知《文選》影響之廣遠。

《文選》至今仍流傳極盛，近世《選》學，有丁福保《文選類詁》，黃季剛《文選黃氏學》，駱鴻凱《文選學》，高步瀛《文選李注義疏》，吾師李鍌《昭明文選通叚文字考》等。

《文選》流行之盛，影響所及，歷代翻刻之版本亦極爲眾多。宋代有三種版本：宋崇寧五年廣都裴氏於明州刊行六臣注本，茶陵陳氏於贛州亦刊六臣注本〔註3〕，而尤袤獨於貴池刊李善注本〔註4〕。至元，有張伯顏翻刻尤本。明代則多翻刻宋之六臣注本：其中袁褧、丁覯、張守敬之刻本爲明州本系統，而涵芬樓藏宋刊本、重刻陳仁子本、洪楩本、崔孔昕本、萬卷堂本、徐成位本、潘惟時潘惟德本、勉學本、

〔註2〕 以上所列隋至清選學書目，其內容詳見駱鴻凱《文選學》源流第三。
〔註3〕 以上版本說見洪順隆〈談文選〉一文，《華學季刊》，五卷三期。
〔註4〕 二刻本之異爲：裴本先列五臣，後陳善注：陳本則先列善注，後陳五臣，所注多錯雜。

蔣先庚本均爲贛州本系統。至於承尤刻本者，有汪諒及毛晉《汲古閣本》等。清之版本以胡刻本爲最善本，胡刻本乃鄱陽胡克家據尤本重雕。近代有翻印胡刻本者，有六臣本之四部叢刊本，復有據羅玉藏之《敦煌出土文選殘卷四種》、《唐寫本文選集注殘本》校正之《新校胡刻宋本文選》更超乎胡刻本。

　　《文選》之影響更廣及海外：有哈佛燕京社之《文選注引書引得》，有日人斯波六郎研究《文選李善注》而成《文選索引》，其後綱祐次內田泉之助譯注《文選》之詩、中島千秋譯注《文選》之文章等；是皆足以觀《文選》之廣大影響。

二、《玉臺》之影響

　　《玉臺新詠》一書編成於梁代，其內容皆與婦女有關，其風格多爲綺豔。其間收有不少宮體詩，對後代文學創作之影響極大；又其所收之七言四句與五言二韻之詩，對詩體之影響亦鉅；《玉臺新詠》詩集，對後代詩集之編撰亦有影響；其流傳雖不及《文選》之廣遠，然明清之際鈔刻注者大有人在，斯亦可見其影響矣。今分就文學創作、詩詞集編撰、版本注解三端言之：

（一）文學創作

　　《玉臺新詠》雖非全爲艷詞，然所收宮體詩，對後世影響極大，陳隋及唐初宮體詩盛行，雖與宮廷淫靡生活有關，然《玉臺新詠》亦有推波助瀾之用矣。《隋書‧音樂志下》云：

> （陳）後主嗣位，耽荒于酒，視朝之外，多在宴筵，尤重聲樂，遣宮女習北方簫鼓，謂之「代北」，酒酣則奏之；又于清樂中造〈黃鸝留〉及〈玉樹後庭花〉、〈金釵兩邊垂〉等曲，則幸臣等制其歌辭，艷麗相高，極于輕薄，男女唱和，其音甚哀。（卷五）

《南史‧張貴妃傳》云：

> 後主……以宮人有文學袁大捨爲女學士，後主每引賓客對貴妃等，游宴則使諸貴人及女學士與狎客共賦新詩，互相贈答，采其尤艷麗者以爲曲調，被以新聲，選宮女有容色者以千百數，令習而歌之，分部遞進，持以相樂，其曲有〈玉樹後庭花〉、〈臨春樂〉等。（卷十二）

《陳書‧江總傳》云：

> （江總）好學能屬文，于五言七言尤善，然傷于浮艷，故爲後主所幸愛。多有側篇，好事者相傳諷玩，于今不絕。後主之世，總當權宰，不持政務，但日與後主游宴後庭，共陳暄、孔范、王瑳等十餘人，當時謂之狎客。（卷廿七）

可見陳朝宮廷生活之靡爛，亦知此時宮體詩極爲發達，而陳後主、江總皆爲此中能手。如：

> 麗宇芳林對高閣，新妝豔質本傾城。映戶凝嬌乍不進，出帷含態笑相還。妖姬臉似花含露，玉樹流光照後庭。（陳叔寶〈玉樹後庭花〉）

> 南飛烏鵲北飛鴻，弄玉蘭香時會同。誰家可憐出窗牖，春心百媚勝楊柳。銀床金屋掛流蘇，寶鏡玉釵橫珊瑚。年時二八新紅臉，宜笑宜歌羞更斂。風光一去杳不歸，祇爲無雙惜舞衣。（江總〈東飛伯勞歌〉）

至隋代唐初，風氣亦然，唐初上官儀、沈佺期、宋之問皆擅寫宮體詩，甚至連唐太宗李世民亦愛作宮體詩，《唐詩紀事》：

> 帝嘗作宮體詩，使虞世南賡和，世南曰：「聖作誠工，然體非雅正。上有所好，下必有甚。臣恐此詩一傳，天下風靡，不敢奉召。」（卷一）

〔註5〕

可見當時宮體詩流行之盛。此精緻描繪女性形象且大膽表現男女情欲之詩，雖起於梁代，然其時作家如蕭綱、徐摛、庾肩吾、徐陵等之作品並非全爲宮體，其詠物遣興之詩亦多，然以宮體詩影響過甚，加以宮廷社會風氣腐敗，而導致陳、隋、唐初之宮體盛行矣。

《玉臺新詠》於唐代絕句體裁之形成亦有極大影響。《玉臺》卷九、卷十收有五言、七言四句詩，且卷十首章即題有古絕句四首，絕句之名，自此成立。且《玉臺》言情之內容，亦影響唐人喜用絕句言情。如王昌齡〈閨怨〉：

> 閨中少婦不知愁，春日凝妝上翠樓，忽見陌頭楊柳色，悔教夫婿覓封侯。

又如〈采蓮曲〉其二有：「荷葉羅裙一色裁，芙蓉向臉兩邊開。」等句，此用絕句言情，實爲《玉臺》所影響。又其卷九所收之七言詩之創作，亦有影響。

《玉臺》之取材對後世亦有影響。如其取材娼妓一類，經其張揚，遂促使後代文人對娼妓生活題材之注意與開拓。如：李商隱有〈宮妓〉詩：

> 珠箔輕明拂玉墀，披香新殿鬭腰支。不須看盡魚龍戲，終遣君王怒偃師。

寫宮庭女樂歌舞之妙，即受《玉臺》之影響；又李賀有〈蘇小小墓〉詩：

> 幽蘭露，如啼眼。無物結同心，煙花不堪剪。草如茵，松如蓋，風爲裳，水爲珮。油壁車，夕相待。冷翠燭，勞光彩。西陵下，風吹雨。

作者於南齊錢塘名妓《蘇小小墓》前，因眼前景色而引發一連串之幻想。見風，以

〔註5〕明計有功《唐詩紀事》，鼎文書局，民國60年3月初版，頁5之27。

爲蘇女之裳，聽水，以爲蘇女之珮，更幻想有油壁車待蘇女於林外。又杜牧有〈張好好詩〉，記述歌妓張好好之身世，並對其不幸遭遇深表同情。其取材於娼妓，皆可見《玉臺》影響之跡。

於文學形式方面，《玉臺》所收宮體詩之描寫技巧、構思及遣詞用語，皆影響唐代。如杜甫寫曹霸畫馬，或受蕭綱、庾肩吾〈詠美人觀畫〉之影響：

> 玉花卻在御榻上，榻上庭前乞相向。（杜甫〈丹青引〉）

> 殿上圖神女，宮裏出佳人。可憐俱是畫，誰能辨僞眞。（蕭綱〈詠美人觀畫〉）

> 欲知畫能巧，喚取眞來映。並出似分身，相看如照鏡。（庾肩吾〈詠美人自看畫應令〉）

而李白寫思婦之專情，又或受《玉臺》影響：

> 春風不相識，何事入羅幃？（李白〈春思〉）

> 春風復有情，拂慢且開楹。（蕭綱〈戲作謝惠連體十三韻〉）

（二）詩詞集編撰

《玉臺》專錄婦女題材之作，且部分收有關於婦女形態、行動、容飾等之詩作，風格綺艷。其影響所及，後世亦有類似之詩集產生，斯可視爲《玉臺》之流變。如唐詩人韓偓，將其詩自編爲《香奩集》，嚴羽《滄浪詩話·詩集》評其爲：「皆裾裙脂粉之語」，斯集乃受《玉臺》所影響。

又趙崇祚所編《花間集》，專收五代後蜀詞人如歐陽炯等所作之有關婦女體態、服飾、幽情、閨思等艷詞。乃承繼《玉臺》錄艷歌之衣鉢，試觀其所收之作：

> 含嬌含笑，宿翠殘紅窈窕。鬢如蟬，寒玉簪秋水、輕紗捲碧煙。雪胸鸞鏡裏，琪樹鳳樓前。寄語青娥伴，早求仙。（溫庭筠〈女冠子〉）

> 恩重嬌多情易傷。漏更長。解鴛鴦。朱唇未動、先覺口脂香。緩揭繡衾抽皓腕，移鳳枕、枕潘郎。（韋莊〈江城子〉）

> 粉融紅膩蓮房綻。臉動雙波慢。小魚銜玉鬢釵橫。石榴裙染象紗輕。轉娉婷。偷期錦浪荷深處。一夢雲兼雨。臂留檀印齒痕香。深秋不寐漏初長。盡思量。（閻選〈虞美人〉）

是皆香艷綺靡之屬，同於《玉臺》。

且歐陽炯爲《花間集》作序，亦模擬徐陵《玉臺新詠》之序，以精巧華美之駢偶，綺艷浪漫之風格爲之：

> 鏤玉雕瓊，擬化工而迴巧；裁花剪葉，奪春艷以爭鮮。是以唱雲謠則

金母詞清；挹霞醴則穆王心醉。名高白雪，聲聲而自合鸞歌；響過行雲，字字而偏諧鳳律。楊柳大堤之句，樂府相傳；芙蓉曲渚之篇，豪家自製。莫不爭高門下，三千玳瑁之簪；競富樽前，數十珊瑚之樹。則有綺裝公子，繡幌佳人，遞葉葉之花箋，文抽麗錦；舉纖纖之玉指，拍按香檀。不無清絕之詞，用助嬌嬈之態。自南朝之宮體，扇北里之娼風。何止言之不文，所謂秀而不實。有唐已降，率土之濱。家家之香徑春風，寧尋越豔；處處之紅樓夜月，自鎖嫦娥。

於此可見《玉臺》於總集之深遠影響。

（三）版本注解

徐陵《玉臺新詠》成書至今近一千五百年，其流傳仍歷久不衰，自《隋書》以下各代史書均有著錄。宋以後刻本極多，而以趙均小宛堂覆宋本最善。《玉臺》版本盛行於清，據馮舒所言，清世通行本有五：

> 此書今世所行，共有四本：一為五雲溪館活字本，一為華允剛蘭雪堂活字本，一為華亭楊元鑰本，一為歸安茅氏重刻本。活字本不知的出何時，後有嘉定乙亥永嘉陳玉父序，小為樸雅，訛謬層出矣。華氏本刻于正德甲戌，大率是楊本之祖。楊本出萬曆中，則又以華本意儳者。茅本一本華亭，誤踰三寫。……己巳早春，聞有宋刻在寒山趙靈均所。（《玉臺新詠箋注》附錄）

馮舒所列舉之五本為：五雲溪館活字本、華允剛蘭雪堂活字本、華亭楊元鑰本、歸安茅氏重刻本及趙均小宛堂覆宋本。馮班則列舉三本：

> 是書近世凡有三本：一為華亭楊玄鑰本，一為歸安茅氏本，一為袁宏道評本。歸茅、袁皆出於楊書，乃後人所刪益也。（同前）

馮班所列，前二本同馮舒，後一本異。其實另有明嘉靖徐學謨海曙樓刊本、鳴沙石室影印敦煌唐寫本等……。校勘《玉臺》者極眾，蔚然可觀，如法頂道人、馮班、轂道人、阮學濬等，而以紀容舒《玉臺新詠考異》、徐乃昌《玉臺新詠校記》最有成績，紀訂正宋、明諸本諸多錯誤，徐氏參考眾本，用力甚勤。

至於注解者，有吳兆宜一家。其箋注本引證極博，箋注詳贍，可備參看。

由《玉臺》版本之流傳久遠，箋注之詳贍，可觀知其影響力。然其注家僅止一家，較之《文選》有唐六臣之注，其影響力又稍見遜色。

就文學創作言：《文選》直接影響唐詩人之創作，如李白、杜甫等家，皆熟《讀文選》且龔仿《文選》之文句；《玉臺》則直接影響陳、隋、唐初詩人，導致宮體詩

風盛行，及絕句體之完成。唐人好取材倡妓亦受其影響。就文學觀點言，《文選》重《麗辭》，衍成「選派」，間接促成反對「選派」之「古文派」產生，二派爭論，至清末休。就總集編撰言，唐韓偓《香奩集》，五代趙崇祚《花間集》，皆受《玉臺》影響，而爲香艷作品總匯。就版本注解言，二書皆有注家，版本種類亦多，後人皆極重視此二書，而研究《文選》者尤夥，歷代均有關於《文選》之著作，形成《文選學》，其影響較之《玉臺》尤深尤廣。

第二節　二書之評價

一、《文選》之評價

歷代評價《文選》者頗眾，有肯定其價值者，有非議其缺失者，甚或有因評價《文選》而引起爭辯者。蓋一部書之編定，本即難臻完美之境，瑕疵實所難免，皆有得者，亦有失者，端看吾人是否能以持平態度觀之：

（一）《文選》之價值

歷代文家多稱美《文選》所選之文華而典雅，頗有可觀，如錢季甗《隱叟遺集》云：

> 蕭梁之際，曼聲縟響，風扇藝林。昭明是選，猶能導源屈宋，遠溯揚班，則所目想心遊，固非狃近代之靡靡者。至其偶儷居宗，葩華是擷，則當時風氣爲之。……《文選》網羅眾家，諸體咸備，而珍搜翦穢，文質相扶，固後生英髦所爲準的者矣。〔註6〕

又如劉申受《八代文苑敘錄》云：

> 《文選》綴緝，有三善焉：體例謹嚴，芟剪不加經史，一也。蒐羅廣博，奧隱不墜浮沈，二也。笙簧六籍，鼓吹百家，後有明哲，罕出範圍，三也。〔註7〕

又如駱鴻凱《文選學》云：

> 昭明芟次七代，薈萃群言，擇其文之尤典雅者，勒爲一書，用以切劇時趨，標指先正。跡其所錄，高文典冊十之七，清辭秀句十之五，纖靡之音百不得一。以故班張潘陸顏謝之文，班班在列；而齊梁有名文士，若吳均、柳惲之流，概從刊落，崇雅黜靡，昭然可見。其〈答湘東王求文集及

〔註6〕見駱鴻凱《文選學》義例第二所引，頁33至34。
〔註7〕同註1，頁30至31。

詩苑英華書〉曰：「夫文典則累野，麗則傷浮，能麗而不浮，典而不野，文質彬彬，有君子之致。吾嘗欲爲之，但恨未逮耳。」此其識見之卓，度越古今，《文選》所錄，猶斯旨也，豈滑澤者比哉？〔註8〕

孫梅《四六叢話》亦言《文選》有五長：

> 揆厥所長，大體有五。曰通識。《五經》紛綸，而通釋訓詁者有《爾雅》，諸史肸蠁，而通述紀傳者有《史記》。選之爲書，上始姬宗，下迄梁代，千餘年閒，藝文備矣。質文升降之故，風雅正變之由，雲閒日下，接迹於簡編，漢妾楚臣，連衡於辭翰。其長一也。曰博綜。自昔文家，尤多派別，《文志》表江左之盛，《典論》詮鄴下之賢。《選》之所收，或人登一二首，或集載數十篇，詩筆不必兼長，淄澠不必盡合。詠懷擬古，以富有爭奇，玄盧簡棲，以單行示貴。其長二也。曰辨體。風水遭而斐亹作，心聲發而典要存，敬禮工爲小文，長卿長於典冊，體之不圖，文於何有。分區別類，既備之於篇，溯委窮源，復辨之於序。勿爲翰林主人所嗤，匪供兔園冊子之用。其長三也。曰伐材。文字英華，散在四部，窺豹則已陋，祭獺則無工。惟沈博絕麗之文，多左右采獲之助。王孫驛使，雅故相仍，天雞蹲鴟，繽紛入用。是猶陸海探珍，鄧林擷秀也。其長四也。曰鎔範。文筆之富，浩如淵海，斷制之精，運於鑪錘，使漢京以往，弇抑而受裁，正始以還，激昂而競響。雖襖序不收，少卿僞作，各有指歸，非爲謬妄。謂小兒強解事，此論未公，變學究爲秀才，其功實倍。其長五也。〔註9〕

彼揭櫫《文選》之長處爲：識見宏通、博綜多采、辨體精微、伐材優良、鎔範允當。對《文選》可謂推崇備至。而《文選》自亦當之無愧，揆其價值，有以下數端：

1. 文學價值

《文選》之文學價值，表現於其編者之評選眼光。蕭統選文，除表現時人文學批評觀點外，另有一己之獨到見解。

是書所錄作家作品，多爲歷來有定評者，代表文學發展轉折時期之文人對前期文學之總結，亦代表時人文學批評之觀點及審美標準。試將《文選》與《文心雕龍》比較：就魏晉詩而言，《文心雕龍·明詩》云：「暨建安之初，五言騰躍；文帝、陳思，縱轡以騁節；王徐應劉，望路而爭驅；……及正始明道，詩雜仙心……唯嵇志清峻，阮旨遙深，故能標焉。若乃應璩〈百一〉，獨立不懼，辭誦義貞，亦

〔註8〕 《文選學》，頁32。
〔註9〕 清孫梅《四六叢話》卷一，臺灣商務印書館，民國57年臺一版，頁1至2。

魏之遺直也。晉世群才，稍入輕綺，張潘左陸，比肩詩衢，采縟於正始，力柔於建安，……江左篇制，溺乎玄風，……景純仙篇，挺拔而爲雋矣。」此論及之詩人，於當時皆有一定代表性，彼所作之優秀詩篇，如曹丕〈燕歌行〉、〈善哉行〉、〈雜詩〉，曹植〈送應氏詩〉、〈七哀詩〉、〈贈徐幹〉、〈贈丁儀〉、〈贈王粲〉、〈又贈丁儀王粲〉、〈贈白馬王彪〉、〈贈丁翼〉、〈箜篌引〉、〈美女篇〉、〈白馬篇〉、〈名都篇〉、〈雜詩〉、〈情詩〉，王粲〈七哀詩〉，應瑒〈侍五官中郎將建章台集詩〉，劉楨〈贈從弟〉，嵇康〈幽憤詩〉、〈贈秀才入軍〉、〈雜詩〉，阮籍〈詠懷詩〉，應璩〈百一詩〉，張協〈雜詩〉，潘岳〈悼亡詩〉，左思〈詠史〉八首、〈招隱〉二首、〈雜詩〉、〈嬌女詩〉。陸機〈赴洛道中作〉、〈擬明月何皎皎〉，郭璞〈游仙詩〉，《文選》皆有入選。就賦而言，〈文心雕龍・詮賦〉篇列舉「辭賦之英杰」十家之辭賦名作，即荀子與宋玉之辭賦，枚乘〈兔園賦〉，張衡〈二京賦〉，揚雄〈甘泉賦〉，王延壽〈魯靈光殿賦〉。以上辭賦，除荀子賦及枚乘〈兔園賦〉外，餘皆爲《文選》所選錄。〈詮賦〉篇尚列舉「魏晉之賦首」八家，即王粲、徐幹、左思、潘岳、陸機、成公綏、郭璞、袁宏。《文選》選錄王粲〈登樓賦〉，左思〈三都賦〉，潘岳〈籍田賦〉、〈射雉賦〉、〈西征賦〉、〈秋興賦〉、〈閑居賦〉、〈懷舊賦〉、〈寡婦賦〉、〈笙賦〉，陸機〈嘆逝賦〉、〈文賦〉，成公綏〈嘯賦〉，郭璞〈江賦〉。除徐幹、袁宏外，其餘六家均有賦作入選。其餘諸體之代表作家作品，二書相合處亦不少。由此可知蕭統之選文可代表時人之見解。且南朝人重藻飾，《文心雕龍》僅於〈樂府〉篇提及曹操，《文選》亦僅選其樂府二首，皆因劉、蕭二人認爲曹操詩過於質樸之故。

將《文選》與《詩品》比較，更可反映南朝人欣賞高度發展之五言詩：《詩品》專論五言詩，《文選》所錄之五言詩近四百首，四言詩僅三十餘首，七言詩僅二首，十分重視五言詩。《詩品》上品錄李陵、班姬至謝靈運凡十一人，又不知作者之〈古詩〉一則。《文選》於漢代五言詩錄李陵、蘇武、班姬，又錄〈古詩十九首〉，於建安以下錄曹植二十二首，王粲、劉楨各十首，阮籍十七首，陸機四十九首，張協、左思各十一首，謝靈運三十九首，其數量於入選詩人中皆爲較多者，於同時代詩人中更居於前列；潘岳雖只八首，然或因選其賦、誄等頗多，故詩相對入選較少。總之，自《文選》選詩情形觀之，與《詩品》上品極爲一致。又《詩品》列郭璞、陶潛於中品，《文選》錄郭五言詩七首，陶八首，亦大致相當。《詩品》將詩風「古直」（《詩品》下卷）之曹操及東晉玄言詩人孫綽、許詢列於下品，《文選》錄曹詩僅二首，孫、許一首不錄，亦一致焉，是皆反映時人重視文采之審美觀點。

由以上比較可知，《文選》選文，多處與《文心雕龍》、《詩品》相合，頗能代表時人之文學批評觀點，將前代之文學作一具體之總結，並反映當時重藻采之風，實

具有時代及文學價值。

　　《文選》可貴之處，更表現於其有突出於同時代之獨到眼光。如：七言詩方面，《文心雕龍》提及〈柏梁臺詩〉，《文選》卻未選此首，而選入張衡〈四愁〉及張載〈擬四愁詩〉此二首藝術性較高之詩，試觀此三詩：

　　　　日月星辰和四時，駿駕駟馬從梁來。郡國士馬羽林材，總領天下誠難治。撫四夷不易哉，刀筆之吏臣執之。撞鐘伐鼓聲中詩，宗室廣大日益滋。周衛交戟禁不時，總領從官柏梁臺。平理請讞決嫌疑，脩飾輿馬待駕來。郡國吏功差次之，乘輿御物主治之。陳粟萬石揚以箕，徼道宮下隨討治。三輔盜賊天下危，盜阻南山爲民災。外家公主不可治，椒房率更領其材。蠻夷朝賀常會期，柱枅欂櫨相枝持。枇杷橘栗桃李梅，走狗逐兔張罘罳。齧妃女脣甘如飴，迫窘詰屈幾窮哉。（漢武帝劉徹〈柏梁臺詩〉）

　　　　一思曰：我所思兮在太山，欲往從之梁甫艱，側身東望涕霑翰。美人贈我金錯刀，何以報之英瓊瑤。路遠莫致倚逍遙，何爲懷憂心煩勞。二思曰：我所思兮在桂林，欲往從之湘水深，側身南望涕霑襟。美人贈我琴琅玕，何以報之雙玉盤。路遠莫致倚惆悵，何爲懷憂心煩怏。三思曰：我所思兮在漢陽，欲往從之隴阪長，側身西望涕霑裳。美人贈我貂襜褕，何以報之明月珠。路遠莫致倚峙嶇，何爲懷憂心煩紆。四思曰：我所思兮在雁門，欲往從之雪紛紛，側身北望涕霑巾。美人贈我錦繡段，何以報之青玉案。路遠莫致倚增歎，何爲懷憂心煩惋。（張衡《四愁詩》）

　　　　我所思兮在南巢，欲往從之巫山高。登崖遠望涕泗交，我之懷矣心傷勞。佳人遺我筒中布，何以贈之流黃素。願因飄風超遠路，終然莫致想增慕。我所思兮想朔湄，欲往從之白雪霏。登崖永眺涕泗積，我之懷矣心傷悲。佳人遺我雲中翮，何以贈之連城璧。願因歸鴻起遐隔，終然莫致增永積。我所思兮在隴原，欲往從之隔太山。登崖遠望涕泗連，我之懷矣心傷煩。佳人遺我雙角端，何以贈之雕玉環。願因行雲超重巒，終然莫致增永歎。我所思兮在營州，欲往從之路阻脩。登崖遠望涕泗流，我之懷矣心傷憂。佳人遺我綠綺琴，何以贈之雙南金。願因流波超重深，終然莫致增永吟。（張載〈擬四愁詩〉）

〈柏梁臺詩〉文字較另二首質樸，而〈四愁詩〉及〈擬四愁詩〉於造句遣詞用字等藝術性，均超出前者甚多，是可見出蕭統之識見卓越。

　　又蕭統確立純文學界域，於促進後代文學發展，助益甚多。《文選》之一重要價值，即在於其有意識將文學與非文學作品劃分界域；彼不錄經、史子之文，專錄集

部之文，而以「事出於沈思，義歸乎翰藻」爲標準，純自美學觀點定文學範疇，謂
美文必生於眞情，即《文選‧序》言之：「詩者，志之所之也；情動於中，而形於言。」
捐棄文學之實用價值，此純文學觀點之確立，實因應當時六朝華美之文而發，其於
後世之文學發展，無疑爲強力之促進劑。

　　且《文選》此純文學觀，與今日之狹義文學觀同，極具長遠價值。林聰明《昭
明文選研究初稿》云：

　　　　夫文章者，文采章明也。蕭統選文之宗旨，實與近代純文學領域相合。
　　其所謂「沈思」者，文學之想像也；「翰藻」者，文學之形式美也，二者
　　皆不可或缺。美國文學批評家巴斯康云：「文學作品之持久性，以形式之
　　優越，超出實質價值之程度爲比例，文學之本質乃屬於藝術性者。」另一
　　批評家韓德云：「文學乃以人類性情之全部——想像、感情與趣味——爲
　　中介之心靈表現。要言之，文學即人類個性之表現，即種族之知識與生活，
　　以藝術形式表現於書面者。」日本文學批評家本間久雄云：「文學乃通過
　　作者之想像與感情，而訴諸讀者之想像與感情，……需給予讀者美之滿
　　足。」此類狹義之文學觀，實與蕭統之意見相符，以今視之，甚爲的當，
　　亦足見《文選》價值之長遠，不拘限於一時。〔註10〕

信哉其言。又如：《文選》選入陶淵明及鮑照之詩，亦顯出其對歷代作家作品之評
價較公允，其文學觀較時人更爲前進。蓋陶、鮑出身不高，且陶詩風平淡自然，
蕭統能於重視門閥之時代潮流中，獨錄陶、謝之詩，實爲可貴。雖鍾嶸《詩品》
列陶、鮑於中品，《文選》仍錄鮑照作品二十篇之多，且爲陶編定文集而序之曰：

　　　　其文章不群，詞采精拔，跌宕昭彰，獨起眾類，抑揚爽朗，莫之與京。

　　（《陶淵明集‧序》）

可見蕭統對陶、鮑二人評價極高，此亦爲其超乎時人之處。

　　《文選》且可爲時人或後人爲文之範本。蕭統編撰《文選》之動機即在爲時人
提供習文之範本，鼓勵時人爲文，而此亦即其價值所在。是以蕭統以其「文質彬彬」
之標準選擇文之菁英者，甚或割裂一篇文章，去其不合乎選文標準者，方能爲時人
選擇出適合誦讀習作之篇翰。今隨手摭取數篇，皆爲美文：

　　　　傷禽惡弦驚，倦客惡離聲。離聲斷客情，賓御皆涕零。涕零心斷絕，
　　將去復還訣。一息不相知，何況異鄉別。遙遙征駕遠，杳杳落日晚。居人
　　掩閨臥，行子夜中飯，野風吹秋木，行子心腸斷。食梅常苦酸，衣葛常苦

_____

〔註10〕林聰明《昭明文選研究初稿》，文史哲出版社，民國 75 年 11 月初版，頁 17。

寒。絲竹徒滿坐，憂人不解顏。長歌欲自慰，彌起長恨端。（鮑照《東門行》）

蘭薰而摧，玉縝則折，物忌堅芳，人諱明絜，日若先生，逢辰之缺。溫風怠時，飛霜急節，羸羋遘紛，昭懷不端，謀折儀尚，貞蔑椒蘭，身絕郢關，跡徧湘干，比物荃蓀，連類龍鸞。聲溢金石，志華日月，如彼樹芳，實穎實發，望汨心欷，瞻羅思越，藉用可塵，昭忠難闕。（顏延之〈祭屈原文〉）

是皆堪為文人創作為文時之範文矣。

2. 史料價值

《文選》選錄之賦，其內容豐富，頗具史料價值。如班固之〈兩都賦〉、張衡之〈兩京賦〉、王延壽之〈魯靈光殿賦〉等，保存古代都市建築之規模及壁畫藝術之資料，試觀：

其宮室也，體象乎天地，經緯乎陰陽，據坤靈之正位，放太紫之圓方。樹中天之華闕，豐冠山之朱堂，因瓌材而究奇，抗應龍之虹梁，列棼橑以布翼，荷棟桴而高驤，雕玉瑱以居楹，裁金璧以飾璫，發五色之渥彩，光爛朗以景彰。於是左城右平，重軒三階，閨房周通，門闥洞開，列鐘虛於中庭，立金人於端闈。仍增崖而衡閾，臨峻路而啓扉，徇以離宮別寢，承以崇臺閒館，煥若列宿，紫宮是環。清涼宣溫神仙長年，金華玉堂白虎麒麟，區宇若茲，不可殫論。（班固〈兩都賦〉）

寫宮室之建築，極其華美壯觀。而左思〈三都賦〉、木華〈海賦〉、郭璞〈江賦〉則為自然、人文及經濟地理等方面之寶典。如：

見綠竹猗猗，則知衛地淇澳之產，見在其版屋，則知秦野西戎之宅。故能居然而辨八方。（左思〈三都賦〉）

惟岷山之導江，初發源乎濫觴，聿經始於洛沬，攏萬川乎巴梁，衝巫峽以迅激，躋江津而起漲。極泓量而海運，狀滔天以森茫，摠括漢泗，兼包淮湘，并吞沅澧，汲引沮漳，源二分於崌崍，流九派乎潯陽，鼓洪濤於赤岸，淪餘波乎柴桑。（郭璞〈江賦〉）

一寫由自然景觀可以知孰為南北，一寫岷江之起源及其支流概貌，皆足參考。至於潘岳〈西征賦〉、孫綽〈游天臺山賦〉，則為遊記，如後者云：

太虛遼廓而無閡，運自然之妙有，融而為川瀆，結而為山阜。嗟台嶽之所奇挺，寔神明之所扶持，蔭牛宿以曜峰，託靈越以正基，結根彌於華飯，直指高於九疑，應配天於唐典，齊峻極於周詩。遙彼絕域，幽邃窈窕，近智者以守見而不之，之者以路絕而莫曉。

述天台山之高峻及世人罕至之因，實爲珍貴之地理資料。而王襃〈洞簫賦〉、傅毅〈舞賦〉、馬融〈長笛賦〉、嵇康〈琴賦〉、潘岳〈笙賦〉等賦，則將古代音樂舞蹈之實況詳細紀錄，亦極具價值。《文選》選賦之內容眞可謂包羅萬象，足供吾人今日研究古代社會生活狀況，是極珍貴之史料。

（二）後人評《文選》之失

《文選》書成，對之批評者眾，其中不乏言其失者：或譏其分體不當，或言其去取失宜，或論其編次失序，駱鴻凱《文選學》言之已詳〔註11〕，不多贅言，茲各錄一、二家之言，以明其要焉：

1. 分體不當

一曰賦騷分列之不當。吳子良《林下偶談》曰：「太史公曰：《離騷》者遭憂也。離訓遭，騷訓憂，屈原以此命名，其文則賦也。故班固〈藝文志〉有〈屈原賦〉二十五篇。梁昭明集《文選》，不併歸賦門，而別名之曰騷。後人沿襲，皆以騷稱，可謂無義。篇題名義且不知，況文乎。」吳氏以爲騷爲賦之祖，二者應爲一類。然《文心雕龍》篇目亦騷賦分列，有推崇騷體之意，《文選》如此分類，乃沿襲故有者，實不應責之以失。

二曰賦列詩前之不當。章學誠《文史通義・詩教篇》云：「賦先於詩，……前人之議《文選》，其顯然者也。」蓋《文選》沿《漢志》之例，亦不必責之以失。

三曰分體碎雜之不當。姚鼐《古文辭類纂・詞賦類序》曰：「漢世校書有辭賦略，其所列者甚當。昭明《文選》分體碎雜，其立名多可笑者。後之編集者或不知其陋而仍之。」章學誠《文史通義・詩教篇》則具體指責其瑕：「七林之文皆設問也，今以枚生發問有七，而遂標爲七，則九歌、九章、九辨亦可標爲九乎？」言《文選》立名繁雜，斯爲篤論。

2. 去取失宜

一曰入選之文有爲贗品者。蘇軾〈答劉沔書〉云：「梁蕭統《文選》，世以爲工。以軾觀之，拙於文而陋於識者，亦莫統若也。李陵蘇武贈別長安，而詩有江漢之語；及陵與武書，辭句儇淺，正齊梁間小兒所擬作，決非西漢人，而統不悟。」其實贗品若爲美文，亦無妨其入選也。以此疵《文選》，未免失之於微。

二曰入選之文有事與人不足錄者。王鳴盛〈蛾術篇〉云：「如任彥升〈宣德皇后令〉，殷仲文〈自解表〉，繁休伯〈與魏文帝牋〉，阮嗣宗〈爲鄭沖勸晉王牋〉，阮元瑜〈爲曹公作書與孫權〉，此等文似皆可以不存，而蕭氏俱收入《文選》。」夫衡文

不必以其人其事爲準，王氏此見過於偏極矣。

三曰入選之文道理事理文理俱無者。梁章鉅《退菴論文》言其友人論《文選》之失爲：「吾友謝退谷嘗與余論文，多篤實心得之語。一日謂余曰，文有三理：善言德行者道理足也，達於時務者事理足也，筆墨變化者文理足也，三者俱無，則《昭明文選》之文是已。」其下文又有梁氏駁斥友人之語，甚爲中肯：「余初聞之，即覺其言之過，已而退谷筆之書矣，此則不可不辨者也。姑無論諸葛武侯之〈出師表〉，李令伯之〈陳情表〉，束廣微之〈補南陔白華詩〉，爲千古言忠孝者之職志；卜子夏之〈毛詩序〉，杜元凱之〈左氏傳序〉，劉子駿之〈移太常博士書〉，開後來論經學者之津涂；即陸士衡之〈文賦〉，古今之言文章者亦豈能外之？且如屈子之〈離騷〉，李少卿、司馬子長之書可謂之文理不足而筆墨不變化乎？司馬長卿之〈諫獵〉、〈難蜀父老〉，枚叔之〈諫吳王〉，班叔皮之〈王命論〉，可謂之事理不足而不達於時務乎？崔子玉之〈座右銘〉，韋宏嗣之〈博奕論〉，張茂先之〈勵志詩〉、〈女史箴〉，可謂之道理不足而不善言德行者乎？大抵退谷喜講心性之學，所最服膺者眞文忠公之〈文章正宗〉，其於《文選》並未嘗全部繙讀，故不自覺其失言。」

四曰入選之文失於滑澤者。章炳麟《國故論衡・論式篇》引〈與人書〉云：「余以爲持誦《文選》，不如取三國晉宋書《弘明集》、《通典》觀之，縱不能上窺九流，尤勝於滑澤者。」昭明選文，必「文質彬彬」而後可，章氏所列名理議禮之作，質勝於文，不合昭明之意，故不可以此責之。

五曰未選之文有宜取者。劉申受〈八代文苑敘錄〉云：「若乃類聚乖舛，棄置失當，亦有可譏者焉。靈均〈遠遊〉、〈天問〉開詞賦之宗，文通〈故鄉〉、〈江上〉採騷歌之韻。長卿凌雲之氣，枚乘梁園之才；子雲〈蜀都〉，太沖斯仿；武皇〈悼逝〉，黃門是規；明遠〈遊思〉，徽音宋玉；張融賦海，表裏玄虛。郊祀不采〈漢志〉，謹及延年；〈樂府〉止涉五言，未遑曲調。冊令勸進之作，視獎亂爲故常；詩序史論之收，顯違例而彌陋；〈七發〉命七，〈章〉、〈辨〉幾可以九名；王褒〈對問〉，非韻安得以頌列？雄風〈高唐〉，義存譎諫，焉止狀景言情，〈鵬鳥〉集舍，志明死生，非誇博物多識。〈臨終〉、〈百一〉，徒受嗤於後人；僞孔儗蘇，炫別裁於玄鑑。」蓋選文乃見人見智之事，未可率下斷語焉。

六曰未選之文從而爲之詞者。此無預於《文選》之評，故略而不言。

3. 編次失序

論者言《文選》之編次失序：有增刪者，有割裂者，有誤析賦首或摘史辭爲序者，有標題誤者，有序次凌亂者，此皆《文選》之小失也。蓋總集之編撰，卷帙浩

繁，次第之間，難免有誤，又或後代傳鈔之誤，是皆不足以病《文選》也。〔註12〕

綜觀後人對《文選》之評價，得多於失，而指摘其失者，或囿於一己之成見而發，或審之未詳，或小題大作，後之讀評《文選》者，能不慎乎。《文選》歷千餘載而不廢，錄八代之美文，啟迪後學，其價值不可謂不鉅也。

二、《玉臺》之評價

由於《玉臺》專收歌詠男女之作，歷來備受衛道者歧視，極受冷落，紀容舒云：

> 《文選》盛行，《玉臺新詠》則在若隱若顯間，其不亡者幸也。（《玉臺新詠》跋語）〔註13〕

言《玉臺》長期受不平之待遇，幸其能存留於今，予今人一重新評估之機會。

（一）《玉臺》之價值

《玉臺》雖收艷詩頗多，然不可因而抹煞其價值，近代人研究《玉臺》，甚能以客觀之立場評價之，茲分就文學、史料及思想三端言其價值所在：

1. 文學價值

《玉臺》之文學價值，首在文學發展方面，彼反映自東漢古詩、樂府，而至擬樂府、古體詩、宮體詩（近體詩），至雜言、七言歌謠、五言絕句之詩歌發展變化，由古樸而趨華美、綺艷，漸重對偶、用事，聲韻亦漸和諧，至梁五言體已成詩歌主要形式。此顯示由漢末至梁詩體之變化，於研究文學者極具價值。

又其極注重民間文學，一反往昔正統思想不重艷歌之態度，亦為其價值所在。徐陵為趨新派成員，此派作家重言情之作，對於抒發男女真摯情感之民間歌謠，自然視若拱璧，大量採納此類歌謠，是以《玉臺》收錄有辛延年〈羽林郎〉詩、〈古詩為焦仲卿妻作〉、〈歌辭〉二首、〈古絕句〉四首、〈近代西曲歌〉五首、〈近代吳歌〉九首、〈近代雜歌〉三首、〈近代雜詩〉一首、〈丹陽孟珠歌〉一首、〈錢唐蘇小歌〉一首等佳篇。《玉臺》重視民間文學，有其珍貴之價值。

《玉臺》且為首本五言詩總集。所收詩作，以五言為主。夫五言詩自漢起始，歷建安之盛，經六代，至唐益繁，而《玉臺》為五言最早之總集，乃繼以四言為主之《詩經》後，又一詩歌寶典，六代名作，多在此也。

又此書為專題選本之濫觴，以婦女為主題，開後代專題選本之風。且書中收錄極多婦女作家之作品，不囿於古人輕視婦女作品之成見，計收錄自漢至梁閨閣作家

〔註12〕以上參考駱鴻凱《文選學》義例第二。
〔註13〕見清吳兆宜《玉臺新詠箋注》附錄。

共十六人：

漢	班姬	〈怨詩〉一首
漢	烏孫公主	〈歌詩〉一首
漢	徐淑	〈答夫秦嘉詩〉一首
魏	甄皇后	〈塘上行〉一首
魏	劉勳妻王氏	〈雜詩〉二首
晉	周夫人	〈贈車騎〉一首
晉	李夫人	〈與夫賈充連句〉三首
晉	桃葉	〈答王團扇歌〉三首
晉	蘇伯玉	〈盤中詩〉一首
宋	鮑令暉	〈雜詩〉六首、〈寄行人〉一首
宋	孟珠	〈丹陽孟珠歌〉一首
齊	蘇小小	〈錢塘蘇小歌〉一首
梁	范靖婦	〈詠步搖花〉等四首
梁	劉令嫻	〈答外〉二首、〈雜詩〉一首、〈光宅寺〉等三首
梁	范靜婦	〈王昭君歎〉二首、〈映水曲〉二首
梁	王淑英妻劉氏	〈雜詩〉一首、〈贈答〉一首、〈暮寒絕句〉一首

此重視婦女文學之舉，實爲《玉臺》一書極重要之價值。

由此可知《玉臺》文學價值甚高，無怪乎梁啓超將之置於《文選》之上：

> 其風格固卑不足道，其甄錄古人之作尤不免強彼以就我。雖然，能成一家言。欲觀六代哀艷之作及其淵源所自，必於是焉。故雖漏略，而不爲病。且如魏武帝、謝康樂詩一首不錄，阮詩僅錄二首，陶詩僅錄一首，然而不能議其隘陋者，彼所宗不在是。譬諸刻楠之匠，則梗枏豫章之合抱者，無所用之也。故吾於此二選，寧右孝穆而左昭明，右其善志流別而已。（《玉臺新詠箋注》附錄）

《玉臺》之價值即在於能觀哀艷作品之淵源，有標誌文學流別之功。

2. 史料價值

《四庫全書總目提要》云《玉臺》之價值：

> 其中如曹植〈棄婦篇〉、庾信〈七夕詩〉，今本集皆失載，據此可補闕佚。又如馮惟訥《古詩紀》，載蘇伯玉妻〈盤中詩〉作漢人，據此知爲晉代。梅鼎祚《詩乘》載蘇武妻〈答外詩〉，據此知爲魏文帝作。古詩西北有高樓等九首，《文選》無名氏，據此知爲枚乘作。〈飲馬長城窟行〉，《文

選》亦無名氏，據此知爲蔡邕作。〔註14〕

是知《玉臺》具有史料價值，可作爲補闕校正之參考。就補闕之價值言，如庾信〈七夕詩〉、曹植〈棄婦篇〉，本集皆失載，可依此補闕。就校正之價值言，如馮惟訥《古詩紀》定〈盤中詩〉爲漢作，而本書列於晉代；又如〈古詩十九首〉中〈西北有高樓〉、〈東城高且長〉、〈行行重行行〉、〈涉江採芙蓉〉、〈青青河畔草〉、〈蘭若生春陽〉、〈庭前有奇樹〉、〈迢迢牽牛星〉、〈明月何皎皎〉等九首，《玉臺》題爲枚乘作；〈飲馬長城窟行〉，《文選》作無名氏，《玉臺》則歸於蔡邕，是此皆可作爲參考之資料，故朱彝尊云：

> 劉知幾疑李陵〈答蘇武書〉爲齊梁文士擬作，蘇子瞻疑陵武〈贈答〉五言，亦後人所擬，而統不能辨。非不能辨也，昭明優禮儒臣，容其作僞。今《文選》盛，作僞者心不徒勞也已。或者以爲《文選》闕疑，《玉臺》實之以人，非是。當其時昭明聚書三萬，大集群儒討論，豈不知五言始自枚乘。而序所云：「退傅有〈在鄒〉之作，降將有〈河梁〉之篇，四言五言，區以別矣。」注《文選》者，遂謂〈河梁〉之別，五言此始。鍾嶸《詩品》亦云：「逮漢李陵，始著五言之目。」抑何謬歟。然則誦詩論世者，宜取《玉臺》並觀，毋偏信《文選》可爾。（《玉臺新詠箋注》附錄）

且《玉臺》有保存詩歌資料之功。《中國文學史》中，漢魏六朝之總集、別集流傳至今者甚少，許多詩歌皆已失傳，《玉臺》乃《詩經》、《楚辭》之後最古之詩歌總集，保存大量詩歌資料，多達六百六十四首〔註15〕。尤其名篇〈古詩爲焦仲卿妻作〉，賴《玉臺》方得保存於今，最爲可貴。

3. 思想價值

《玉臺》之價值，不止於文學與史料，其眞正價值乃在於其內容所反映之古代社會面貌，具有現實之意義，可爲吾人今日生活之借鏡。茲分就戀愛、婚姻二端言之：

《玉臺》中之戀愛詩反映戀人複雜而熱烈之情感、細膩而矛盾之思緒。一對相愛之戀人若無法長相廝守，不得已而被迫分離時，必然相互思念，此相思之苦永無止境：

> 楊柳亂成絲，攀折上春時。葉密鳥飛礙，風輕花落遲。城高短簫發，林空畫角悲。曲中無別意，并爲久相思。（蕭綱〈和湘東王橫吹曲〉三首

〔註14〕清永瑢、紀昀等《四庫全書總目提要》卷一百八十六，集部三十九，總集類一，臺灣商務印書館，民國59年臺一版，頁4123。
〔註15〕若計入吳兆宜箋注本宋刻以外者，則多達八百六十九首。

之二〈折楊柳〉）

甚至於夢中亦惦記對方：

> 昨夜夢君歸，賤妾下鳴機。懸知君意薄，不著去時衣。故言如夢裏，
> 賴得雁書飛。（蕭紀〈和湘東王夜夢應令〉）

戀愛中人疑心甚重，懷疑心上人未著其所織之衣裳，而後復自我安慰：或許所見非爲伊人。悲莫悲兮生別離，離愁最苦，《玉臺》中最多雜愁之泣訴：

> 陌頭征人去，閨中女下機。含情不能言，送別沾羅衣。（蕭衍〈襄陽
> 白銅鞮歌〉之一）

> 黃昏信使斷，衒怨心淒淒。回燈向下榻，轉面暗中啼。（姚翻〈有期
> 不至〉）

> 孤帳閉不開，寒膏盡復益。誰知心眼亂，看朱忽成碧。（王僧孺〈夜
> 愁〉）

思念苦極，遂觸景而處處傷情：

> 秋月出中天，遠近無偏異。共照一光輝，各懷離別思。（蕭衍〈邊戍
> 詩〉）

> 別觀葡萄帶實垂，江南荳蔻生連枝。無情無意猶如此，有心有恨徒別
> 離。（蕭綱〈和蕭侍中子顯春別〉）

見月思人，見連枝荳蔻，遂不禁感歎命運乖違。《玉臺》之愛情詩，亦有部分寫愛情專一之詩，足以引爲模範：

> 虎嘯谷風起，龍躍景雲浮。同聲好相應，同氣自相求。我情與子親，
> 譬如影追軀。食共並根穗，飲共連理杯。衣用雙絲絹，寢共無縫裯。居願
> 接膝坐，行願攜手趨。子靜我不動，子遊我無留。齊彼同心鳥，譬此比目
> 魚。情至斷金石，膠漆未爲牢。但願長無別，合形作一軀。生爲併身物，
> 死爲同棺灰。秦氏自言至，我情不可儔。（楊方〈合歡詩〉五首之一、二）

《玉臺》之愛情詩，多爲傷感之氣氛，考其因，應是兩漢後傳統禮教之規範甚嚴所致，與今日相比，現代戀愛男女較往昔自由遠甚，能不慶幸乎。

《玉臺》之婚姻詩，有寫家庭和樂者，有婚姻不幸者，有悼亡，有棄婦。其中以〈棄婦詩〉最多，棄婦之悲哀，實乃撕心裂肺之苦楚：

> 棄妾在河橋，相思復相遼。鳳凰簪落鬢，蓮華帶緩腰。腸從別處斷，
> 貌在淚中銷。願君憶疇昔，片言時見饒。（吳均〈去妾贈前夫〉）

婦女見棄之因，多半起於男子喜新厭舊心理：

> 刈蘗染黃絲，黃絲歷亂不可治。昔我與君始相值，爾時自謂可君意。

結帶與我言，死生好惡不相置。今日見我顏色衰，意中錯漠與先異。還君
玉釵瑇瑁簪，不忍見之益悲思。（鮑照〈行路難〉四首之二）

亦有因未生男而遭遺棄：

捫心長歎息，無子當歸寧。有子月經天，無子若流星。天月相終始，
流星沒無精。棲遲失所宜，下與瓦石并。（曹植〈棄婦詩〉）

又有因眾口鑠金導致之家庭悲劇：

落日照紅妝，挾瑟當窗牖。寧復歌〈靡蕪〉，惟聞歎〈楊柳〉，結好在
同心，離別由眾口。（王筠〈和吳主簿〉六首〈游望〉二首之一）

又〈悼亡詩〉極感人肺腑：

荏苒冬春謝，寒暑忽流易。之子歸窮泉，重壤永幽隔。……望廬思其
人，入室想所歷。幃屏無髣髴，翰墨有餘迹。（潘岳〈悼亡詩〉二首之一）

睹物思人，情何以堪。古時婦女命運無法自行掌握，或為統治者玩弄之對象，其下
場悲慘：

昔時嬌玉步，含羞花燭邊。豈言心愛斷，銜啼私自憐。常見歡成怨，
非關醜易妍。獨鵠罷中路，孤鸞死鏡前。（蕭綱〈詠人棄妾〉）

《玉臺》之詩顯現古人愛情、婚姻之原貌，控訴婦女不平之待遇，具有現實意
義，古人之愛情經驗可為今人之借鑒，且此類言情之作多能發乎情，止乎禮義，無
悖於溫柔敦厚之旨，故陳玉父讚之曰：

夫詩者，情之發也，征戍之勞苦，室家之怨思，動於中而形於言，先
王不能禁也。豈惟不能禁也，且逆探其情而著之，〈東山〉〈杕杜〉之詩是
矣。若其他變風化雅，謂「豈無膏沐，誰適為容」，「終朝采綠，不盈一掬」
之類，以此集揆之，語意未大異也。……其措詞託興高古，要非後世樂府
所能及，自唐《花間集》已不足道，而況近代挾邪之說，號為以筆墨動淫
者乎。（《玉臺新詠箋注》附錄）

沈逢春亦稱之曰：

統大所選（指《文選》），大都以氣格勝。竊狹其以選文之法選詩，而
未竟乎詩之情也。夫詩之情通於氣之先，遊於格之外。以氣格範情，非其
至情；不為氣格役而妙乎氣格，則其至者也。夫是以統大而後徐孝穆有《玉
臺新詠集》，詩不一代，代不一人，人不一詩。總之，情不為氣格役而妙
乎氣格者，斯羅括焉，雖略氣格而第言情可也。……「情之所鍾，正在我
輩」，中郎（袁宏道）與孝穆，庶不愧斯語夫。（同前）

皆予《玉臺》極高之評價。

（二）後人評《玉臺》之失

後人評《玉臺》，多針對其收錄艷詩一事評之。《玉臺》雖與《文選》同出於梁，然所收作品風格迥然不同，一主雅正，一主輕艷，故衛道之士，輒執《文選》以攻《玉臺》之輕靡，謂其有害於風教，如《隋書‧文學傳序》云其爲「亡國之音」（卷七十六），即以此立場評之；又劉克莊《後村詩話》有云：

> 如沈休文〈六憶〉之類，其褻慢有甚於《香奩》《花間》者。

沈約〈六憶詩〉確爲蕩檢之作，劉氏之言誠非妄誣，然《玉臺》非全書皆此類作品，未可一概斥之。近人聞一多更評之爲專以在昏淫沈迷中作踐文字爲務，爲衰老貧血之南朝宮廷生活之產物〔註16〕，實是過激之語。夫《玉臺》斯集，亦錄阮籍〈詠懷〉、陶潛〈擬古〉、曹植〈雜詩〉等溫柔敦厚之作，非爲宮體，陳琳〈飲馬長城窟行〉，更爲社會痛苦之反映，未可以香艷之眼光觀之。故《四庫全書總目提要》所云：「雖皆取綺麗脂粉之辭，而去古未遠，猶有講於溫柔敦厚之遺，未可概以淫艷斥之。」〔註17〕較爲中肯之論。吾人若褪去衛道之外衣以觀《玉臺》，則視之爲南朝浪漫唯美文學思潮之產物可也。

縱觀二書，皆具文學及史料價值。就文學價值言：《文選》之界定純文學範疇，有開創之功；其折衷文學觀有超乎時人之獨到眼光；此書更爲時人及後人提供習文之範本。《玉臺》則能反映詩體發展，始重民間文學，又爲首本五言詩總集，且爲專題選本之濫觴。二書各有其文學之價值。就史料價值言，可自《文選》觀古代建築、人文、自然、地理等社會狀況；至於《玉臺》則保存諸多詩歌資料，可作爲補闕校正之用，又若干詩篇賴是書方得保存至今，尤爲可貴。即此而言，《玉臺》實在《文選》之上。就思想價值言，《玉臺》內容多反映古代社會戀人、夫婦之情感，足爲吾人今日借鏡。而後人評《文選》之失，多針對其分體不當、去取失宜、編次失序等編撰技巧言之，實爲支微末節，不掩《文選》之價值。而《玉臺》多錄艷詩，對後代文風造成不良影響，其爲後人攻訐責難之情形，又較《文選》爲甚。

〔註16〕見聞一多〈唐詩雜論‧宮體詩的自贖〉，轉引自楊明〈宮體詩評價問題〉（《復旦學報》，1988年五期）一文。

〔註17〕同註14。

第七章　結　論

一、《昭明文選》與《玉臺新詠》二書同出南朝之梁代，相距僅十載。而南朝之時代
　　特色爲政治紊亂、經濟繁榮、地處江南、俗奢愛美、帝王好文、儒學式微、聲
　　律說興、文觀進步，故文學創作之形式多樣、內容豐富，尤其特重作品形式，
　　故二書所錄皆爲美辭。

二、二書編者亦同爲梁人，然屬不同文學派別：蕭統爲折衷派之領袖，徐陵爲趨新
　　派之健將（蕭綱爲領袖）。故統編《文選》之動機，雖自言爲提供習文範本，實
　　欲實踐折衷派文質彬彬之文學理論；而徐陵編《玉臺》之動機，則爲討好皇太
　　子蕭綱，實踐趨新派華艷之文學主張。

三、二書編者之文學觀，有同有異。就同者言：皆主文學原於自然，於文學界域皆
　　取狹義，同重文學形式聲文形文之美，皆有進化之文學史觀。此四端實即南朝
　　文士普遍具有之文學觀點。就異者言：蕭統欲矯浮靡文風，故有宗經思想；又
　　不滿時人輕視作品內容，遂特重作品之時代性，斯皆爲徐陵所忽略之重要觀點。
　　又統重作品風格之雅正，而陵則主華艷，是二子文觀最大歧異所在。且二人言
　　「情」，定義有廣狹之別，統所謂「情」，乃指廣義之人類各種情感，陵所謂「情」，
　　則專指男女之情，故二人於文學內容之主張各有所重：統重眞情，必也能見作
　　者情性之作方爲佳作；陵好言男女之情，尤愛描寫女子之篇，不論其是否可見
　　作者情性。

四、二書選錄特色，亦有同有異。就同者言：以南朝五言詩最盛，故所錄詩皆以五
　　言爲主；又所錄詩同具形文聲文之形式美，實爲南朝唯美潮流之反映；又以二
　　書編者同具進化文學史觀之故，所錄作品皆詳近而略遠。就異者言：《文選》所
　　錄作品多達三十八類，凡美文皆收，而《玉臺》僅有詩歌一類，以詩歌形式特
　　利於表達緣情綺靡之風；《文選》選錄不限主題，《玉臺》則一以婦女爲主題，

因趨新派特好言情也;《玉臺》所錄雖皆言情之作,然多為濫情之屬,未若《文選》之深情,是二人思想、行事不同有以致之;至於《文選》少錄七言詩體,不錄民歌,皆蕭統雅正思想之反映,而好華艷之徐陵,遂於《玉臺》中大量收錄七言或雜言歌謠,與《文選》所錄大異其趣。是以《文選》多文質和諧而雅正之什,《玉臺》則呈現文過其質而輕艷之風格。

五、二書對後世皆有影響。就文學創作言:《文選》直接影響唐人之創作,唐人多仿其文句;《玉臺》則導致陳、隋、唐初淫艷詩風之流行,促成絕句體之完成,並影響唐人好取材倡妓。就文學觀點言,《文選》衍成「選派」,特重麗辭,遂有古文派與之辯爭;而《玉臺》則為香奩文學之濫觴,後世不乏此類總集。就版本注解言:二書皆有注家,版本種類亦多,而研究《文選》者尤眾,歷代均有《文選學》之研究,其影響較《玉臺》更深更廣。

六、對二書之評價。就文學發展觀點言:《玉臺》為趨新派產物,乃順應南朝華艷風潮而生,雖非全為淫艷之作,然其淫艷部分,對後代(如陳、晚唐)文風造成不良影響,作品多流於靡靡之調;而《文選》為折衷派之產物,不拘於華靡之俗尚,思欲矯正時弊,力主雅正之文風,有突出於時人之獨到眼光。立於此文學史之角度評價二書,《文選》之地位顯在《玉臺》之上。就總集編撰觀點言:《文選》沿襲撰集不錄時人之風,未敢對時人妄下評論,態度較保守謹慎;《玉臺》則多錄時人作品,大膽突破昔人慣例,其開創性實《文選》所不及。就文學批評觀點言:二書肯定歷代有定評之作家作品,顯現共同批評觀點。然於口語化之民歌,《玉臺》極為重視,《文選》則一律斥之。是可謂徐陵為平民文學之支持者,蕭統為貴族文學之擁護人。

重要參考及引用書目

一、總集及別集

1. 《文選》，（梁）蕭統撰，（唐）六臣注，華正書局，民國 70 年。

2. 《文選考異》，（清）孫志祖，廣文書局，民國 63 年。

3. 《文選李注義疏》，高步瀛，廣文書局，民國 63 年。

4. 《玉臺新詠》，（梁）徐陵撰，（清）吳兆宜注，（清）程琰刪補，穆克宏點校，明文書局，民國 77 年。

5. 《玉臺新詠考異》，（清）紀容舒，藝文印書館，不著。

6. 《花間集》，（五代）趙崇祚輯，李一氓校，源流出版社，民國 71 年。

7. 《樂府詩集》，（宋）郭茂倩，里仁書局，民國 69 年。

8. 《藝文類聚》，（唐）歐陽詢等，文光出版社，民國 63 年。

9. 《漢魏六朝百三家集》，（明）張溥，新興書局，民國 52 年。

10. 《詩比興箋》，（清）陳沆，鼎文書局，民國 68 年。

11. 《古詩源》，（清）沈德潛，華正書局，民國 72 年。

12. 《全上古三代秦漢三國六朝文》，（清）嚴可均，世界書局，民國 53 年。

13. 《古文辭類纂》，（清）姚鼐編，宋晶如、章榮注釋，上海國學整理社，民國 37 年。

14. 《六朝文絜》，（清）許槤評選，（清）黎經誥箋註，廣文書局，民國 67 年。

15. 《漢魏樂府風箋》，黃節，廣文書局，民國 66 年。

16. 《唐宋詩舉要》，高步瀛，明倫出版社，民國 60 年。

17. 《全漢三國晉南北朝詩》，丁福保，世界書局，民國 51 年。

18. 《先秦漢魏晉南北朝詩》，逯欽立，木鐸出版社，民國 72 年。

19. 《樂府詩選注》，汪中，學海出版社，民國 64 年。

20. 《歷代駢文選》，張仁青，臺灣中華書局，民國 73 年。

21. 《陶靖節詩箋四卷附年譜》，（晉）陶潛撰，古直箋注，廣文書局，民國 63 年。

22. 《昭明太子集》，（梁）蕭統撰，臺灣中華書局，不著。

23. 《徐孝穆集》，（梁）徐陵撰，（清）吳兆宜箋注，臺灣商務印書館，民國 57 年。

24. 《蘇東坡全集》，（宋）蘇軾，河洛出版社，民國 64 年。

25. 《石遺先生集》，（清）陳衍，藝文印書館，不著。

26. 《劉申叔先生遺書》，劉師培，南桂馨印，民國 25 年。

27. 《朱自清古典文學專集》，朱自清，宏業書局，民國 72 年。

二、中國文學史

1. 《校訂本中國文學發展史》，劉大杰，華正書局，民國 69 年。

2. 《中國文學流變史》，李曰剛，聯貫出版社，民國 65 年。

3. 《中國文學史》，鄭振鐸，明倫出版社，民國 58 年。

4. 《中國文學史初稿》，易蘇民，昌言出版社，民國 54 年。

5. 《中國中古文學史》，劉師培，鼎文書局，民國 66 年。

6. 《中古文學史論》，王瑤，長安出版社，民國 75 年。

7. 《魏晉南北朝文學史參考資料》，林庚等，泰順書局，不著。

8. 《中國駢文發展史》，張仁青，中華書局，民國 63 年。

9. 《白話文學史》，胡適，文光圖書公司，民國 72 年。

10. 《中國文學思想史》，青木正兒撰，鄭樑生、張仁青譯，臺灣開明書局，不著。

三、文學批評

1. 《中國文學批評史》，羅根澤，明倫出版社，不著。

2. 《中國文學理論》，劉若愚著，杜國清譯，聯經出版公司，民國 74 年。

3. 《中國文學的本源》，王更生，臺灣學生書局，民國 77 年。

4. 《中國文學史論集》，張其昀等，中華文化出版事業委員會，民國 47 年。

5. 《中國文學史論文精選》，羅聯添編，學海出版社，民國 73 年。

6. 《中國文學探索》，王小虹，新文豐出版公司，民國 75 年。

7. 《古典文學論探索》，王夢鷗，正中書局，民國 73 年。

8. 《中國歷代文論選》，不著，木鐸出版社，民國 70 年。

9. 《中國文學流派》，葉如新，仲信出版社，不著。

10. 《中國之美文及其歷史》，梁啟超，中華書局，民國 45 年。

11. 《魏晉南北朝文學略論》，阮雋創，臺灣書店，民國 53 年。

12. 《漢魏六朝及文學》，陳鐘凡，臺灣商務印書館，民國 56 年。

13. 《魏晉風氣與六朝文學》，朱義雲，文史哲出版社，民國 69 年。
14. 《魏晉南北朝文學批評史》，王運熙、楊明，上海古籍出版社，民國 76 年。
15. 《魏晉南北朝文學思想史論》，張仁青，師大國文研究所博士論文，民國 67 年。
16. 《兩漢魏晉南北朝文學批評資料彙編》，柯慶明、曾永義，成文出版社，民國 67 年。
17. 《詩品》，（梁）鍾嶸著，汪中選注，正中書局，民國 71 年。
18. 《詩藪》，（明）胡應麟，正生書局，民國 62 年。
19. 《詩話類編》，（明）王昌會，廣文書局，民國 63 年。
20. 《歷代詩話》，（清）何文煥，木鐸出版社，民國 71 年。
21. 《百種詩話類編》，臺靜農，藝文印書館，民國 63 年。
22. 《鷗波詩話》，張夢機，漢光文化公司，民國 73 年。
23. 《詩論》，朱光潛，漢京文化公司，民國 71 年。
24. 《古詩十九首探索》，馬茂元，純真出版社，民國 71 年。
25. 《齊梁詩探微》，盧清青，文史哲出版社，民國 73 年。
26. 《六朝詩論》，洪順隆，文津出版社，民國 67 年。
27. 《六朝詩發展述論》，劉漢初，臺大中文研究所博士論文，民國 72 年。
28. 《六朝宮體詩研究》，黃婷婷，師大國文研究所博士論文，民國 72 年。
29. 《漢魏六朝樂府研究》，陳義成，嘉新水泥文化基金會，民國 65 年。
30. 《由隱逸到宮體》，洪順隆，文史哲出版社，民國 62 年。
31. 《近體詩發凡》，張夢機，臺灣中華書局，民國 73 年。
32. 《唐詩三百首鑑賞》，黃永武、張高評，尚友出版社，民國 72 年。
33. 《清代詩學初探》，吳宏一，牧童出版社，民國 66 年。
34. 《文心雕龍注》，（梁）劉勰著，（清）范文瀾註，學海出版社，民國 77 年。
35. 《文心雕龍讀本》，（梁）劉勰著，王更生注譯，文史哲出版社，民國 73 年。
36. 《文心雕龍研究解譯》，楊明照、吳聖昔論文，趙仲邑、陵侃如譯解，木鐸出版社，民國 72 年。
37. 《文選理學權輿》，（清）汪師韓，廣文書局，民國 63 年。
38. 《文選理學權輿補》，（清）孫志祖，廣文書局，民國 63 年。
39. 《文選學》，駱鴻凱，華正書局，民國 76 年。
40. 《昭明太子和他的文選》，謝康等，臺灣學生書局，民國 60 年。
41. 《昭明文選研究初稿》，林聰明，文史哲出版社，民國 75 年。
42. 《昭明文選論文集》，陳新雄、于大成，木鐸出版社，民國 65 年。
43. 《四六叢話》，（清）孫梅，臺灣商務印書館，民國 57 年。
44. 《六朝麗指》，孫德謙，新興書局，民國 52 年。

45. 《齊梁麗辭衡論》，陳松雄，文史哲出版社，民國 75 年。

46. 《駢文衡論》，謝鴻軒，廣文書局，民國 64 年。

47. 《葛洪之文論及其生平》，陳飛龍，文史出版社，民國 69 年。

48. 《文鏡祕府論》，遍照金剛，學海出版社，民國 63 年。

四、史　學

1. 《史記會注考證》，瀧川龜太郎，洪氏出版社，民國 71 年。

2. 《晉書》，（唐）房玄齡，鼎文書局，民國 64 年。

3. 《宋書》，（梁）沈約，鼎文書局，民國 64 年。

4. 《南齊書》，（梁）蕭子顯，鼎文書局，民國 64 年。

5. 《梁書》，（唐）魏徵、姚思廉，鼎文書局，民國 64 年。

6. 《陳書》，（唐）姚思廉，鼎文書局，民國 64 年。

7. 《周書》，唐令狐德棻，鼎文書局，民國 64 年。

8. 《隋書》，（唐）魏徵，鼎文書局，民國 64 年。

9. 《南史》，（唐）李延壽，鼎文書局，民國 64 年。

10. 《北史》，（唐）李延壽，鼎文書局，民國 64 年。

11. 《新唐書》，（宋）歐陽脩，鼎文書局，民國 64 年。

12. 《通典》，（唐）杜佑，文化書局，民國 67 年。

13. 《大唐新語》，（唐）劉肅，藝文印書館，不著。

14. 《唐詩紀事》，（宋）計有功，鼎文書局，民國 60 年。

15. 《廿二史箚記》，（清）趙翼，世界書局，民國 60 年。

16. 《文史通義》，（清）章學誠，世界書局，民國 32 年。

17. 《魏晉南北朝史》，勞榦，中華文化出版事業委員會，民國 43 年。

18. 《魏晉南北朝史》，黎傑，九思出版社，民國 67 年。

19. 《魏晉南北朝文學家》，章江，大江出版社，民國 60 年。

五、其　他

1. 《四書集注》，（宋）朱熹，學海出版社，民國 71 年。

2. 《詩經釋義》，屈萬里，中國文化大學出版部，民國 72 年。

3. 《新編諸子集成》，楊家駱，世界書局，民國 72 年。

4. 《世說新語》，南朝（宋）劉義慶，藝文印書館，四十八。

5. 《顏氏家訓》，（北齊）顏之推，漢京文化公司，民國 70 年。

6. 《廣弘明集》，（唐）釋道宣，新文豐出版社，民國 65 年。

7. 《郡齋讀書志》，（宋）晁公武，臺灣商務印書館，民國 57 年。

8. 《玉海》，（宋）王應麟，大化書局，民國 66 年。

9. 《陔餘叢考》，（清）趙翼，世界書局，民國 49 年。

10. 《四庫全書總目提要》，（清）永瑢、紀昀，臺灣商務印書館，民國 57 年。

11. 《國故論衡》，章炳麟，廣文書局，民國 64 年。

12. 《國學發凡》，葛勤修，臺灣中華書局，民國 71 年。

13. 《詩詞曲作法研究》，不著，新文出版社，民國 66 年。

14. 《修辭學》，黃慶萱，三民書局，民國 72 年。

六、單篇論文

1. 〈文選與玉臺新詠〉，岡村繁著，余崇生譯，《古典文學》七集。

2. 〈讀文選〉，錢穆，《新亞學報》三卷二期。

3. 〈昭明文選〉的選文標準，呂興昌，《現代文學》四十六期。

4. 〈如何理解《文選》編選的標準〉，殷孟倫，《文史哲》1963 年一期。

5. 〈文選選錄作品的範圍和標準〉，王運熙，《復旦學報》1988 年六期。

6. 〈談文選〉，洪順隆，《華學季刊》五卷三期。

7. 〈評昭明文選的幾種看法與評價〉，吳達芸，《現代文學》四十六期。

8. 〈昭明文選與唐代文學〉，朱金城，朱易安，《文學評論》1985 年六期。

9. 〈昭明文選導讀〉，孫克寬，《書目季刊》一卷三期。

10. 〈蕭統與文選〉，王進珊，《徐州師範學院學報》1981 年四期。

11. 〈蕭統兄弟的文學集團〉，劉漢初，《臺大碩士論文》民國 64 年。

12. 〈仁恕孝友的梁昭明〉，李鍌師，《中央月刊》八卷十二期。

13. 〈從《文心雕龍》與《文選》之比較看蕭統的文學思想〉，莫礪鋒，《古代文學理論研究》十輯。

14. 〈文心雕龍與文選在選文定篇及評文標準上的比較〉，齊益壽，《古典文學》三集。

15. 〈評蕭統的文體分類思想〉，徐召勛，《安徽大學學報》1984 年四期。

16. 〈蕭統與顏之推的文學觀及其比較〉，陳曼平，張克，《瀋陽師範學院社會科學學報》1985 年二期。

17. 〈劉勰與蕭統〉，穆克宏，《福建師範大學學報》1989 年四期。

18. 〈推介歷史上一位青年才俊——蕭統——兼述其與陶淵明之關係〉，頤盧，《恆毅》三十卷六期。

19. 〈蕭統與陶淵明〉，吳頤平，《輔仁學誌》十三集。

20. 〈關於《玉臺新詠》的版本及編者問題〉，曹道衡，《中國古典文學論叢》二輯。

21. 〈試論《玉臺新詠》〉，穆克宏，《文學評論》1985 年六期。

22. 〈玉臺新詠三問〉，金克木，《文史知識》1986 年二期。

23. 〈試論《玉臺新詠》的思想價值〉，周禾，《華中師院學報》1984 年三期。

24. 〈玉臺體〉，章必功，《文史知識》1986 年七期。

25. 〈玉臺新詠成立考〉，興膳宏，《東方學》六十三輯。

26. 〈徐陵年譜〉，尤光敏，《香港中文大學中國文化研究所學報》十九集。

27. 〈徐孝穆行年紀略〉，馮承基，《幼獅學報》二卷二期。

28. 〈宮體詩〉，商偉，《文史知識》1985 年九期。

29. 〈什麼是宮體詩〉，周振甫，《文史知識》1984 年七期。

30. 〈宮體詩評價問題〉，楊明，《復旦學報》1988 年五期。

31. 〈宮體詩形成之社會背景，葉日光，《中華學苑》十集。

32. 〈宮體詩人之寫實精神〉，林文月，《中外文學》三卷三期。

33. 〈梁簡文帝與宮體詩〉，林文月，《純文學》一卷一期。

34. 〈蕭衍父子與江左文學〉，李則芬，《東方雜誌復刊》十九卷二期。

35. 〈蕭梁父子的文學〉，陳怡君，《哲學與文化月刊》七卷八期。

36. 〈略論四蕭的文學觀〉，張辰，《內蒙古大學學報》1988 年二期。

37. 〈蕭氏兄弟文學思想異同辨〉，蔡鍾翔，《古代文學理論研究》十二輯。

38. 〈梁元帝志在不朽〉，莊練，《文壇》二七一。

39. 〈蕭綱的文章且須放蕩說再探〉，鄭力戎，《文史哲》1990 年一期。

40. 〈南朝放蕩文學論之美意識——簡文帝之文學觀〉，林田慎之助，《東方學》二十七輯。

41. 〈梁詩作者考〉，朱秉義，《幼獅學誌》七卷三期。

42. 〈中國古代文學人物〉，徐公特等，《國文天地雜誌》民國 78 年三期。

43. 〈何遜生卒年問題試探〉，曹道衡，《文史》二十四輯。

44. 〈李白與魏晉南北朝詩人〉，裴斐，《文學遺產》1986 年一期。

45. 〈魏晉六朝的文學觀〉，高準，《大學生活》三卷十期。

46. 〈齊梁詩的功過〉，葛曉音，《文史知識》1986 年八期。

47. 〈六朝文學的歷史地位〉，葉幼明，《湖南師院學報》1982 年三期。

48. 〈南朝文學三題〉，曹道衡，沈玉成，《文學評論》1990 年一期。

49. 〈論魏晉南北朝文質觀念及其所衍生諸問題〉，顏崑陽，《古典文學》九集。

50. 〈論儒學對魏晉至齊梁文論之影響〉，黃景進，《中華學苑》三十六期。

51. 〈齊梁以前儒學思想對文學理論的影響〉，陳勝長，《聯合書院學報》十集。

52. 〈劉肅的大唐新語及其史料價值〉，孫永如，《揚州師院學報》1984 年三期。

53. 〈姚鼐復魯絜非書之文學理論〉，顏智英，《孔孟月刊》二十九卷一期。